Doce perdão

Lori Nelson Spielman

Doce Perdão

Tradução
Cecília Camargo Bartalotti

3ª edição
Rio de Janeiro-RJ / São Paulo-SP, 2025

VERUS
EDITORA

Editora: Raïssa Castro
Coordenadora editorial: Ana Paula Gomes
Copidesque: Katia Rossini
Revisão: Maria Lúcia A. Maier
Capa e projeto gráfico: André S. Tavares da Silva

Título original: *Sweet Forgiveness*

ISBN: 978-85-7686-414-1

Verus Editora Ltda.
Rua Argentina, 171, São Cristóvão, Rio de Janeiro/RJ, 20921-380
www.veruseditora.com.br

CIP-BRASIL. CATALOGAÇÃO NA FONTE
SINDICATO NACIONAL DOS EDITORES DE LIVROS, RJ

S734d

Spielman, Lori Nelson, 1961-
Doce perdão / Lori Nelson Spielman ; tradução Cecília Camargo Bartalotti. - 3. ed. - Rio de Janeiro, RJ : Verus, 2025.
23 cm.

Tradução de: Sweet Forgiveness
ISBN 978-85-7686-414-1

1. Romance americano. I. Bartalotti, Cecília Camargo. II. Título.

15-25634 CDD: 813
CDU: 821.111(73)-3

Revisado conforme o novo acordo ortográfico

Para Bill

Perdoar é libertar um prisioneiro e descobrir
que o prisioneiro era você.
— Lewis B. Smedes

1

Durou cento e sessenta e três dias. Anos depois, folheei meu diário e contei. E agora ela escreveu um livro. Inacreditável. A mulher é uma estrela em ascensão. Uma especialista em perdão, que ironia. Examino sua foto. Ela ainda é bonita, com um corte de cabelo curto e aquele narizinho. Mas o sorriso parece sincero agora, os olhos não são mais sarcásticos. Mesmo assim, apenas sua imagem já faz meu coração se acelerar.

Jogo o jornal sobre a mesinha de centro e o pego de volta no mesmo instante.

ASSUMA SUA CULPA

Brian Moss | *The Times-Picayune*

NEW ORLEANS — Será que um pedido de desculpas pode curar velhas feridas, ou é melhor continuar guardando alguns segredos?

De acordo com Fiona Knowles, uma advogada de 34 anos de Royal Oak, Michigan, reparar erros passados é um passo crucial para alcançar a paz interior.

"É preciso ter coragem para assumir uma culpa", afirmou Knowles. "A maioria não se sente bem demonstrando vulnerabilidade. Em vez disso, escondemos nossa culpa bem no fundo, esperando que ninguém jamais a encontre. Mas soltar nossa vergonha nos liberta."

E Knowles deve saber do que fala. Ela testou a própria teoria na primavera de 2013, quando escreveu 35 cartas com pedidos de desculpas. Em cada uma delas, enviou uma bolsinha contendo duas pedras, que receberam o nome de Pedras do Perdão. Ao destinatário, foram feitos dois pedidos simples: perdoar e pedir perdão.

"Eu me dei conta de que as pessoas estavam desesperadas por uma desculpa — uma obrigação — para se redimir", Knowles disse. "Como as sementes de um dente-de-leão, as Pedras do Perdão seguiram ao vento e migraram."

Tenha sido resultado do vento ou do habilidoso uso das redes sociais por Knowles, é indiscutível que as Pedras do Perdão alcançaram a meta. Até o momento, calcula-se que cerca de 400 mil estejam em circulação.

Fiona Knowles estará na Octavia Books na quinta-feira, 24 de abril, para falar de seu novo livro, apropriadamente intitulado *As pedras do perdão*.

Dou um pulo quando meu celular toca para me avisar que são quatro e quarenta e cinco — hora de ir para o trabalho. Minhas mãos tremem enquanto enfio o jornal na bolsa. Pego as chaves e a caneca e saio de casa.

• •

Três horas mais tarde, depois de examinar os números horrorosos do índice de audiência da semana passada e ser instruída sobre o tema empolgante do dia — como aplicar autobronzeador corretamente —, eu me sento em minha sala/camarim, com bobes no cabelo e uma capa plástica cobrindo o vestido do dia. É a parte de que menos gosto. Depois de dez anos na frente das câmeras, era de esperar que eu estivesse acostumada. Mas, para a maquiagem, preciso chegar de cara lavada, o que, para mim, é como experimentar um maiô sob luzes fluorescentes, diante de um espectador. Antes, eu pedia desculpas a Jade por ter de testemunhar os buracos, também conhecidos como poros, em meu nariz, ou os círculos sob os olhos que me fazem parecer um jogador de futebol americano pronto para entrar em campo. Uma vez, tentei arrancar a base das garras dela, querendo poupá-la da aterrorizante e impossível tarefa de camuflar uma espinha do tamanho do Mauna Loa em meu queixo. Como dizia meu pai, se Deus quisesse que o rosto de uma mulher ficasse nu, ele não teria criado o rímel.

Enquanto Jade faz sua mágica, examino uma pilha de correspondências e congelo quando a vejo. Sinto um frio no estômago. Está enfiada no meio do monte, apenas o canto superior direito é visível. Aquilo me tortura, aquele grande e redondo carimbo postal de Chicago. *Por favor, Jack, já chega!* Faz mais de um ano que ele entrou em contato comigo pela última vez. Quantas vezes terei que lhe dizer que está tudo bem, que ele está perdoado, que já superei? Deixo a pilha no balcão à minha frente, arrumo as cartas para que o carimbo não fique mais visível e abro meu notebook.

— "Querida Hannah" — leio o e-mail em voz alta , tentando afastar os pensamentos de Jack Rousseau. — "Meu marido e eu vemos seu programa todas as manhãs. Ele a acha maravilhosa, diz que você é a próxima Katie Couric."

— Olhe para cima, srta. Couric — ordena Jade, esfumaçando meus cílios inferiores com um lápis de olho.

— Ãhã, a Katie Couric sem o milhão de dólares e o zilhão de fãs. — E as filhas lindas e o novo marido perfeito...

— Você vai chegar lá — diz Jade, com tanta certeza que eu quase acredito. Ela está especialmente bonita hoje, os dreadlocks presos em um rabo de cavalo volumoso e firme, que lhe acentua os olhos escuros e a pele marrom sem marcas. Está usando a legging de sempre e o avental preto com os bolsos cheios de pincéis e lápis de várias espessuras e ângulos.

Ela espalha o delineador com um pincel chanfrado, e eu retomo a leitura.

— "Na verdade, acho que Katie é supervalorizada. Minha favorita é Hoda Kotb. Essa mulher sim é engraçada."

— Ai! — comenta Jade. — Esse foi um tapa na cara.

Dou risada e continuo lendo.

— "Meu marido diz que você é divorciada. Eu acho que você nunca foi casada. Quem está certo?"

Posiciono os dedos sobre o teclado.

— Cara sra. Nixon — digo enquanto digito —, muito obrigada por assistir ao *The Hannah Farr Show*. Espero que a senhora e seu marido apreciem a nova temporada. (E a propósito, eu concordo... a Hoda é muito divertida.) Com carinho, Hannah.

— Ei, você não respondeu à pergunta dela. — Lanço um olhar para Jade pelo espelho. Ela meneia a cabeça e pega uma paleta de sombras. — Mas é claro que não.

— Eu fui gentil.

— Você sempre é. Gentil demais, se quer minha opinião.

— Ah, claro. Tipo quando reclamo daquele chef arrogante do programa da semana passada, Mason-sei-lá-o-quê, que respondeu a todas as perguntas com uma única palavra? Gentil quando fico obcecada pelos níveis de audiência? E agora, ah, meu Deus, agora ainda tem a Claudia. — Eu me viro para olhar para ela. — Eu contei que o Stuart está pensando em colocá-la como coapresentadora do programa, ao meu lado? Vai ser o fim!

— Feche os olhos — ela pede, e espalha sombra em minhas pálpebras.

— A mulher está na cidade há seis semanas e já é mais popular que eu.

— Sem chance — diz Jade. — Esta cidade adotou você. Mas isso não vai impedir Claudia Campbell de tentar tomar seu lugar. Sinto uma vibração ruim naquela lá.

— Eu não sinto isso — respondo. — Ela é de fato ambiciosa, mas parece ser legal. É com o Stuart que estou preocupada. Para ele tudo tem a ver com a audiência, e a minha, nos últimos tempos, anda...

— Uma merda. Eu sei. Mas vão subir de novo. Estou dizendo, você precisa tomar cuidado. A dona Claudia está acostumada a ficar por cima. De jeito nenhum que a estrela em ascensão da WNBC New York vai se contentar com um lugarzinho menor, como âncora da manhã.

Há uma hierarquia no jornalismo televisivo. A maioria começa a carreira fazendo tomadas ao vivo para o jornal das cinco da manhã, o que significa acordar às três da madrugada para uma audiência de dois pontos. Depois de apenas nove meses neste horário cruel, tive a sorte de evoluir para âncora de fim de semana e, logo em seguida, para o noticiário do meio-dia, no qual fiquei por quatro anos. Claro que ser âncora do noticiário da noite é o grande prêmio, e eu estava no canal WNO na hora certa. Robert Jacobs se aposentou, ou, segundo os rumores, foi forçado a se aposentar, e Priscille me ofereceu o posto. Os níveis de audiência dispararam. Logo, eu estava ocupada dia e noite, sendo anfitriã de eventos de caridade pela cidade inteira e mestre de cerimônias de arrecadação de fundos e no Mardi Gras. Para minha surpresa, eu me tornei uma celebridade local, algo que ainda não consigo entender direito. E minha rápida ascensão não parou com a posição de âncora do jornal noturno. Porque New Orleans "se apaixonou por Hannah Farr", ou pelo menos foi o que me disseram dois anos atrás, quando me ofereceram meu próprio programa, uma oportunidade pela qual a maioria dos jornalistas seria capaz de matar.

— Odeio dizer isso, lindinha, mas *The Hannah Farr Show* não é exatamente da primeira divisão.

Jade dá de ombros.

— É o melhor programa de TV na Louisiana, se quer saber minha opinião. A Claudia está lambendo os beiços, vai por mim. Se for para ela ficar aqui, só há um único trabalho que ela vai achar suficientemente bom, e é o seu. — O telefone de Jade toca e ela dá uma olhada no visor. — Você se importa se eu atender?

— Fique à vontade — digo, grata pela interrupção. Não quero falar de Claudia, a loira impressionante que, aos vinte e quatro anos, é uma década inteira, e crucial, mais nova que eu. Por que o noivo dela tinha que morar bem em New Orleans? Aparência, talento, juventude *e* um noivo! Ela está na minha frente em todas as categorias, incluindo status de relacionamento.

A voz de Jade fica mais alta.

— Você está falando sério? — ela diz ao telefone. — O papai tem uma consulta no West Jefferson Medical. Eu te lembrei disso ontem.

Meu estômago revira. É o seu futuro ex, Marcus, o pai de seu filho de doze anos. Ou Babacão-Mor, como ela o chama agora.

Fecho o computador e pego a pilha de cartas no balcão, na tentativa de dar a Jade a ilusão de privacidade. Passo o dedo pelos envelopes, procurando o carimbo de Chicago. Vou ler o pedido de desculpas de Jack e depois escrever uma resposta, lembrando que estou feliz agora e que ele precisa seguir em frente com a vida. Só a ideia já me deixa cansada.

Encontro o envelope e o puxo do meio da pilha. Em vez do endereço de Jackson Rousseau no canto superior esquerdo, está escrito WCHI News.

Então não é de Jack. Que alívio.

Cara Hannah,

Foi um prazer conhecê-la no mês passado em Dallas. Sua apresentação na conferência da NAB foi cativante e inspiradora.

Como lhe falei na ocasião, a WCHI está criando um novo programa de entrevistas matinal, o *Good Morning, Chicago*. O público-alvo, como o do *The Hannah Farr Show*, são as mulheres. Além dos ocasionais segmentos divertidos e frívolos, o programa vai tratar de alguns assuntos mais sérios, como política, literatura, artes e questões internacionais.

Estamos procurando uma apresentadora e gostaríamos muito de discutir a possibilidade com você. Estaria interessada? Além do processo de entrevista e de uma demo, pedimos que nos envie uma proposta para um programa original.

Atenciosamente,

James Peters

Vice-presidente sênior

WCHI Chicago

Uau. Então ele estava falando sério quando me chamou de lado na Conferência da Associação Nacional de Emissoras de Rádio e Televisão. Ele tinha visto meu programa. Sabia que minha audiência estava baixa, mas disse que eu tinha um grande potencial se me dessem a oportunidade certa. Talvez fosse essa a oportunidade a que ele se referia. E que animador saber que a WCHI quer ouvir minhas ideias para um roteiro. Stuart raramente leva em conta minhas opiniões. "Há quatro assuntos que as pessoas querem ver na tevê de manhã", ele afirma. "Celebridades, sexo, perda de peso e beleza." O que eu não daria para apresentar um programa com algo controverso...

Minha cabeça fica cheia por dois segundos. E então volto à realidade. Não quero um emprego em Chicago, uma cidade a mil e quinhentos quilômetros de distância. Estou muito envolvida com New Orleans. Adoro esse lugar dicotômico, o misto de gentileza e determinação, o jazz, sanduíches po-boy e gumbo de lagostim. E, mais importante, estou apaixonada pelo prefeito da cidade. Mesmo que eu quisesse me candidatar, o que não quero fazer, Michael jamais aceitaria. Ele é a terceira geração da família na cidade e está criando a quarta: sua filha, Abby. Ainda assim, é bom se sentir admirada.

Jade desliga o telefone com raiva e a veia da testa dilatada.

— Aquele imbecil! Meu pai não pode perder essa consulta. O Marcus insistiu em levá-lo. Ele anda tentando me agradar outra vez. "Sem problema", ele falou na semana passada. "Eu passo por lá no caminho para a delegacia." Eu sabia. — No reflexo do espelho, seus olhos escuros faíscam. Ela se vira e aperta números no telefone. — Quem sabe a Natalie pode dar uma escapada do trabalho.

A irmã de Jade é diretora em um colégio de ensino médio. Ela não pode sair de jeito nenhum.

— A que horas é a consulta?— pergunto.

— Às nove. O Marcus diz que está preso. É, eu sei bem. Preso na cama da puta dele, fazendo o exercício matinal.

Dou uma olhada no relógio: 8h20.

— Vai — digo. — Os médicos nunca atendem no horário. Se você correr, ainda pode dar tempo.

Ela faz uma careta para mim.

— Não posso sair. Não terminei sua maquiagem.

Salto da cadeira.

— Como é? Você acha que eu esqueci como se faz uma maquiagem? — Faço um gesto com a mão para ela ir embora. — Vai. Rápido.

— E o Stuart? Se ele descobrir...

— Não se preocupe. Eu dou cobertura. Só volte a tempo de aprontar a Sheri para o noticiário da noite, ou nós duas vamos nos dar muito mal. — Volto o corpo miúdo de Jade em direção à porta. — Vai logo.

Ela olha para o relógio na parede e fica parada em silêncio, mordendo o lábio. De repente, me dou conta: Jade veio de bonde para o trabalho. Pego minha bolsa no armário e procuro a chave.

— Vai com o meu carro — digo, estendendo a chave para ela.

— O quê? Não, eu não posso fazer isso! E se eu...

— É só um carro, Jade. Ele é substituível. — *Ao contrário do seu pai,* mas não digo isso. Ponho a chave na mão dela. — Agora saia antes que o Stuart apareça e veja que você escapou.

O rosto dela se enche de alívio e ela me dá um abraço.

— Muito obrigada. E não se preocupe, vou tomar muito cuidado com seu carro. — Ela segue até a porta. — Fique esperta. — É a frase de despedida favorita de Jade. Ela já está a meio caminho do elevador quando a ouço gritar: — Te devo uma, Hannabelle.

— E não pense que vou me esquecer disso. Dê um abraço no seu pai por mim.

Fecho a porta, sozinha em meu camarim, com trinta minutos de sobra até a chamada. Encontro uma caixinha de pó e o espalho pela testa e nariz.

Solto as tiras da capa plástica, pego a carta e releio as palavras do sr. Peters enquanto contorno o sofá e vou até minha mesa. Não há dúvida de que é uma oportunidade fantástica, especialmente em vista da minha atual crise de popularidade aqui. Eu mudaria do quinquagésimo terceiro para o terceiro maior mercado televisivo do país. Em poucos anos, seria uma concorrente de programas de transmissão nacional como GMA, ou *Today*. Claro que meu salário quadruplicaria.

Sento atrás da mesa. Obviamente, o sr. Peters vê a mesma Hannah Farr que todos veem: uma profissional alegre e sem raízes, que faria as malas e se mudaria para o outro lado do país de bom grado, por um salário melhor e um trabalho mais importante.

Meu olhar recai sobre uma foto minha com meu pai, tirada no Prêmio da Associação de Críticos em 2012. Mordo a boca por dentro enquanto rememoro aquele evento chique. Os olhos vidrados e o nariz úmido de meu pai me deixam claro que ele já havia bebido bastante. Estou com um vestido de festa prateado e um enorme sorriso. Mas meu olhar parece distante e vazio, do mesmo jeito que eu me sentia naquela noite, sentada sozinha com meu pai. Não porque havia perdido o prêmio. Era por me *sentir* perdida. Cônjuges e filhos e pais que não estavam bêbados cercavam os outros indicados. Eles riam e festejavam e, mais tarde, dançaram juntos em grandes círculos. Eu queria o que eles tinham.

Levanto outra foto, nesta estamos Michael e eu, velejando no lago Pontchartrain no verão passado. Os cabelos loiros de Abby são visíveis na borda do retrato. Ela está sentada na proa, à direita, de costas para mim.

Coloco a foto de volta sobre a mesa. Em alguns anos, espero ter uma fotografia diferente ali, mostrando Michael e eu em pé diante de uma casa bonita, junto com uma Abby sorridente e, quem sabe, até um filho nosso também.

Enfio a carta do sr. Peters em uma pasta particular nomeada "Interesses", onde já guardei mais ou menos uma dúzia de cartas semelhantes recebidas ao longo dos anos. Esta noite enviarei a habitual nota de obrigada--mas-não-obrigada. Michael não precisa saber — por mais clichê e terrivelmente antiquado que isso possa parecer, um emprego de destaque em Chicago não é nada comparado a ser parte de uma família.

Mas quando terei essa família? No começo, Michael e eu parecíamos estar em completa sintonia. Em questão de semanas, já falávamos do futuro. Passávamos horas compartilhando sonhos. Sugeríamos nomes para nossos filhos — Zachary, ou Emma, ou Liam —, especulávamos sobre como eles seriam e se Abby preferiria um irmão ou irmã. Procurávamos casas na internet e enviávamos os links um para o outro, com observações como "Bonita, mas o Zachary vai precisar de um jardim maior", ou "Imagine o que poderíamos fazer em um quarto desse tamanho". Isso tudo parece ter acontecido séculos atrás. Agora, os sonhos de Michael estão voltados para sua carreira política, e qualquer conversa sobre nosso futuro foi adiada para "quando Abby se formar".

Um pensamento me ocorre: Será que a perspectiva de me perder poderia desencadear o compromisso que venho esperando de Michael?

Tiro a carta do arquivo, com a ideia ganhando impulso. É mais que uma oportunidade de emprego. É uma oportunidade de acelerar as coisas. Falta só um ano para a formatura de Abby. É hora de começarmos a fazer planos. Pego meu celular, me sentindo mais leve do que jamais me senti em semanas.

Busco o número dele, imaginando se vou ter sorte de pegá-lo em um raro momento de solidão. Ele vai ficar impressionado por eu estar sendo sondada para um trabalho, especialmente em um mercado grande como Chicago. Vai dizer que está orgulhoso de mim, depois vai me fazer lembrar de todas as maravilhosas razões pelas quais não posso ir, sendo ele a mais importante. E, mais tarde, quando tiver chance de refletir, vai perceber que é melhor selar o acordo antes que eu seja arrancada de suas mãos. Sorrio, alegre com a ideia de ser solicitada tanto profissional como pessoalmente.

— Prefeito Payne. — Sua voz já está pesada, e o dia dele mal começou.

— Feliz quarta-feira — digo, esperando que o lembrete de nosso encontro noturno possa alegrá-lo. Em dezembro, Abby começou a trabalhar como babá às quartas-feiras à noite, aliviando Michael de suas obrigações de pai e nos dando uma noite da semana para passarmos juntos.

— Oi, querida. — Ele suspira. — Que dia louco. Está tendo um fórum comunitário no colégio Warren Easton. Um brainstorming sobre prevenção a violência nas escolas. Estou indo para lá agora. Espero estar de volta até o meio-dia para a reunião. Você vem, certo?

Ele está falando da reunião da iniciativa Caminho para a Luz, voltada para a conscientização sobre abuso sexual infantil. Apoio os cotovelos na mesa.

— Eu avisei à Marisa que não vou estar presente dessa vez. Meio-dia não vai dar tempo. Sinto muito por isso.

— Não se preocupe. Você tem feito muito por eles. Só vou dar uma passada rápida. Tenho reuniões a tarde inteira para discutir o aumento da pobreza. Imagino que vá além da hora do jantar. Você se importa se cancelarmos esta noite?

Aumento da pobreza? Não posso argumentar contra isso, mesmo sendo quarta-feira. Se quero ser a esposa do prefeito, tenho que aprender a aceitar que ele é um homem a serviço da comunidade. Afinal, essa é uma das coisas que mais amo nele.

— Não. Sem problemas. Mas você parece exausto. Tente dormir direito esta noite.

— Vou tentar. — Ele baixa o tom de voz. — Mas preferia fazer outra coisa em vez de dormir.

Sorrio, me imaginando nos braços de Michael.

— Eu também.

Será que devo lhe contar sobre a carta de James Peters? Ele já tem muito com que se preocupar sem que eu acrescente uma ameaça.

— Vou desligar — ele diz. — Ou você estava precisando de alguma coisa?

Sim, desejo dizer a ele, *preciso de uma coisa. Preciso saber que você vai sentir minha falta esta noite, que sou sua prioridade. Preciso da segurança de estarmos caminhando para um futuro juntos, de que você quer se casar comigo*. Respiro fundo.

— Só queria lhe dar um aviso. Tem alguém atrás da sua namorada — digo em um tom leve e meloso. — Recebi uma carta de amor pelo correio hoje.

— Quem é meu concorrente? — ele pergunta. — Vou matar esse cara, juro.

Eu dou risada e explico a carta de James Peters e a perspectiva de trabalho, esperando transmitir entusiasmo suficiente para fazer tocar um sininho de alerta em Michael.

— Não é exatamente uma oferta de trabalho, mas parece que eles estão interessados em mim. Querem uma proposta para um roteiro original. É legal, não é?

— É muito legal. Parabéns, superstar! Isso serve para eu não esquecer que você está em outro nível.

Meu coração se agita de leve.

— Obrigada. É bom mesmo. — Fecho os olhos com força e vou em frente, antes de perder a coragem. — O programa vai começar no outono. Eles precisam decidir depressa.

— São só seis meses. É melhor você se apressar. Você agendou a entrevista?

O ar some do meu peito. Ponho a mão na garganta e me forço a respirar. Ainda bem que Michael não pode me ver.

— Eu... não. Eu... ainda não respondi.

— Se conseguirmos nos programar, a Abby e eu iremos com você. Podemos pensar nisso como uma miniviagem de férias. Faz anos que não vou a Chicago.

Diga alguma coisa! Diga que você está decepcionada, que estava esperando que ele pedisse para você ficar. Lembre que seu ex-noivo mora em Chicago, pelo amor de Deus!

— Então você não se importa se eu for embora?

— Bom, eu não gostaria. Relacionamento a distância pode ser horrível. Mas a gente consegue fazer dar certo, você não acha?

— Claro — digo. Mas por dentro estou pensando em nossos horários atuais, e que, mesmo morando na mesma cidade, não conseguimos arrumar tempo para ficar sozinhos.

— Escuta — ele continua —, tenho que correr. Ligo para você mais tarde. E parabéns, meu amor. Estou orgulhoso de você.

• •

Desligo o telefone e desabo na cadeira. Michael não se importa se eu for embora. Sou uma idiota. Casar não está mais nos planos dele. E agora ele não me deixou escolha. Tenho que enviar meu currículo e a proposta para um episódio ao sr. Peters. Do contrário, vai parecer que eu estava querendo manipulá-lo, o que, imagino, eu estava mesmo.

Meus olhos pousam no *Times-Picayune*, espiando de dentro de minha bolsa. Levanto o jornal e franzo o nariz para a manchete. "ASSUMA SUA CULPA." Ah, então está bem. Envie uma Pedra do Perdão e tudo será perdoado. Você delira, Fiona Knowles.

Massageio a testa. Eu poderia sabotar a oferta, escrever uma proposta ridícula e dizer a Michael que não consegui a entrevista. Não. Sou orgulhosa demais para fazer uma coisa dessas. Se Michael quer que eu tente conseguir o trabalho, que assim seja, é o que vou fazer! E não vou apenas tentar, vou aceitar a oferta. Vou me mudar daqui e começar de novo. O programa vai fazer um enorme sucesso e eu serei a próxima Oprah Winfrey de Chicago! Vou conhecer uma pessoa nova, que goste de crianças e esteja pronta para assumir um compromisso. O que acha disso, Michael Payne?

Mas primeiro preciso escrever a proposta.

Caminho pela sala, tentando pensar em uma ideia para um roteiro arrasador, algo instigante, inovador e atual. Algo que me faça conseguir o trabalho e impressione Michael... e talvez até o faça rever seus planos.

Meus olhos se voltam para o jornal. Lentamente, vou deixando de torcer o nariz para ele. Sim. Talvez possa dar certo. Mas será que eu conseguiria?

Tiro o papel da bolsa e recorto com cuidado o artigo sobre Fiona. Vou até a gaveta da escrivaninha e respiro fundo. *O que estou fazendo?* Fico olhando para a gaveta fechada como se fosse uma caixa de Pandora. Por fim, eu a abro com um movimento decidido.

Remexo em meio a canetas, clipes e post-its até que a avisto. Está enfiada lá no fundo, no mesmo lugar onde a escondi dois anos atrás.

Uma carta de desculpas de Fiona Knowles. E um saquinho de veludo contendo um par de Pedras do Perdão.

2

Abro os cordões da bolsinha. Duas pequenas pedras de jardim redondas caem na palma de minha mão. Passo o dedo sobre elas, uma cinza com veios negros, a outra marfim. Sinto que há algo dentro do veludo e tiro um papel dobrado em pregas como um acordeão, como um bilhete da sorte dentro de um biscoito.

Uma pedra significa o peso da raiva.
A outra pedra simboliza o peso da culpa.
Ambos podem ser eliminados, se você escolher se livrar desta carga.

Será que ela ainda está esperando pela minha pedra? Será que as outras trinta e quatro que ela enviou foram mandadas de volta para ela? A culpa me sufoca.

Abro o papel creme e releio a carta.

Querida Hannah,

Meu nome é Fiona Knowles. Espero sinceramente que você nem imagine quem eu seja. Caso se lembre de mim, é porque deixei uma cicatriz.

Você e eu estávamos juntas no segundo ciclo do ensino fundamental na Bloomfield Hills. Você era nova na escola e eu a escolhi como alvo. Não só a atormentei como também fiz com que as outras meninas ficassem contra você. E uma vez eu quase a fiz ser suspensa. Eu disse à sra. Maples que você tinha pegado as respostas do exame de história na mesa dela, quando, na verdade, fui eu que peguei.

Dizer que estou envergonhada nem começa a transmitir a culpa que sinto. Depois de adulta, tentei racionalizar minha crueldade infantil – a inveja sendo o principal candidato, a insegurança, o segundo. Mas a verdade é que eu fazia bullying. Não tento arrumar desculpas para isso. Estou sincera e desesperadamente arrependida.

Fiquei tão contente ao descobrir o enorme sucesso que você é agora, que tem seu próprio programa de entrevistas em New Orleans. Talvez você já tenha se esquecido há muito tempo da Bloomfield Hills e da pessoa podre que eu era. Mas minhas ações me perseguem diariamente.

Sou advogada durante o dia e poeta à noite. De vez em quando tenho até a sorte de ver algum trabalho meu publicado. Não sou casada e não tenho filhos. Às vezes penso que a solidão é a minha penitência.

Peço que você envie uma das pedras de volta para mim, se e quando aceitar meu pedido de desculpas, eliminando o peso de sua raiva e o peso da minha vergonha. Por favor, ofereça a outra e uma pedra adicional a alguém que você tenha ferido, com um sincero pedido de desculpas. Quando essa pedra voltar para você, como espero que a minha volte, você vai ter completado o Círculo do Perdão. Jogue sua pedra em um lago ou rio, enterre-a em seu jardim ou a coloque em seu canteiro – qualquer coisa que simbolize que finalmente você está livre de sua culpa.

Atenciosamente,
Fiona Knowles

Baixo a carta. Mesmo agora, dois anos depois de ela ter aparecido em minha caixa de correio, minha respiração sai ofegante. Tantos danos colaterais vieram das ações daquela menina. Por causa de Fiona Knowles, minha família se desintegrou. Sim, se não fosse por ela, meus pais talvez nunca tivessem se divorciado.

Esfrego as têmporas. Preciso ser prática, não emocional. Fiona está em alta agora e eu faço parte do grupo de seus primeiros destinatários das pedras. Que história eu tenho bem aqui diante de mim! Exatamente o tipo de ideia que impressionaria o sr. Peters e os outros na WCHI. Eu poderia propor trazer Fiona ao vivo, e ambas contaríamos nossa história de culpa, vergonha e perdão.

O único problema é que eu não a perdoei. E não pretendia fazer isso. Mordo o lábio. Preciso fazer isso agora? Ou será que posso blefar? Afinal, a WCHI só está pedindo uma ideia. O programa nem vai chegar a ser filmado. Mas não, é melhor levar a sério, por precaução.

Pego uma folha de papel sobre a mesa e ouço uma leve batida à porta.

— Dez minutos para entrar — Stuart diz.

— Estou indo.

Agarro a caneta-tinteiro da sorte, presente de Michael quando meu programa ficou em segundo lugar na Premiação de Imprensa da Louisiana, e rabisco a resposta.

Querida Fiona,

Estou enviando sua pedra de volta, o que significa a eliminação do peso de sua culpa e de minha raiva.

Atenciosamente,
Hannah Farr

Sim, não é totalmente sincero. Mas é o melhor que posso fazer. Ponho a carta e uma das pedras em um envelope e colo o selo. Vou colocá-lo na caixa de correio no caminho de volta para casa. Agora posso dizer com honestidade que devolvi a pedra.

3

~

Troco o vestido e os sapatos de salto por uma legging e sapatilha. Com a sacola estufada de pão e um buquê de magnólias brancas, caminho até o Garden District para visitar minha amiga Dorothy Rousseau. Dorothy era minha vizinha no Evangeline, um prédio de seis andares na St. Charles Avenue, antes de se mudar para o Garden Home, quatro meses atrás.

Caminho apressada pela Jefferson Street, passando por jardins repletos de dedaleiras brancas, hibiscos alaranjados e canas muito vermelhas. Mas, mesmo em meio à beleza da primavera, minha mente voa de Michael e sua total indiferença para a perspectiva de trabalho, que agora me parece obrigatória, e para Fiona Knowles e a pedra do perdão que acabei de enviar.

Passam das três da tarde quando chego à velha mansão de tijolos. Subo pela rampa de metal e cumprimento Martha e Joan, sentadas na varanda.

— Olá, senhoritas — digo, e ofereço a cada uma uma magnólia.

Dorothy mudou-se para o Garden Home quando uma degeneração macular acabou por lhe roubar a independência. Com o único filho a mil e quinhentos quilômetros de distância, fui eu quem a ajudou a encontrar um novo lugar para morar, onde são servidas três refeições diárias e é possível pedir ajuda com um toque de campainha. Aos setenta e seis anos, Dorothy encarou a mudança como um calouro chegando ao campus da universidade.

Entro no saguão e ignoro o livro de visitas. Sou presença constante aqui, todos me conhecem. Dirijo-me aos fundos da casa e encontro Dorothy sozinha no pátio. Ela está afundada em uma cadeira de vime, com fones de ouvido antiquados cobrindo as orelhas. O queixo repousa no peito, e os olhos estão fechados. Cutuco seu ombro e ela se assusta.

— Oi, Dorothy, sou eu.

Ela se livra dos fones, desliga o CD player e se levanta. Dorothy é alta e magra, com cabelos brancos brilhantes que contrastam com a bela pele morena. Apesar de não poder ver, ela passa maquiagem todos os dias — para poupar os que enxergam, brinca. Mas, com ou sem maquiagem, Dorothy é uma das mulheres mais bonitas que conheço.

— Hannah, querida! — Seu sotaque do sul é suave e prolongado, como o gosto de caramelo. Ela tateia à procura do meu braço e, quando o encontra, me puxa para um abraço. Uma dor já familiar comprime meu peito. Respiro o aroma de seu perfume Chanel e sinto sua mão traçando círculos em minhas costas. É o toque, do qual nunca me canso, de uma mãe sem filha em uma filha sem mãe.

Ela aspira o ar.

— São magnólias?

— Que olfato, hein? — digo, e tiro o buquê da sacola. — Também trouxe um pão de canela.

Ela aplaude.

— Meu preferido! Você me mima muito, Hannah Marie.

Sorrio. *Hannah Marie. Um jeito de chamar que uma mãe usaria*, imagino.

Ela inclina a cabeça.

— O que está fazendo aqui numa quarta-feira? Não tem que se arrumar para seu encontro?

— O Michael está ocupado hoje.

— Ah é? Então se sente e me conte sua história.

Sorrio diante do convite corriqueiro para eu me acomodar para a visita e sento-me no banco diante dela. Ela pousa a mão em meu braço.

— Pode falar.

É uma bênção ter uma amiga que sabe quando preciso desabafar. Eu lhe conto sobre a carta de James Peters, da WCHI, e sobre a reação empolgada de Michael.

— “Nunca faça de alguém prioridade quando você não passa de uma opção para essa pessoa”, disse Maya Angelou. — Ela ergue os ombros. — Claro que você pode simplesmente me dizer para cuidar de minha própria vida.

— Não, eu escuto você. Eu me sinto uma idiota. Perdi dois anos pensando que me casaria com ele. Mas não estou nem um pouco convencida de que isso esteja ao menos nos planos de Michael.

— Sabe — Dorothy comenta —, há muito tempo aprendi a dizer o que quero. Não é muito romântico, mas, honestamente, os homens às vezes têm dificuldade em entender quando a gente dá indiretas. Você disse ao Michael que ficou decepcionada com a reação dele?

Sacudo a cabeça.

— Não. Eu me senti encurralada. Já mandei um e-mail para o sr. Peters dizendo que estava interessada. Que escolha eu tinha?

— Você sempre tem escolhas, Hannah. Nunca se esqueça disso. Ter opções é o nosso maior poder.

— Certo. Eu poderia dizer ao Michael que vou recusar o trabalho da minha vida porque estou me agarrando à esperança de que um dia formemos uma família. Claro. Essa opção me daria certo poder, sem dúvida. O poder de fazer Michael fugir para as montanhas.

Como se estivesse tentando aliviar o clima, Dorothy se inclina para mim.

— Você está orgulhosa de mim? Nem mencionei meu querido filho.

Eu dou risada.

— Até agora.

—Mais uma razão para Michael ficar posando de indiferente. Ele deve estar terrivelmente incomodado com a ideia de você se mudar para a mesma cidade de seu ex-noivo.

Dou de ombros.

— Se estiver, não tenho como saber. Ele nunca mencionou o Jack.

— Você vai procurá-lo?

— O Jack? Não. Não, claro que não. — Pego a bolsinha de pedras, de repente me sentindo ansiosa para mudar de assunto. É muito estranho falar do meu ex-noivo traidor com a mãe dele. — Trouxe outra coisa para você. — Coloco o saquinho de veludo nas mãos dela. — São Pedras do Perdão. Já ouviu falar delas?

Dorothy abre um largo sorriso.

— Claro. Fiona Knowles foi quem iniciou esse fenômeno. Ela esteve na NPR semana passada. Você sabia que ela escreveu um livro? E vai estar aqui em New Orleans em abril.

— É, fiquei sabendo. Na verdade, eu estudei com a Fiona Knowles na escola.

— Não me diga!

Conto a Dorothy sobre as pedras e o pedido de desculpas de Fiona.

— Meu Deus! Você foi uma das primeiras trinta e cinco. E nunca me contou.

Olho em volta. O sr. Wiltshire está sentado em sua cadeira de rodas à sombra de um carvalho, enquanto Lizzy, a ajudante favorita de Dorothy, lê poesia para ele.

— Eu não pretendia responder. Será que uma Pedra do Perdão realmente compensa dois anos de bullying?

Dorothy fica em silêncio, e suponho que ela acha que sim.

— Enfim, tenho que escrever uma proposta para a WCHI. Vou escolher a história de Fiona. Ela está em alta, e o fato de eu ter sido uma das primeiras destinatárias dá um ângulo pessoal à situação. É a perfeita história de interesse.

Dorothy assente com um gesto de cabeça.

— E foi por isso que você devolveu a pedra dela.

Meu olhar desce até as minhas mãos.

— Sim. Eu admito. Tive motivos velados.

— Essa proposta... — diz Dorothy. — Eles vão mesmo usá-la no programa?

— Não, eu acho que não. É mais um teste de criatividade. Mas eu quero impressioná-los. E, se eu não conseguir o trabalho, talvez possa usar a ideia no meu programa aqui, se o Stuart deixar. Então, segundo as regras de Fiona, preciso continuar o círculo pondo mais uma pedra no saquinho e enviando para alguém que magoei. — Pego a pedra marfim que recebi de Fiona e deixo a segunda na bolsinha de veludo. — E é isso que estou fazendo agora, com esta pedra e um sincero pedido de desculpas para você.

— Para mim? Por quê?

—É, para você. — Ponho a pedra na mão dela. — Eu sei como você gostava de morar no Evangeline. Eu gostaria de me desculpar por não ter podido cuidar melhor de você, para você ficar lá. Talvez se a gente tivesse contratado uma cuidadora e...

— Não seja ridícula, querida. Aquele apartamento era pequeno demais para mais uma pessoa. Este lugar é perfeito para mim. Estou feliz aqui. Você sabe disso.

— Mesmo assim, quero que fique com esta Pedra do Perdão.

Dorothy levanta o queixo, e seu olhar baço cai sobre mim como um holofote.

— Essa é uma saída fácil. Você só está procurando um jeito rápido de continuar o círculo para poder escrever seu episódio para a WCHI. O que vai propor? Fiona Knowles e eu entrarmos no palco, criando o círculo do perdão perfeito?

Eu a fito, contrariada.

— Isso é tão ruim assim?

— É, quando você escolhe a pessoa errada. — Ela tateia, procurando minha mão, e me devolve a pedra. — Não posso aceitar esta pedra. Há alguém que merece muito mais o seu pedido de desculpas.

A confissão de Jack desaba sobre mim e se arrebenta em um milhão de fragmentos cortantes. *Desculpa, Hannah. Eu transei com a Amy. Foi só uma vez. Nunca mais vai acontecer. Eu juro.*

Fecho os olhos.

— Por favor, Dorothy. Eu sei que você acha que arruinei a vida do seu filho quando rompi o noivado. Mas não podemos continuar remoendo o passado.

— Não estou falando do Jackson — diz ela, pronunciando cada palavra com determinação. — Estou falando da sua mãe.

4

Jogo a pedra no colo de Dorothy como se o toque dela queimasse.

— Não. É tarde demais para perdão. É melhor deixar algumas coisas como estão.

E se meu pai estivesse vivo, ele concordaria. "Não é possível ceifar um campo depois que ele foi arado", ele costumava dizer. "A menos que você queira ficar preso na lama."

Dorothy respira fundo.

— Conheço você desde que se mudou para cá, Hannah, uma menina com grandes sonhos e um coração enorme. Eu soube tudo sobre seu maravilhoso pai, como ele a criou sozinho desde a sua adolescência. Mas você falou muito pouco sobre sua mãe, exceto para dizer que ela preferiu o namorado a você.

— E eu não quero nada com ela. — Meu coração dispara. Fico muito zangada com o fato de que a mulher que não vejo e com quem não falo há mais de uma década ainda tenha esse poder todo sobre mim. *O peso da raiva*, imagino que Fiona diria. — Minha mãe deixou sua escolha bem clara.

— Talvez. Mas eu sempre achei que essa história não estava muito bem contada. — Ela desvia o olhar e sacode a cabeça. — Desculpe. Eu devia ter comentado isso anos atrás. É algo que sempre me incomodou. Vai ver eu estava tentando manter você só para mim. — Ela procura a minha mão e recoloca a pedra nela. — Você precisa fazer as pazes com ela, Hannah. Está na hora.

— Você entendeu errado. Eu perdoei a Fiona Knowles. Esta segunda pedra é para pedir perdão a alguém, não para oferecer perdão.

Dorothy dá de ombros.

— Perdoar ou pedir perdão, tanto faz. Não acho que exista uma regra rígida para essas pedras. A ideia é restabelecer a harmonia, não é?

— Olha, desculpa, Dorothy, mas você não sabe a história inteira.

— Eu me pergunto se você sabe — ela responde.

Olho surpresa para minha amiga.

— Por que está dizendo isso?

— Lembra a última vez em que seu pai esteve aqui? Eu ainda morava no Evangeline, e vocês vieram jantar comigo, lembra?

Foi a última visita do meu pai, embora eu não tivesse como adivinhar isso na época. Ele estava bronzeado e feliz e, como sempre, foi o centro das atenções. Nós nos sentamos no terraço de Dorothy, contando histórias e ficando ligeiramente bêbados.

— Sim, eu lembro.

— Acho que ele sabia que ia deixar este mundo.

O tom dela, combinado à expressão quase mística de seus olhos nublados, faz os pelos de meus braços se eriçarem.

— Seu pai e eu ficamos sozinhos por um momento. Ele conversou comigo enquanto você e o Michael saíram para buscar outra garrafa de vinho. Sim, é verdade que ele já havia bebido demais. Mas acredito que queria tirar aquilo do peito.

Meu coração martela.

— O que ele disse?

— Disse que sua mãe ainda lhe enviava cartas.

Tenho dificuldade para respirar. Cartas? Da minha mãe?

— Não. Definitivamente, foi efeito do álcool. Ela não enviou carta nenhuma em quase vinte anos.

— Tem certeza? Ele me passou a nítida impressão de que sua mãe estava tentando entrar em contato com você havia anos.

— Papai teria me dito. Não. Minha mãe não quer nada comigo.

— Mas você mesma disse que foi você quem rompeu o contato.

Uma cena rápida de meu aniversário de dezesseis anos surge de repente. Meu pai estava sentado a minha frente, no restaurante Mary Mac. Vejo seu sorriso, largo e sincero, e os cotovelos sobre a toalha de mesa branca, quando ele se inclinou para me ver desembrulhar meu presente: um pingente de diamante e safira, extravagante demais para uma adolescente.

— Essas pedras são do anel de Suzanne — disse ele. — Eu mandei refazer para você.

Olhei para as pedras enormes e me lembrei das grandes mãos dele remexendo o porta-joias de minha mãe, no dia em que ele saiu de casa, dizendo que o anel era dele por direito. E meu.

— Obrigada, papai.

— E tenho mais um presente. — Ele segurou minha mão e piscou para mim. — Você não precisa mais vê-la, querida.

Demorei um instante para entender que ele estava se referindo a minha mãe.

— Você já tem idade suficiente para decidir por si mesma. O juiz deixou isso claro, no acordo de custódia. — O rosto dele estava radiante, como se esse segundo "presente" fosse o mais importante. Fitei-o por um instante, boquiaberta.

— Tipo, mais nenhum contato? Nunca mais?

— A decisão é sua. Sua mãe concordou. Aposto que ela está tão feliz quanto você por se livrar da obrigação.

Colei um sorriso trêmulo no rosto.

— Humm, tá bom. Eu acho. Se é isso que você... ela quer.

Desvio os olhos de Dorothy, sentindo meus lábios se curvarem para baixo.

— Eu tinha só dezesseis anos. Ela devia ter insistido para que a gente se visse. Devia ter brigado por mim! Ela era minha mãe. — Minha voz falha e tenho de esperar um momento para conseguir continuar. — Meu pai telefonou para dizer a ela. Foi como se minha mãe estivesse esperando que eu sugerisse isso. Ao sair do escritório, ele disse apenas: "Acabou, querida. Você está livre".

Cubro a boca e tento engolir, aliviada por Dorothy não poder me enxergar.

— Dois anos depois, minha mãe foi à minha formatura do colégio e disse que estava muito orgulhosa de mim. Eu tinha dezoito anos e estava tão magoada que mal consegui falar com ela. O que ela esperava, depois de dois anos de silêncio? Nunca mais a vi, desde então.

— Hannah, eu sei que seu pai significava o mundo para você, mas... — Ela faz uma pausa, como se procurasse as palavras certas. — Acha possível que ele tenha mantido você afastada de sua mãe?

— Claro que sim. Ele quis me proteger. Ela só me magoava.

— Essa é a sua história. A *sua* verdade. Você acredita nela, eu entendo. Mas isso não significa que seja *a* verdade.

Embora seja cega, posso jurar que a sra. Rousseau consegue enxergar dentro de minha alma. Enxugo os olhos.

— Eu não quero falar sobre isso.

O banco raspa o concreto quando me levanto para ir embora.

— Sente-se — ela ordena. Sua voz é séria, e eu obedeço. — Agatha Christie disse uma vez que, dentro de cada um de nós, existe um alçapão. — Ela encontra meu braço e o aperta. Suas unhas frágeis pressionam minha pele. — Embaixo desse alçapão, estão nossos segredos mais sombrios. Nós o mantemos firmemente trancado, tentando, de forma desesperada, enganar a nós mesmos, fingindo que esses segredos não existem. Os felizardos podem até vir a acreditar nisso. Mas acho que você, minha querida, não é um deles.

Ela busca minhas mãos e retira a pedra. Coloca-a no saquinho de veludo, junto com a outra, e fecha os cordões. Com os braços estendidos, tateia o ar até encontrar minha bolsa e, ao achá-la, joga o saquinho dentro dela.

— Você nunca vai encontrar seu futuro enquanto não se reconciliar com seu passado. Vá. Faça as pazes com a sua mãe.

• •

Estou descalça na cozinha, onde há panelas de cobre dependuradas em ganchos sobre o balcão de granito. São quase três horas de sábado, e Michael estará aqui às seis. Gosto de cronometrar o forno para que, quando meu namorado chegar, o apartamento esteja cheio do aconchegante aroma de pão recém-assado. Minha tentativa descarada de sedução doméstica. E, esta noite, preciso de todo reforço possível. Decidi aceitar o conselho de

Dorothy e dizer objetivamente a Michael que não quero deixar New Orleans — ou seja, ele. Meu coração dispara só de pensar nisso.

Com as mãos engorduradas, levanto o braço da batedeira e despejo a massa na tábua de pão untada. Trabalho a massa com os punhos, sovando-a, vendo-a se dobrar sobre si mesma. No armário sob o balcão, a menos de meio metro de onde estou, há uma reluzente máquina de fazer pão. Foi presente de Natal do meu pai três anos atrás. Não tive coragem de dizer a ele que gosto de usar os sentidos, que prefiro trabalhar a massa com as mãos, um ritual que remonta a mais de quatro mil anos, quando os antigos egípcios descobriram as leveduras. Eu me pergunto se essa seria apenas mais uma tarefa tediosa para as mulheres egípcias, ou se elas consideravam a atividade tão relaxante quanto eu. Para mim, isso é tranquilizador, o puxar e empurrar monótono da massa, a transformação química, que mal dá para ver, quando farinha, água e fermento vão se aglutinando, cada vez mais acetinados.

Foi minha mãe que me ensinou que a palavra inglesa "lady" evoluiu da expressão medieval "dough kneader", amassador de pão. Assim como eu, minha mãe adorava assar pão. Mas onde ela havia obtido aquela informação? Eu nunca a vi ler, e a mãe dela nem sequer chegou ao ensino médio.

Afasto um fio de cabelo da testa com o dorso da mão. Desde que Dorothy me mandou fazer as pazes com minha mãe, três dias atrás, não consigo parar de pensar nela. Seria possível ela realmente ter tentado entrar em contato comigo?

Só uma pessoa pode saber. Sem esperar nem mais um minuto, lavo as mãos e pego o telefone.

É uma hora no horário do Pacífico. Escuto o telefone tocar, imaginando Julia na varanda, lendo um romance ou talvez fazendo as unhas.

— Hannah Banana! Como você está?

A alegria em sua voz me faz sentir culpada. No primeiro mês depois que meu pai morreu, eu ligava para Julia todos os dias. Mas logo os telefonemas foram rareando para uma vez por semana, depois uma vez por mês. A última vez em que falei com ela foi no Natal.

Passo por cima dos detalhes sobre Michael e meu trabalho.

— Tudo ótimo — digo. — E você?

— O salão vai me mandar para um curso em Las Vegas. Em matéria de cabelos, tudo tem a ver com apliques e alongamentos hoje em dia. Você podia experimentar um. São muito práticos.

— Quem sabe — digo, antes de tocar no assunto. — Julia, preciso perguntar uma coisa.

— O apartamento. Eu sei. Tenho que pôr à venda.

— Não. Quero que fique com ele, já te disse isso. Vou telefonar para a sra. Seibold esta semana e perguntar por que está demorando tanto para sair a transferência de propriedade.

Eu a ouço suspirar.

— Você é um amor, Hannah.

Meu pai começou a sair com Julia no ano seguinte ao que terminei a faculdade. Ele se aposentou cedo e decidiu que, como eu ia para a USC, ele também se mudaria para Los Angeles. Conheceu Julia na academia. Com trinta e poucos anos, ela era uma década mais nova que ele. Gostei dela de imediato, uma mulher bonita e de bom coração, com uma queda por batom vermelho e *memorabilia* de Elvis. Uma vez, ela me confidenciou que queria ter filhos, mas em vez disso escolheu ficar com meu pai, que, segundo ela, era uma criança grande. Fico triste porque, dezessete anos depois, seu sonho de ter filhos se foi, juntamente com sua "criança grande". Dar a Julia o apartamento de meu pai parece um substitutivo fraco para tudo que ela sacrificou.

— Julia, uma amiga me contou uma coisa que não consigo tirar da cabeça.

— O que foi?

— Ela… — Enrolo uma mecha de cabelo com o dedo. — Ela acha que minha mãe tentou entrar em contato comigo, que me mandou uma carta... ou várias. Não sei bem quando. — Faço uma pausa, temendo que minhas palavras possam parecer uma acusação. — Ela acha que meu pai sabia disso.

— Não sei. Já levei uma dúzia de sacos para doação. Aquele homem guardava tudo. — Julia ri docemente, e meu coração se despedaça por ela. Eu é que deveria ter limpado os armários dele. Em vez disso, assim como o meu pai, deixei a parte difícil para ela.

— Você nunca encontrou uma carta, ou cartas, ou qualquer coisa da minha mãe?

— Eu sei que ela tinha nosso endereço aqui em Los Angeles. De vez em quando, ela mandava documentos de impostos, ou coisa parecida. Mas sinto muito, Hannah. Nada para você.

Assinto com a cabeça, incapaz de falar. Não tinha percebido como eu desejava uma resposta diferente.

— Seu pai a amava, Hannah. Mesmo com todos os defeitos dele, ele a amava de verdade.

Eu sei que meu pai me amava. Então por que isso não basta?

• •

Tomo um cuidado especial para me arrumar naquela noite. Depois de um banho de imersão em óleo para banho Jo Malone, meu preferido, paro em frente ao espelho, de sutiã e calcinha rendados cor de pêssego, enquanto passo a chapinha na última mecha de cabelo. Embora meus cabelos compridos até os ombros tenham uma ondulação natural, Michael os prefere lisos. Curvo os cílios e passo rímel, depois guardo a maquiagem na bolsa. Com cuidado para não amassá-lo, coloco o vestido curto justo cobre, que escolhi especialmente para Michael. No último minuto, procuro meu presente de aniversário de dezesseis anos, o pingente de diamante e safira. As joias que foram tiradas do anel de noivado da minha mãe reluzem para mim, como se também não conseguissem se acostumar com sua nova configuração. Durante todos aqueles anos, mantive o colar na caixa, sem nunca ter vontade ou coragem de usá-lo. Uma onda de tristeza me invade quando prendo o fecho de platina atrás do pescoço. Meu pai, que Deus o tenha, não fazia ideia. Ele não imaginava que seu presente simbolizava destruição e perda, e não suas pretensas boas-vindas ao mundo adulto.

Às 18h37, Michael entra em meu apartamento. Faz uma semana que não o vejo e ele está precisando de um corte de cabelo. Mas, ao contrário dos meus cabelos quando estão desarrumados, seus cachos loiro-escuros caem em ondas perfeitamente imperfeitas, dando-lhe uma aparência jovial de garoto de praia. Gosto de provocar Michael dizendo que ele parece mais um modelo da Ralph Lauren do que um prefeito. Seus olhos azuis e a pele clara fazem dele o retrato do sucesso, alguém que se poderia encontrar cruzando as águas em Cape Cod, no comando de uma lancha.

— Oi, linda — diz ele.

Sem se preocupar em tirar o casaco, ele me ergue nos braços, levantando meu vestido enquanto me carrega para o quarto. O vestido que se dane.

• •

Ficamos deitados um ao lado do outro, olhando para o teto.

— Puxa — diz ele, rompendo o silêncio. — Eu precisava disso.

Rolo de lado e passo o dedo por seu queixo quadrado.

— Senti saudade.

— Eu também. — Ele vira e puxa a ponta de meu dedo para sua boca. — Você é incrível, sabia?

Permaneço quieta entre seus braços, esperando que ele recupere o fôlego, para começarmos a segunda rodada. Adoro esses momentos intermediários, aconchegada no abraço de Michael, quando o mundo está longe e nossa respiração lenta e misturada é o único som que escuto.

— Quer beber alguma coisa? — sussurro.

Quando ele não responde, levanto a cabeça. Está com os olhos fechados e a boca entreaberta. Suavemente, ele começa a ressonar. Olho para o relógio. São 18h55, dezoito minutos da porta até o ronco.

• •

Ele acorda sobressaltado, os olhos arregalados, os cabelos bagunçados.

— Que horas são? — pergunta, estreitando os olhos para consultar o relógio.

— Sete e quarenta — digo, deslizando a mão por seu peito liso. — Você estava com sono.

Ele pula da cama e procura o telefone.

— Caramba, eu disse a Abby que a pegaríamos às oito. É melhor a gente se apressar.

— A Abby vai junto? — pergunto, esperando não trair minha decepção.

— Vai. — Ele pega a camisa no chão. — Ela desmarcou um encontro para ficar conosco.

Saio da cama. Sei que estou sendo egoísta, mas quero conversar sobre Chicago esta noite. E, desta vez, não vou ficar acanhada.

Fecho o sutiã, lembrando a mim mesma que Michael é pai solteiro, e dos bons. Ele anda sobrecarregado com as obrigações do cargo de prefeito. Não posso forçá-lo a escolher entre passar um tempo comigo ou com a filha. Ele está tentando satisfazer as duas.

— Tenho uma ideia — digo, observando enquanto ele digita uma mensagem de texto para Abby. — Saia com Abby esta noite, só vocês dois. Talvez a gente possa se ver amanhã.

Ele parece chocado.

— Não. Por favor. Eu quero que você venha.

— Mas a Abby... — digo. — Aposto que ela gostaria de ficar só com você. E ainda tem aquele trabalho em Chicago que mencionei. Eu realmente preciso falar com você a sós. A gente pode fazer isso amanhã.

— Quero passar a noite com as duas mulheres da minha vida. — Ele se aproxima e roça os lábios em meu pescoço. — Eu te amo, Hannah. E quanto mais a Abby ficar por perto, mais ela vai te amar também. Ela precisa nos ver como três, como uma família. Você não acha?

Eu amoleço. Ele está pensando em nosso futuro, exatamente o que eu queria.

• •

Seguimos para leste na St. Charles e chegamos à casa dele, em Carrollton, dez minutos atrasados. Michael dá uma corridinha até a porta para pegar Abby, e eu permaneço no carro, olhando para a enorme casa creme onde antes vivia uma família de três pessoas.

No mesmo dia em que o conheci, em um leilão do projeto Caminho para a Luz, descobri que Michael tinha uma filha. Eu me senti atraída pelo fato de ele cuidar dela sozinho, como fez meu próprio pai. Quando começamos a sair, jamais pensei em Abby de outra forma que não fosse positiva. Eu amava crianças. Ela seria um bônus. Eu juro que meus pensamentos eram esses... *antes* de conhecê-la.

O portão de ferro se abre e Abby e Michael saem da casa. Ela tem quase a altura do pai, e os longos cabelos loiros hoje estão presos com uma fivela, realçando os belos olhos verdes. Ela se acomoda no banco traseiro.

— Oi, Abby! — digo. — Você está muito bonita.

— Oi — ela responde, e remexe em sua bolsa Kate Spade pink, em busca do telefone celular.

Michael dirige rumo à Tchoupitoulas Street, e eu tento conversar com Abby. Mas, como sempre, tudo o que tenho são respostas lacônicas, sem nunca olhar para mim. Quando ela tem algo para contar, Abby olha diretamente para o pai e inicia cada frase com "Pai...", como se os indícios não verbais não fossem suficientes para me mostrar que eu estou fora. "Pai, recebi a nota dos exames para a faculdade. Pai, eu vi um filme que você ia adorar."

• •

Chegamos ao restaurante Broussard, no bairro francês — escolha de Abby —, onde uma morena esbelta nos conduz até a nossa mesa. As lâmpadas cintilam enquanto atravessamos o jardim até o salão iluminado por velas. Noto um casal idoso e bem-vestido me olhando, quando passo pela mesa deles, e sorrio.

— Sou sua fã, Hannah — a mulher diz, segurando meu braço. — Você me faz sorrir todas as manhãs.

— Ah, obrigada — digo, dando um tapinha carinhoso em sua mão. — A senhora não faz ideia de como isso me deixa feliz.

Nós três nos sentamos, e Abby se volta para Michael, sentado ao lado dela.

— Isso deve ser horrível — ela diz a ele. — Você trabalhando para salvar a cidade e é ela quem ganha a atenção. As pessoas são tão burras...

Eu me sinto de volta à Bloomfield Hills, sofrendo bullying de Fiona Knowles. Espero que Michael me defenda, mas ele apenas ri.

— É o preço que pago por namorar a queridinha de New Orleans.

Ele aperta meu joelho sob a mesa. *Deixa para lá,* digo a mim mesma. *Ela é só uma menina, como você já foi também.*

Um pensamento me invade. Estou em Harbour Cove. Bob estaciona no Tastee Freeze, minha mãe no banco de passageiro. Estou encolhida no banco de trás, mastigando a unha do polegar. Ele olha por sobre o ombro para mim, com aquele sorriso. "Que tal um sundae, maninha? Ou uma banana split?" Cruzo os braços, esperando conseguir abafar o ronco do estômago. "Não estou com fome."

Fecho os olhos e tento afastar a lembrança. Dorothy e a droga de suas pedras!

Volto a atenção para o cardápio e examino os pratos em busca de algo que não custe mais que o vestido que estou usando. Como um cavalheiro sulista, Michael sempre insiste em pagar. Como descendente de mineradores de carvão da Pensilvânia, sou parcimoniosa com dinheiro.

Alguns minutos depois, o garçom volta com a garrafa de vinho que Michael pediu e serve água com gás para Abby.

— Vão querer começar com uma entrada? — ele pergunta.

— Hum, deixe-me ver... — Michael responde, passando os olhos pelo cardápio.

Abby assume o controle.

— Vamos querer o foie gras de Hudson Valley, o carpaccio de Angus preto e mexilhões de Georges Bank. Uma terrina de cogumelos chanterelle *aussi, s'il vous plaît.* — Ela olha para o pai. — Você vai adorar os cogumelos, papai.

O garçom se afasta, e eu baixo meu cardápio.

— Então, Abby, agora que você já tem as notas dos exames, já pensou melhor sobre onde quer fazer a faculdade?

Ela pega o celular para checar as mensagens.

— Não muito.

Michael sorri.

— Ela agora está entre Auburn, Tulane e USC.

Finalmente, algo em comum! Viro para Abby.

— USC? Foi lá que eu estudei! Acho que você iria adorar a Califórnia, Abby. Se tiver alguma dúvida, pode me perguntar. Será um prazer escrever uma carta de recomendação para você, ou qualquer outra coisa de que precise.

Michael arqueia as sobrancelhas.

— Você devia aceitar a oferta, Abs. A Hannah é uma das alunas superstar da universidade.

— Ah, Michael, que ridículo. — É ridículo, mas estou lisonjeada por ele dizer isso.

Abby meneia a cabeça, sem tirar os olhos do celular.

— Eu já risquei a USC da lista. Preciso de um lugar mais desafiador.

— Ah — digo. — Claro. — Pego o cardápio e enterro o rosto nele, desejando estar em qualquer outro lugar, menos ali.

Michael e eu já estávamos namorando havia oito meses quando ele me apresentou a Abby. Eu estava ansiosa para conhecê-la. Ela havia acabado de completar dezesseis anos, e eu tinha certeza de que logo seríamos amigas. Ambas gostávamos de correr. Abby fazia parte do jornal de seu colégio. Ambas tínhamos crescido sem mãe.

Nosso primeiro encontro foi informal: café e bolinhos de chuva no Café du Monde. Michael e eu rimos com o açúcar salpicado nos pratos e comemos uma cestinha inteira dos deliciosos bolinhos. Mas Abby decidiu que os americanos eram glutões, recostou-se na cadeira, tomou seu café preto e ficou digitando no iPhone o tempo inteiro.

— Dê um tempo a ela — Michael disse. — Ela não está acostumada a me dividir.

Levanto a cabeça, notando que o restaurante de repente ficou em silêncio. Michael e Abby estão olhando para o outro lado do salão, e eu faço o mesmo.

Ao lado de uma mesa de canto, a uns seis metros de nós, um homem se agacha sobre um dos joelhos. Uma moça morena olha para ele, cobrindo a boca com a mão. Ele lhe entrega uma caixinha, e posso ver que suas mãos estão tremendo.

— Quer se casar comigo, Katherine Bennett?

A voz dele está tão carregada de emoção que sinto meu nariz doer.

Não seja tonta, digo a mim mesma.

A moça solta uma exclamação de alegria e salta em direção aos braços dele. O restaurante desaba em aplausos.

Bato palmas, rio e enxugo os olhos marejados. Do outro lado da mesa, sinto Abby olhando fixamente para mim. Eu me viro e nossos olhares se encontram. Os lábios dela se curvam, mas não é um sorriso o que vejo em seu rosto. É uma expressão de desdém. Não há dúvida, essa garota de dezessete anos está zombando de mim. Desvio o olhar, abalada pelo que ela parece saber. Ela acha que sou boba por acreditar em amor... e, muito possivelmente, em seu pai.

• •

— A gente precisa conversar, Michael.

Michael preparou um coquetel Sazerac para a gente, e nós nos sentamos cada um em uma ponta de meu sofá branco. O fogo tremeluzente na lareira envolve a sala em um brilho cor de âmbar, e eu me pergunto se aquela atmosfera de paz parece tão falsa para Michael quanto parece para mim.

Ele gira o copo e meneia a cabeça.

— Ela é uma criança, Hannah. Ponha-se no lugar dela. É difícil para ela dividir o pai com outra mulher. Por favor, tente entender.

Franzo a testa. Não fui eu quem sugeriu que ele saísse sozinho com Abby esta noite? Penso em chamar sua atenção para esse fato, mas não quero desviar o assunto.

— Não é sobre a Abby — digo. — É sobre nós. Enviei minha proposta por e-mail para a WCHI. Disse a James Peters que estou interessada no trabalho.

Observo sua expressão, na esperança de ver um estremecimento de temor, um traço de decepção. Em vez disso, ele fica animado.

— Isso é ótimo. — Ele estende o braço sobre o encosto do sofá e aperta meu ombro. — Você tem todo o meu apoio.

Meu estômago dá um nó e eu mexo no colar.

— Sabe, esta é a questão... Não quero o seu apoio. Seria uma mudança para mil e quinhentos quilômetros de distância, Michael. Quero que você...

Penso nas palavras de Dorothy: *Há muito tempo aprendi a dizer o que quero.*

Viro-me para ele.

— Quero que me peça para ficar.

5

Michael pousa o copo na mesinha de centro e vem para o meu lado do sofá.

— Fica — diz, segurando meus braços, com os olhos azuis fixos nos meus. — Por favor. Não vá.

Ele me abraça e me beija, um beijo longo, profundo e cheio de promessas. Quando se afasta, prende uma mecha do meu cabelo atrás da orelha.

— Meu amor, eu só achei que você devia fazer a entrevista de qualquer forma. Isso lhe daria mais poder de barganha quando chegar o momento de negociar seu próximo contrato com a WNO.

Concordo com um gesto de cabeça. Ele está certo, claro. Ainda mais agora que Claudia Campbell entrou em cena.

Ele segura meu rosto com as mãos.

— Eu te amo muito, Hannah.

Eu sorrio.

— Eu também te amo.

— E deixar New Orleans não significa me deixar. — Ele se recosta no sofá. —A Abby agora já tem idade suficiente para ficar sozinha. E ela está ocupada quase todos os fins de semana mesmo. Eu poderia ir te ver uma, talvez até duas vezes por mês.

— Poderia? — É difícil imaginar um fim de semana inteiro sozinha com Michael, dormindo nos braços um do outro e acordando na manhã seguinte com o dia todo à nossa frente... e depois mais um dia.

Ele tem razão. Se eu me mudasse para Chicago, poderíamos, na verdade, ter até mais tempo juntos.

— E eu poderia vir aqui visitá-lo em fins de semana alternados — digo, cada vez mais entusiasmada.

— Exatamente. Digamos que você aceite o trabalho por um ano. Você vai ganhar exposição nacional. Seria extremamente competitiva para um trabalho em Washington.

— Washington? — Balanço a cabeça. —Você não está entendendo? Quero que a gente fique junto um dia.

Ele força um sorriso.

— Vou lhe contar um segredinho. Andei pensando em concorrer para o Senado. Ainda é um pouco cedo para falar nisso, já que o senador Hanses ainda não anunciou se vai tentar a reeleição...

Retribuo o sorriso. Michael *está* pensando no futuro. Em alguns anos, ele talvez esteja em Washington. E está tentando garantir que meu caminho me leve para lá também.

• •

Domingo à noite, quando o fim de semana termina e estou na cama olhando para o teto, eu me pergunto por que ainda me sinto vazia. Pela primeira vez, eu disse a Michael o que queria. E ele me deu a resposta certa. Então por que me sinto mais sozinha do que nunca?

A resposta me vem à 1h57 da madrugada. Fiz a pergunta errada. Eu sei que Michael me quer com ele. E isso é bom. Mas a pergunta real é: Será que ele pretende que eu seja sua esposa um dia?

• •

Jade e eu estamos fazendo uma caminhada acelerada pelo Audubon Park, na segunda-feira à tarde.

— Então o Marcus me diz: "Por favor, meu bem, só mais uma chance. Nunca mais vai acontecer, eu juro".

Tento aliviar a tensão no queixo e manter o tom neutro.

— Achei que ele estava saindo com outra pessoa.

— Não está mais. Ele fala que ela era uma péssima substituta para mim.

— O que você respondeu?

— Eu disse: "Claro que não. Uma mandíbula quebrada já é suficiente".

Eu dou risada e ergo a mão para um cumprimento.

— Muito bem! Você continua firme.

Ela diminui o passo.

— Então por que me sinto culpada pra caramba? O Marcus era... é... um ótimo pai. O Devon adora ele.

— Olha, nada impede que ele mantenha o relacionamento com o filho. Ele devia agradecê-la por não ter contado ao Devon ou ido à justiça. Se você tivesse feito isso, ele estaria fora da vida do filho e da polícia.

— Eu sei. Mas o Devon não entende. Ele acha que estou sendo má com o pai. É como se eu estivesse encurralada entre a irritação do Devon e as súplicas do Marcus. Ele fica sempre lembrando como eram bons aqueles quinze anos que passamos juntos. E como eu enchia o saco para ele levar o carro para consertar o freio. Que ele estava no meio de um caso complicado na polícia, trabalhando à noite e nos fins de semana, sem tempo para dormir direito e...

Desligo a voz dela. Já ouvi os dramas de Marcus pelo menos trinta vezes e não suporto ouvir outra vez. Com total apoio dos pais, ela deixou Marcus em outubro, no mesmo dia em que ele bateu nela, e entrou com o pedido de divórcio na semana seguinte. Ainda bem que ela tem se mantido firme. Por enquanto.

— Eu também gostava dele, mesmo. Mas o que ele fez não tem perdão. Você não tem culpa nenhuma, Jade. Nenhum homem pode bater em uma mulher. Nunca. Fim da história.

— Eu sei. Eu sei que você está certa. É que... por favor, não fique com raiva de mim por isso, Hannabelle, mas às vezes eu sinto saudades dele.

— Se a gente pudesse copiar e colar as partes boas... — Dou o braço para ela. — Confesso que às vezes também sinto falta dos tempos bons com Jack. Mas eu nunca poderia confiar nele outra vez. Acontece o mesmo com você e o Marcus.

Ela se volta para mim.

— Como foi o encontro com Michael? Você disse a ele para tirar a bunda da cadeira e tratar de comprar um anel de brilhantes de uma vez?

Faço um resumo de nossa conversa de sábado à noite.

— Ou seja, se eu me mudasse para Chicago, na verdade acabaríamos passando mais tempo juntos, só nós dois, e não menos...

Ela parece cética.

— Você acha mesmo? Ele deixaria sua preciosa cidade todos os meses? Você não teria que lidar com a Pentelhabby?

Não posso deixar de sorrir do apelido de Jade para Abby.

— É o que ele diz. Claro que agora eu quero mesmo este emprego.

— Não! Você não pode ir — diz ela. — Eu não vou deixar.

Era essa a reação que eu esperava de Michael.

— Não se preocupe. Tenho certeza de que eles devem ter uma montanha de candidatas mais qualificadas. Mas, sem querer me gabar, eu mandei uma proposta bem atraente. — Conto a ela sobre a mania de enviar Pedras do Perdão e a proposta de levar ao programa Fiona e minha mãe distante.

— Espere aí. Sua mãe? Você me disse que não tinha mãe.

Fecho os olhos e faço uma careta. *Eu tinha dito isso?*

— Não literalmente. Era metafórico. Tivemos uma desavença séria anos atrás.

— Eu não sabia.

— Desculpe. Não gosto de falar sobre isso. É complicado.

— De qualquer forma, estou impressionada, Hannabelle. Quer dizer que vocês fizeram as pazes e sua mãe vai até aparecer no seu programa de tevê.

— Não, não é nada disso!

— Eu devia ter percebido — diz ela, meneando a cabeça. — Nada dessas intimidades.

— Exato — digo, ignorando a ironia na voz dela. — É só uma proposta. Eu inventei. Minha mãe e eu não fizemos as pazes.

— Entendi. Então conte mais sobre essas Pedras do Perdão. Elas são, tipo, um *passe livre*? — Jade pergunta. — Você confessa algum segredo profundo e vergonhoso, dá uma pedra para uma pessoa e está tudo resolvido?

— É. Meio forçado, não é?

Ela dá de ombros.

— Sei lá. Na verdade, acho bem inteligente. Dá pra entender por que a ideia pegou. Quem não precisa ser perdoado?

— Tá bom, Jade. Imagino que seu maior pecado foi aquela vez em que você acidentalmente roubou o frasco de amostra no balcão de demonstração da Clinique. — Faço o comentário sorrindo, mas o rosto dela fica sério. — Ei, estou só brincando. Só quis dizer que você é uma das pessoas mais honestas e sinceras que conheço.

Ela inclina o corpo para a frente e agarra os joelhos.

— Hannabelle, você nem tem ideia...

Vou para o gramado, dando passagem para um corredor.

— O que foi?

— Por mais de vinte e cinco anos eu carreguei esta enorme mentira nas costas, como um pedaço de queijo fedorento. Mas, desde o diagnóstico do meu pai, isso está me consumindo.

Ela se alonga e seu olhar se distancia, como se estivesse tentando escapar das lembranças. O que acontece com essas pedras? Em vez de oferecer paz, elas estão causando dor.

— Era meu aniversário de dezesseis anos, e meus pais fizeram uma festa para mim. Acho que o papai estava mais animado do que qualquer um de nós. Ele queria que tudo saísse perfeito. Decidiu reformar o salão de festas no porão. Pintura, móveis novos, essas coisas... Quando eu disse que queria um tapete branco, ele nem pestanejou. — Ela olha para mim e sorri. — Dá para imaginar? Um tapete branco no porão? Umas quinze meninas vieram passar a noite. Nossa, a gente andava louca pelos meninos naquela época! Então, quando meia dúzia deles bateu à porta dos fundos, trazendo vodca e um vinho horrível, claro que nós deixamos entrar. Eu estava apavorada. Se meus pais descessem ao porão, eu ficaria de castigo pelo resto da vida. E seria esfolada viva se descobrissem que estávamos bebendo. Mas eles já tinham nos desejado boa-noite. Estavam lá em cima, vendo *48 Hours* na TV. Eles confiavam em mim. Lá pela meia-noite, minha amiga Erica Williams estava totalmente bêbada. Ela vomitou. Por toda parte. Adeus, tapete branco.

— Ah, não — digo. — O que você fez?

— Fiz de tudo para limpar, mas a mancha não saía. Na manhã seguinte, meu pai desceu e viu. Eu contei a verdade: a Erica tinha vomitado. "Ela bebeu?", ele perguntou. Eu olhei nos olhos dele. "Não, papai."

A voz dela estremece, e eu passo o braço sobre seus ombros.

— Jade, isso não é nada. Esqueça. Você era uma criança.

— Os anos passaram, mas ele sempre voltou para essa história, Hannah. Até no meu aniversário de trinta anos, ele perguntou: "Jade, a Erica estava bebendo naquela noite da sua festa de dezesseis anos?" E, como sempre, eu respondi: "Não, papai".

— Então pode ser que esteja na hora de contar. Dê uma Pedra do Perdão para ele. Porque, com certeza, a mentira está doendo muito mais em você do que a verdade vai doer nele.

Ela meneia a cabeça.

— É tarde demais. O câncer chegou aos ossos agora. Ele morreria se eu falasse a verdade.

••

Jade e eu estamos terminando nossa última volta quando Dorothy telefona, parecendo mais animada do que há meses.

— Pode passar aqui esta tarde, querida?

Não é comum Dorothy pedir uma visita. Quase sempre ela diz que é bobagem ir vê-la com tanta frequência.

— Com prazer — digo. — Está tudo bem?

— Esplêndido. E traga meia dúzia daquelas bolsinhas, pode ser? Acho que vendem na Michaels.

Ah, que maravilha. As Pedras do Perdão outra vez.

— Dorothy, você não aceitou minha pedra. Está liberada. Não precisa continuar aquela bobagem de círculo do perdão.

— Meia dúzia — ela insiste —, para começar.

Eu devia ter pensado nisso. Dorothy adora participar de correntes de cartas e e-mails. Com certeza, não perderia a chance de entrar em uma nova mania tão popular como a das Pedras do Perdão. Ela entrou na história e agora, achando justificável ou não, vai continuar o círculo do perdão e passar adiante.

— Está bem, mas as instruções dizem para mandar uma carta de desculpas, não meia dúzia.

— Você acha que eu só magoei uma pessoa nestes setenta e seis anos? Não sabe que, bem no fundo, todos nós somos sacos de culpa? Acho que esta é a beleza dessas pedrinhas bobas. Elas nos dão a permissão, ou talvez o compromisso, de sermos vulneráveis.

• •

Quando chego lá no fim da tarde, o rosto de Dorothy está mudado. As linhas de expressão se suavizaram, e ela parece definitivamente serena. Está sentada no pátio, em uma mesa com guarda-sol, com o audiolivro de Fiona Knowles a sua frente. Franzo a testa. A garota que me tratou tão mal hoje é um ícone do perdão e, sem dúvida, está lucrando bastante com isso.

— As pessoas guardam segredos por duas razões — Dorothy começa. — Para se proteger, ou para proteger outros. Isso é o que Knowles diz.

— Que revelação. A mulher é brilhante.

— É mesmo — Dorothy responde, obviamente sem perceber minha ironia, ou talvez escolhendo ignorá-la. — Você trouxe as minhas bolsinhas, querida?

— Trouxe. Tule branco — digo, colocando-as na mão dela. — Com bolinhas verde-claras.

Ela passa os dedos pelo tecido e abre os cordões.

— Lindas. Há um copo com pedrinhas na minha mesa de cabeceira. Você pode pegar para mim, por favor?

Volto com um copo plástico cheio de pedrinhas. Dorothy as despeja sobre a mesa.

— A Marilyn as pegou no jardim ontem. — Com cuidado, ela separa as pedras em duplas. — O primeiro conjunto vai para a Mari — diz. — Embora ela ainda não saiba.

— Para a Marilyn? — Fico surpresa quando ela menciona sua amiga mais próxima e mais antiga. Mas, refletindo melhor, faz sentido. — Bem, imagino que, quando se conhece uma pessoa a vida inteira, é provável que a tenhamos magoado uma vez ou outra, certo?

— Certo — ela responde. — E foi feio. — Dorothy fecha os olhos e meneia a cabeça, como se a própria lembrança lhe causasse calafrios. — Eu sempre imaginei a vida como um quarto escuro cheio de velas — ela diz. — Quando nascemos, metade delas está acesa. A cada boa ação que fazemos, mais uma se acende, criando um pouco mais de luz.

— Que bonito — digo.

— Mas, ao longo do caminho, algumas chamas são extintas por egoísmo e crueldade. Então, veja bem, nós acendemos algumas velas e apagamos outras. No fim, só podemos desejar ter criado mais luz que escuridão neste mundo.

Reflito por um momento, imaginando meu próprio quarto de velas. Será que eu criei mais luz que escuridão?

— É uma linda analogia, Dorothy. E você, minha amiga, lançou uma luz muito forte.

— Ah, mas apaguei tantas outras pelo caminho. — Ela procura com as mãos outro par de pedras. — Estas vão para o Steven.

— Que bondade — digo. — Achei que você o desprezasse.

Encontrei Stephen Rousseau duas vezes, quando eu namorava Jackson. Ele parecia um homem decente. Mas Dorothy raramente fala do ex-marido, exceto para dizer que não precisa do imbecil para nada, que ele se divorciou dela nove meses depois de ela ter feito uma mastectomia. Embora três décadas tenham se passado, desconfio que nenhuma das cicatrizes de Dorothy se curou completamente.

— Estou falando de Steven Willis, meu ex-aluno. Era um menino muito inteligente, mas sua vida familiar era horrível. Eu o deixei escapar, Hannah, e nunca me perdoei. Acho que seus irmãos ainda moram na cidade. Vou tentar encontrá-lo.

Que coragem. Ou não? Talvez um pedido de desculpas alivie a consciência pesada de Dorothy, mas, para Steven, não poderia ser um lembrete desagradável de uma infância que ele preferiria esquecer?

Ela move a mão para o par seguinte.

— Estas são para o Jackson — ela continua. — Nunca me desculpei por ter me metido.

Isso me paralisa.

— Se não fosse eu, vocês agora estariam casados. Fui eu quem o aconselhou a admitir o erro para você, Hannah. A culpa que ele carregava era pesada demais. Uma mãe percebe essas coisas. O segredo dele teria destruído o relacionamento de vocês e, mais tarde, seu casamento. Eu tinha certeza que você o perdoaria se ele confessasse. Mas eu estava errada.

— Eu o perdoei — digo, e aperto a mão dela. — Mas você tocou em um ponto importante. Talvez fosse melhor para o Jack nunca ter me contado a verdade. É melhor que alguns segredos fiquem guardados.

Ela ergue o queixo.

— Como o segredo que você tem com a sua mãe?

Meu corpo se enrijece.

— Nunca falei de segredo nenhum.

— Nem precisava. Uma mãe não abandona a filha, Hannah. Você já enviou a pedra para ela?

Uma mistura de tristeza e derrota recai sobre mim.

— Não havia carta nenhuma. Eu perguntei para a Julia.

Ela pigarreia de leve.

— E você nem cogitou a possibilidade de seu pai não ter contado para a namorada?

— Preciso de um tempo para pensar sobre isso, Dorothy.

— "Até que despeje luz sobre aquilo que o envolve em escuridão, você estará sempre perdido." É o que Fiona Knowles diz.

6

Paro no Guy, na Magazine Street, e compro comida para viagem. Está começando a escurecer, e, em pé junto ao balcão de minha cozinha, olho à toa para o brilho do meu notebook aberto enquanto mastigo um sanduíche e batatas fritas.

Até que despeje luz sobre aquilo que o envolve em escuridão, você estará sempre perdido. As palavras de Dorothy, ou de Fiona, me deixam inquieta. Como seria ter a consciência tranquila, se sentir íntegra, digna e limpa?

Droga! Não preciso disso agora. Como se meu trabalho e meu relacionamento já não fossem suficientes para manter os lucros do Guy.

Atravesso a cozinha e abro a porta do freezer. Procuro no abismo gelado até encontrar: uma embalagem fechada de sorvete de caramelo salgado. Levo a mão até ela, mas paro no último instante. Fecho o freezer com força, pensando que devia arranjar um cadeado. Em meu trabalho na televisão, calorias aniquilam carreiras. Embora Stuart não tenha chegado a ponto de colocar uma balança em meu camarim, ele deixou claro que listras horizontais não são mais uma opção.

Controle-se!

Jogo a embalagem na lata de lixo e vou para a sala. Do lado de fora da porta balcão, o dia se transforma em noite. Famílias estão jantando, mães estão dando banho nos filhos.

Sem permissão, minha mente vagueia até Jack. Acredito mesmo no que disse para Dorothy hoje? Se Jack não tivesse confessado, eu não saberia do caso que ele teve e estaríamos casados há três anos. Ele estaria prestando consultoria para restaurantes aqui em New Orleans, não em Chicago. O filho número um já teria um ano de idade, e estaríamos considerando o segundo.

Por que ele teve que estragar tudo? Amy era estagiária dele! Vinte anos, pelo amor de Deus!

Afasto o sentimentalismo. Será que eu gostaria que ele tivesse escondido seu segredo de mim? Não dá para saber. Além disso, tudo acabou sendo para o melhor. Agora sei disso. Eu não teria conhecido Michael. E Michael combina muito mais comigo do que Jack. É verdade que Jack era doce. E, sim, ele me fazia rir. Mas Michael é meu alicerce. Ele é acolhedor e sensato, e o que lhe falta em matéria de tempo, ele compensa com lealdade.

Do outro lado da sala, vejo minha bolsa jogada em uma cadeira, onde a deixei mais cedo. Atravesso o aposento e saco de dentro dela a bolsinha de veludo. As pedras caem em minha mão. Vou até a escrivaninha, esfregando-as na palma como contas de aliviar a tensão, e pego uma folha.

Meu coração dispara quando escrevo a primeira palavra:

Mamãe,

Respiro fundo e continuo:

Talvez tenha chegado a hora de fazermos as pazes.

Minha mão treme tanto que mal consigo escrever. Empurro o papel de lado e levanto da cadeira. Não posso fazer isso.

As portas abertas são um convite. Saio para o terraço, seis andares acima do nível da rua, e me apoio na grade, admirando a névoa de tons lilás e alaranjados no céu ocidental. Abaixo, o bonde da linha St. Charles aparece e para junto ao canteiro central gramado que divide a larga avenida.

Por que Dorothy é tão insistente? Contei minha vida para ela no mesmo dia em que nos conhecemos, no saguão do Evangeline. Estávamos conversando havia dez minutos quando ela sugeriu que continuássemos o papo em seu apartamento.

— Moro no 617. Que tal tomarmos um drinque? Vou preparar um Ramos Fizz para nós. Você bebe, não é?

Gostei de Dorothy desde o começo. Sua personalidade era dois terços de mel, um de uísque — e havia o jeito como ela me olhava diretamente nos olhos que me fazia sentir como se nos conhecêssemos a vida inteira.

Sentamos em poltronas separadas, tomando o delicioso coquetel típico de New Orleans, feito de gim, creme de leite e sucos cítricos. Entre um gole e outro, ela me contou que estava divorciada havia trinta e quatro anos, vinte anos mais do que durara seu casamento.

— Pelo jeito, Stephen era um homem que gostava de seios e, naquela época, mastectomias não eram feitas com muita delicadeza. Foi um período difícil, mas eu me recuperei. A expectativa para uma moça do Sul, com um filho de três anos, era entrar na cena social até encontrar um novo marido e um pai para o Jackson. Minha mãe ficou estarrecida quando escolhi continuar solteira, lecionando inglês na Walter Cohen. Quando dei por mim, vinte lindos anos tinham se esvaído, como pingos de chuva de verão por uma calçada.

Ela falava com saudade da infância em New Orleans, como filha de um conhecido obstetra.

— Papai era um homem muito querido — disse. — Mas ser a esposa de um obstetra não era prestigioso o bastante para mamãe. Ela foi criada em uma das grandes mansões na Audubon Drive. Suas expectativas sempre excederam a ambição de meu pai.

O Ramos Fizz deve ter subido à minha cabeça, porque, sem me dar conta, eu estava contando a ela sobre minha própria família, algo que raramente fazia.

Eu tinha onze anos quando meu pai foi negociado do Atlanta Braves para o Detroit Tigers. No espaço de seis semanas, meus pais compraram uma casa em um subúrbio elegante de Bloomfield Hills e me matricularam em uma escola particular feminina, toda metida a chique. Mas eu soube desde o primeiro dia que nunca me encaixaria no círculo fechado das meninas da sexta série. As descendentes de magnatas dos automóveis como Henry Ford e Charles Fisher não tinham nenhum interesse em se relacionar com uma recém-chegada magrela cujo pai era um jogador de beisebol sem classe de Schuylkill County, na Pensilvânia. Pelo menos foi isso que a líder do grupo, Fiona Knowles, decidiu. E as outras quinze meninas foram atrás dela, como lemingues pulando de um penhasco.

Minha mãe, a bela filha de um minerador de carvão, na época com apenas trinta e um anos, era minha única amiga. Ela era tão rejeitada pela vizinhança rica quanto eu. Eu percebia pelo modo como fumava cigarros até a ponta, olhando pela janela com uma expressão distante. Mas que escolha a gente tinha? Meu pai amava o beisebol. E minha mãe, que não tinha nenhuma formação ou habilidade pessoal, amava meu pai... ou pelo menos era o que eu achava.

Meu mundo virou de cabeça para baixo em uma noite fria de novembro, treze meses depois da nossa chegada. Eu estava arrumando a mesa, vendo a neve cair pela janela de nosso cantinho do café da manhã, reclamando para minha mãe da sequência infinita de dias cinzentos, da aproximação do inverno. Ambas sentíamos falta de nossa casa na Geórgia e gostávamos de lembrar os céus azuis e as brisas mornas. Mas, pela primeira vez desde que havíamos chegado ali, ela não ficou do meu lado.

— É uma troca — disse, com a voz tensa. — Claro, o clima é melhor no sul, mas e daí? Você precisa mudar essa sua atitude.

Fiquei chocada ao pensar que havia perdido minha aliada, mas não tive chance de responder, porque, naquele momento, meu pai entrou sorrindo pela porta dos fundos. Aos quarenta e um anos, ele era um dos jogadores mais velhos da Major League de beisebol. Sua primeira temporada em Detroit tinha sido decepcionante, o que acabava com seu humor. Mas, naquela noite, ele jogou o casaco no cabideiro e puxou minha mãe para um abraço.

— Nós vamos para casa! — ele anunciou. — Vocês estão olhando para o novo técnico dos Panthers!

Eu não tinha ideia de quem eram os Panthers, mas sabia onde era nossa casa. Atlanta! Embora tivéssemos morado na Geórgia apenas por dois anos, era como se fosse o nosso lugar. Nossa vida fora feliz lá. Íamos a festas e churrascos na vizinhança e fazíamos viagens de fim de semana para Tybee Island.

Minha mãe o empurrou.

— Você está cheirando a alambique.

Mas ele não pareceu se incomodar. Nem eu. Gritei de alegria, e ele me levantou nos braços. Respirei fundo, com seu cheiro tão familiar de Jack Daniel's e cigarros Camel enchendo minhas narinas. Era estranho e embaraçosamente maravilhoso ser carregada por aquele homem grande e bonito. Olhei para minha mãe, esperando vê-la dançando de alegria. Mas ela estava voltada para a janela. Olhava para a noite escura com as mãos apoiadas na beirada da pia.

— Mamãe — eu disse, me soltando das mãos de meu pai. — Nós vamos embora. Por que você não está feliz?

Então ela se virou, e seu rosto bonito estava marcado por manchas vermelhas.

— Suba para o quarto, Hannah. Eu e seu pai precisamos conversar.

A voz dela estava grossa, do jeito que a minha ficava quando eu sentia que ia chorar. Franzi a testa. Qual era o problema dela? Aquele era nosso bilhete de saída de Michigan. Íamos voltar para a Geórgia, para o clima quente, os céus azuis e para as meninas que gostavam de mim.

Soltei um grunhido e saí da cozinha de cara feia. Mas, em vez de subir a escada para meu quarto, me agachei atrás do sofá e escutei meus pais do escuro da sala.

— Técnico de um time de faculdade? — ouvi minha mãe perguntar. — O que significa isso, John?

— Você não estava feliz aqui, Suzanne. Você deixou isso bem claro. E, sinceramente, eu já estou muito velho para esse jogo. Esse emprego na faculdade é uma tática. Em alguns anos, vou poder concorrer a alguma posição de técnico na Major League. E, para ser sincero, temos mais dinheiro do que jamais imaginamos, mesmo que eu não trabalhasse mais nenhum dia na vida.

— É a bebida outra vez?

A voz dele ficou mais alta.

— Não! Mas que merda. Eu achei que você ia ficar feliz.

— Por que eu desconfio que essa história não está bem contada?

— Desconfie do que quiser. Recebi essa oferta e vou aceitar. Já disse a eles.

— Sem me perguntar? Como pôde fazer isso?

Eu balancei a cabeça. Por que minha mãe estava irritada? Ela odiava morar ali... não é? E meu pai estava fazendo aquilo por ela, por nós. Ela devia estar entusiasmada.

— Por que nunca consigo te agradar? O que você quer, Suzanne?

As lágrimas de mamãe pareciam se infiltrar pelas paredes. Eu tive vontade de correr para ela e abraçá-la. Mas cobri a boca e esperei.

— Eu... eu não posso ir embora.

Tive que me esforçar para ouvir meu pai, de tão baixa e frágil se tornara sua voz.

—Meu Deus. É tão sério assim?

E então ouvi um som tão assustador quanto o gemido de um animal. Os soluços desesperados de meu pai, sua voz embargada, implorando para minha mãe ir com ele. Ele precisava dela. Ele a amava.

Pânico e constrangimento me invadiram ao mesmo tempo. Eu nunca tinha ouvido meu pai chorar. Ele era forte e sólido. A fundação da minha vida estava desmoronando. Do meu esconderijo, vi mamãe subir a escada e ouvi a porta do quarto se fechar.

Na cozinha, uma cadeira raspou no chão. Imaginei meu pai se sentando nela e afundando o rosto nas mãos. Depois começou outra vez, o uivo abafado de um homem que havia acabado de perder seu amor.

Uma semana depois, o mistério foi desvendado. Meu pai tinha sido trocado, desta vez pela esposa. O substituto era um homem chamado Bob, professor em uma oficina de marcenaria durante o dia, marceneiro nos períodos em que não havia aulas. Minha orientadora o recomendara para mamãe. Meu pai o contratara no verão anterior para reformar nossa cozinha.

Acabei conseguindo o que queria, embora ainda fossem demorar nove meses até que eu finalmente deixasse Michigan para me juntar a meu pai em Atlanta. Minha mãe ficou com o homem que ela amava mais que meu pai. E mais que eu.

• •

E agora eu tenho que bancar a boazinha? Suspiro. Dorothy não sabe da missa nem a metade. Apenas quatro pessoas conhecem o resto da história, e uma delas está morta.

Na verdade, eu tentei contar a minha saga a Michael, mas ele me poupou disso. Foi em nosso terceiro encontro e havíamos tido um jantar maravilhoso no Arnaud. Depois, nos acomodamos em meu sofá bebendo Pimm's Cups. Ele tinha acabado de me confidenciar os detalhes do trágico acidente de sua esposa, e estávamos ambos aos prantos. Eu nunca havia contado minha história antes, mas tudo parecia tão seguro e certo naquela noite, aninhada nos braços dele. Narrei tudo em ordem cronológica, mas, claro, interrompi a confidência no ponto de sempre, logo antes do episódio de fim de noite com Bob.

— Então me mudei para Atlanta com meu pai. Nos dois primeiros anos, eu via minha mãe mais ou menos uma vez por mês, sempre em locais neutros, geralmente Chicago. Meu pai não me deixava visitá-la na casa dela. Não que eu quisesse. Ele era muito protetor, e tenho que admitir que isso me passava uma sensação boa. Eu nunca tinha sido muito próxima do meu pai quando minha mãe estava por perto. Eu e ela formávamos uma dupla, e meu pai ficava meio de fora. Também, ele vivia viajando, ou nos treinos, ou, com muita frequência, nos bares.

Michael arqueou as sobrancelhas.

— É, ele gostava de festas — continuei. — Adorava um uísque. — Baixei os olhos, envergonhada por ainda estar dando cobertura ao homem que seria mais adequadamente descrito como seriamente alcoólatra.

Minha voz falhou, e tive que esperar um momento antes de conseguir continuar.

— Então é isso. Eu não a vi nem tive notícias dela desde minha formatura no colégio. E estou bem, bem mesmo. Nem sei a razão destas lágrimas.

— É uma história pesada. — Michael envolveu meus ombros com um braço e me puxou mais para perto. — Deixa isso pra lá, meu amor. Sua mãe confundiu tudo. Se ao menos ela soubesse a joia que deixou passar...

Ele beijou o topo da minha cabeça e, de repente, algo nesse gesto protetor, quase paternal, causou uma leve pontada em meu coração. Mas foi o golpe de despedida de Jackson, dito quase um ano antes e ainda reverberando em minha mente, que fez meu coração se abrir: "Não me surpreendo que seja tão fácil me deixar ir, Hannah. Na verdade, você nunca me deixou entrar". Pela primeira vez, alguém estava ameaçando romper a barreira emocional que eu me esforçara tanto para erguer. Pronunciei as palavras antes de ter tempo de repensar:

— Ele... o namorado dela... Bob... ele me tocou. Minha mãe não acreditou. Foi quando fui embora de Michigan. Mas ela ficou com...

O horror no rosto de Michael me impediu de continuar.

— Vou te dar um conselho, Hannah. Alguns segredos é melhor manter escondidos. Como figuras públicas, nossa imagem é tudo.

Olhei confusa para ele.

— Imagem?

— Só estou dizendo que você se apresenta como a garota saudável que mora na casa ao lado. Sabe, alguém com uma história boa e normal. Essa é a sua marca. Não dê razão para pensarem que ela não é autêntica.

• •

Hannah,

Ficamos muito contentes em saber que você está interessada em nossa oferta. Sua proposta causou uma impressão muito boa em toda a equipe. Um programa com Fiona Knowles é exatamente o tipo de atração que estamos buscando, e sua história pessoal lhe dá um ângulo exclusivo.

Minha assistente, Brenda Stark, vai entrar em contato. Ela está agendando as entrevistas para a semana de 7 de abril.

Aguardamos ansiosos para vê-la aqui.

James

— Merda — digo, olhando para a tela do computador. — Vou vomitar.

Jade bate o dedo em um pincel de leve, para soltar o pó, fazendo flocos marfim choverem sobre minha capa plástica.

— O que foi?

Abro um documento de Word no computador.

— Dá uma olhada nisso, Jade. Lembra aquela proposta que eu tinha que escrever para a WCHI? Parece que eles adoraram. Mas eu disse para você que inventei quase tudo, lembra? Eu não contei a eles que demorei dois anos para enviar a pedra de volta para Fiona. E minha mãe... Na proposta, eu disse que ela apareceria no programa. É mentira. Nunca enviei uma pedra para ela. Inventei essa parte também.

Jade toca meu ombro.

— Ei, calma. É só uma proposta, certo? Eles não vão filmar.

Levanto as mãos.

— Não tenho certeza. Mas, seja como for, parece errado. E se eles me perguntarem sobre isso? Sou péssima para mentir.

— Então mande a pedra para ela.

— Para minha mãe? Não. Não, não posso enviar uma pedra para ela assim do nada. Não a vejo há anos.

Pelo espelho, Jade franze a testa para mim.

— Claro que pode. Se quiser. — Pega um spray de cabelo e sacode. — Mas não faz diferença para mim. Não posso mentir, estou torcendo para você não conseguir o trabalho.

— Não conseguir que trabalho? — Claudia entra pela porta aberta, usando um vestido envelope ameixa. Seus cabelos caem em cachos soltos, o que me faz lembrar de uma Barbie que já tive.

— Oi — digo. — É um trabalho em...

— Não é nada — Jade me interrompe. — Precisa de alguma coisa, Claudia?

Ela se aproxima da cadeira de maquiagem.

— Vou fazer um segmento bobo no jornal da manhã sobre o repelente de mosquitos que tem o melhor odor. — Ela levanta dois frascos de spray contra insetos. — Poderiam me dar a opinião de vocês, senhoritas?

Ela coloca um frasco aberto perto do nariz de Jade, depois muda para o segundo frasco, com um botão de spray no alto.

— O primeiro — diz Jade, desviando o rosto. Tenho a ligeira impressão de que ela nem cheirou. Jade só quer se livrar de Claudia.

— E você, Hannah?

Deponho o computador sobre o balcão e sinto o cheiro do primeiro.

— Não é ruim.

Em seguida, ela põe o frasco de spray junto ao meu nariz. Aspiro.

— Humm, não consigo sentir o cheiro deste.

— Ah, pronto — diz Claudia.

A última imagem que vejo é o dedo de Claudia apertando o spray. Então, mil agulhinhas espetam meus olhos.

— Ai! — grito. — Ah, merda! — Levo as mãos aos olhos, que agora estão fechados com força.

— Ah, não! Desculpe, Hannah.

— Que droga! Ai! Ai! Meus olhos estão ardendo!

— Vem aqui — pede Jade. — A gente precisa lavar isso.

Percebo urgência na voz dela, mas não consigo abrir as pálpebras. Com uma das mãos em meu braço, Jade me puxa para a pia e joga água em meu rosto. Mas meus olhos se recusam a abrir; nem uma fresta. Um fio involuntário de lágrimas escapa dali.

— Desculpe — Claudia repete sem parar.

— Tudo bem — digo, curvada sobre a pia, ofegando como se estivesse em trabalho de parto. — Não se preocupe.

Do outro lado da sala, ouço mais passos se aproximando.

A julgar pelo andar rápido, trata-se de Stuart.

— O que está acontecendo aqui? Meu Deus! Que houve com você, Farr?

— A Claudia jogou... — Jade começa, antes que eu a interrompa.

— Caiu repelente nos meus olhos.

— Ah, mas que maravilha. Você entra em dez minutos. — Sinto-o ao meu lado agora e imagino sua cabeça abaixada até a pia, olhando boquiaberto para mim. — Meu Deus! Olha o seu rosto. Você está horrível!

— Obrigada, Stuart. — Já posso adivinhar a beldade que estou, com os olhos vermelhos e inchados e o rosto molhado e manchado de maquiagem. Mas será mesmo que precisava dessa confirmação?

— Tudo bem, vou dar um jeito — Stuart diz. — Claudia, preciso que você entre. Pode começar o programa hoje pelo menos até esta aqui parecer remotamente humana?

Tiro o rosto de dentro da pia e foco ao redor, às cegas.

— Espera. Não. Eu...

— Claro — ouço Claudia dizer. — É um prazer ajudar.

— Stuart, por favor, é só me dar um minuto — digo, tentando abrir os olhos com os dedos.

— Obrigado, Claudia, você sabe trabalhar em equipe — diz Stuart. Ouço os passos dele passando pela porta. — Farr, está dispensada hoje. E, na próxima, não seja tão descuidada.

— Ah, não se preocupe — diz Jade, cuja voz é pura ironia. — E, Stuart, não ouse sair sem levar este lixo com você.

Ouço Claudia dar um suspiro.

— Jade! — exclamo, chocada com sua rudeza.

A sala fervilha de tensão, até que finalmente Jade rompe o silêncio.

— Seu spray — ela diz, e a ouço jogar a lata para Stuart.

A porta se fecha, e Jade e eu ficamos sozinhas.

— Mulherzinha traiçoeira — ela comenta.

— Ah, espera aí — falo, segurando um lenço de papel sobre os olhos. — Você não está achando que ela fez isso de propósito...

— Minha flor, que sílaba de *ma-ni-pu-la-ção* você não entendeu?

7

Duas semanas depois, chego ao Aeroporto O'Hare. É uma quarta-feira de manhã, estou usando um conjunto azul-marinho, salto e carrego uma bolsa no ombro. Um homem corpulento de vinte e poucos anos me recebe, segurando uma placa onde se lê "HANNAH FARR/WCHI".

Saímos do terminal, e recebo de frente o golpe de um vento gelado que me deixa sem ar.

— Achei que fosse primavera — digo, levantando a gola do casaco.

— Bem-vinda a Chicago. — Ele joga minha mala no porta-malas de um Escalade. — Na semana passada fez quinze graus e ontem à noite, oito negativos.

Seguimos para leste pela I-90, em direção à sede da WCHI em Logan Square. Enfio as mãos entre as pernas, na esperança de aquecê-las, e tento amenizar a ansiedade pela entrevista de trabalho. O que deu em mim quando inventei aquela história de perdão?

Do banco de trás, olho pela janela embaçada, vendo as nuvens cuspirem uma mistura de chuva e neve sobre as calçadas reluzentes. Passamos por subúrbios de casas de tijolos com garagens anexas. E, sem querer, penso em Jack.

É uma bobagem. Jack mora na cidade, não nos subúrbios. Mas estar ali em Chicago me faz pensar em como nossa vida teria sido, se ele não tivesse me traído. Será que estaríamos morando numa dessas casas simpáticas se eu tivesse vindo encontrá-lo aqui, como ele implorou que eu fizesse?

E será que eu estaria mais feliz agora, se não soubesse que ele havia dormido com a estagiária? Não. Um relacionamento construído sobre uma desonestidade jamais poderia funcionar.

Em busca de uma distração, pego meu telefone na bolsa e ligo para a única pessoa que acho que pode estar de fato sentindo minha falta.

— Dorothy, oi, sou eu.

— Ah, Hannah, que bom que ligou. Acredita que recebi outra bolsinha de Pedras do Perdão esta manhã? Patrick Sullivan. Você conhece, o homem de voz grossa, lembra? Ele sempre cheira como se tivesse acabado de sair do barbeiro.

Sorrio com a descrição de Dorothy, baseada no olfato e na audição, em vez de na visão.

— Sim, eu conheço o Patrick. Ele lhe deu uma pedra?

— Deu. Ele se desculpou pelos anos do que chama de "negligência". Nossa história vem de longe. A família dele é antiga na cidade, como a minha. A gente estava namorando em Tulane, até que ele ganhou uma bolsa de estudos para um curso de verão no Trinity College, em Dublin. Nós nos separamos amigavelmente, mas nunca entendi por que interrompeu o contato de um modo tão abrupto. Eu achava que estávamos apaixonados.

— Ele finalmente pediu desculpas?

— Sim. O coitado carregou um peso horrível todos esses anos. Acontece que nós dois tínhamos nos candidatado para a prestigiosa bolsa do Trinity. Tínhamos planos de irmos juntos para a Irlanda, passar o verão estudando poesia e visitando os lugares românticos do país antes de voltar para casa. Passamos horas aprimorando nossos textos de candidatura à bolsa. Nossa, o cesto de lixo na área comum da universidade ficava lotado de pedaços de papel que escrevíamos e jogávamos fora. Na noite anterior ao prazo final, Paddy e eu nos reunimos e lemos nossos textos em voz alta um para o outro. Eu quase chorei quando ele leu o dele.

— Era tão tocante assim?

— Não. Era horrível. Eu sabia que ele nunca seria aceito. Naquela noite, não consegui dormir. Estava muito confiante de que conseguiria a bolsa. Tinha as notas necessárias e um bom texto de candidatura, sem querer me gabar. Mas eu não queria ir sem o Paddy. E ele ficaria arrasado se eu recebesse a bolsa e ele não. Tomei a decisão na manhã seguinte. Resolvi não me candidatar.

— Ele concordou com isso?

— Eu não contei. Fomos juntos à caixa de correio, mas, sem ele saber, o envelope que eu postei estava vazio. Três semanas depois, Paddy recebeu a notícia. Ele tinha sido aceito.

— Ele foi aceito? Ah, não! Vocês podiam ter ido juntos.

— Os pais dele ficaram tão contentes. Ele tinha passado um tempo na casa deles, estudando. Tentei esconder minha surpresa... e meu arrependimento. Ele estava radiante e convencido de que logo eu receberia a boa notícia também. Eu não podia contar que acreditava tão pouco nele que tinha desistido de concorrer. Esperei dois dias para lhe dizer que eu tinha sido rejeitada. Ele ficou péssimo. Jurou que não iria sem mim.

— Então vocês dois perderam.

— Não. Eu disse que ele seria um idiota se não aceitasse, que eu ficaria esperando setembro, para ouvir tudo que ele teria para me contar. Insisti muito para que ele fosse.

— E ele foi?

— Partiu em junho. Nunca mais tive notícias. Ele acabou ficando em Dublin por vinte e cinco anos. Tornou-se arquiteto. Casou-se com uma garota irlandesa e teve três filhos.

— E hoje ele finalmente pediu desculpas por ter deixado você?

— A verdade é que Paddy também sabia que não era bom o suficiente para a bolsa. E ele também odiava a ideia da nossa separação. Ele precisava de algo para melhorar suas chances de conseguir a bolsa. Naquela noite, ele pegou um dos meus textos do lixo. Mais tarde, digitou de novo. Parece que era um belo texto sobre a importância da família e de encontrar nossas raízes. Nem lembro mais. Ele contou que foi aceito por causa disso. Com o meu texto. Imagine só. Ele vem se remoendo de culpa por todos esses anos.

— O que você disse a ele?

— Eu o perdoei, claro. E o teria perdoado anos atrás se ele tivesse me pedido.

— É, eu sei que teria — digo, imaginando o que poderia ter acontecido se Patrick Sullivan tivesse confiado no amor de Dorothy. — Que história!

— Essas pedras, Hannah, estão mais populares por aqui do que um novo morador do sexo masculino. — Ela ri. — Em nossa idade, as pedras nos dão a oportunidade de ar fresco, de consertar as coisas antes de baixar a cortina, por assim dizer. É um presente maravilhoso que Fiona Knowles nos deu. Vamos reunir um grupo para ir à Octavia Books, quando ela vier no dia 24. A Marilyn também vai. Talvez você também queira ir.

— Talvez — digo. — Mas ainda não estou convencida. Enviar uma pedra não parece suficiente por roubar o trabalho de alguém. Ou por ter feito bullying com alguém. Parece que isso só está fazendo com que as pessoas se livrem fácil demais de seus erros.

— Sabe, eu andei pensando a mesma coisa. Alguns ressentimentos são grandes demais para uma pedra dar conta, ou até para um rochedo. Há situações em que um simples pedido de desculpas não é suficiente. Situações em que merecemos alguma punição.

Penso em minha mãe e sinto a pulsação acelerada.

— Concordo.

— É por isso que ainda não mandei minha pedra para Mari. Preciso encontrar uma maneira de reparar o erro de verdade. — A voz de Dorothy fica mais baixa, como se estivéssemos conspirando: — E você? Já mandou para sua mãe?

— Dorothy, por favor, você não conhece a história inteira.

— E você, conhece? — Sua voz é desafiadora, como se ela fosse a professora, e eu, sua aluna. — "A dúvida é desagradável, mas a certeza é ridícula." Voltaire disse isso. Não tenha tanta certeza das coisas, Hannah, querida. Ouça o lado de sua mãe.

• •

Quarenta minutos mais tarde, o carro para na frente de um grande prédio de tijolos à vista de dois andares. Minha pequena estação de TV em New Orleans caberia em apenas uma das alas daquela enormidade. Uma placa ao lado da entrada, aninhada entre um grupo de abetos, revela: WCHI. Piso na calçada molhada e respiro fundo. Vai começar...

Encontro James Peters, que me conduz a uma sala de reuniões onde estão cinco dos executivos de alto escalão da emissora, sentados em volta de uma mesa oval. Três homens, duas mulheres. Estou preparada para ser triturada, mas, em vez disso, o que acontece é mais uma conversa simpática entre colegas. Eles querem ouvir sobre New Orleans, meus interesses, o que imagino para o *Good Morning, Chicago*, quem poderiam ser meus convidados dos sonhos.

— Ficamos muito entusiasmados com sua proposta — diz Helen Camps, na ponta da mesa. — Fiona Knowles e suas Pedras do Perdão viraram uma febre aqui no Meio-Oeste. O fato de você conhecê-la, de ser uma das pessoas do grupo original para quem ela mandou as pedras, rende uma história muito boa, que estaríamos muito interessados em produzir se você for selecionada.

Meu estômago revira.

— Que bom.

— Conte o que aconteceu quando você recebeu as pedras — pede um homem grisalho, de quem não lembro o nome.

Sinto o rosto esquentar. Droga. É exatamente o que eu temia.

— Bem, recebi as pedras pelo correio e me lembrei da Fiona, a menina que fez bullying comigo no sexto ano...

Jan Harding, vice-presidente de marketing, me interrompe.

— Uma curiosidade: você enviou a pedra de volta logo em seguida ou esperou alguns dias?

— Ou semanas — o sr. Peters diz, como se semanas fossem o tempo máximo permitido.

Dou uma risada nervosa.

— Ah, eu esperei semanas. — Assim, umas cento e doze semanas.

— E depois você enviou a segunda pedra para sua mãe — Helen Camp comenta. — Foi muito difícil?

Meu Deus, será que não podemos acabar logo com isso? Toco o colar de diamante e safira como se fosse meu talismã.

— Tem uma frase no livro de Fiona Knowles que me tocou profundamente. — Penso na citação favorita de Dorothy e a repito como uma hipócrita horrorosa: — "Até que despeje luz sobre aquilo que o envolve em escuridão, você estará sempre perdido."

Meu nariz dói, lágrimas enchem meus olhos. Pela primeira vez, percebo a verdade nestas palavras. Estou perdida. Muito perdida. Aqui estou eu, inventando uma história de perdão, mentindo para todas essas pessoas diante de mim

— Ficamos felizes por você ter se encontrado — Jan diz, e se inclina para a frente. — E sorte nossa termos encontrado você!

• •

James Peters e eu nos sentamos no banco de trás de um táxi que desce a Fullerton Avenue em direção à Kinzie Chophouse, para nosso almoço de negócios com dois âncoras da emissora.

— Você foi muito bem esta manhã, Hannah — ele me diz. — Como pode ver, temos um grupo excelente aqui na WCHI. Acho que você seria uma ótima adição.

Claro, uma ótima adição que se apresentou fingindo ser quem não é. Que ideia ridícula foi essa de escolher as Pedras do Perdão para minha proposta? De jeito nenhum eu traria minha mãe para o programa. Sorrio para ele.

— Obrigada. É uma equipe incrível.

— Vou ser objetivo. Você apresentou uma proposta fantástica, e suas demos estão entre as melhores que já vimos. Tenho prestado atenção em você há uma década. Minha irmã mora em New Orleans e diz que você arrasa. Mas seus índices de audiência estão em uma trajetória descendente nos últimos três meses.

Eu suspiro. Adoraria explicar minha frustração com Stuart e os temas bobos que ele escolhe, mas isso soaria como desculpa. Afinal, o programa é *The Hannah Farr Show*.

— É verdade. Já foram melhores. Assumo toda a responsabilidade.

— Conheço Stuart Booker. Trabalhei com ele em Miami antes de vir para cá. Seus talentos estão sendo desperdiçados na WNO, Hannah. Você vai ter voz aqui, suas ideias serão valorizadas. — Ele aponta um dedo para mim. — Bem-vinda a bordo, e faremos sua proposta com Fiona Knowles acontecer logo no primeiro dia. É uma promessa.

Meu coração pula uma batida.

— É bom saber — digo, me sentindo ao mesmo tempo orgulhosa, em pânico e totalmente desprezível.

• •

Ainda estou tensa às nove horas da noite, quando entro no pequeno hotel na Oak Street. Apresso-me em direção ao balcão da recepção, como se isso pudesse acelerar minha partida. Não vejo a hora de deixar para trás esta cidade e a lembrança de minha entrevista mentirosa. Assim que entrar no quarto, vou ligar para Michael e lhe contar que chegarei cedo em casa, a tempo para nosso encontro de sábado à noite.

O pensamento me alegra. Eu tinha reservado o voo de volta para domingo, quando ainda achava que Michael e Abby viriam passar um fim de semana comigo em Chicago. Mas, enquanto eu arrumava a mala para partir, Michael me ligou dizendo que Abby estava "meio indisposta". Eles teriam de cancelar.

Por uma fração de segundo, pensei em lhe dizer para vir assim mesmo, sozinho, como havia me prometido que faria se eu mudasse para cá. Mas Abby está doente... ou pelo menos alega estar. Que tipo de namorada insensível espera que um pai abandone a filha doente? Balanço a cabeça. E que tipo de monstro sem coração duvida dos motivos de uma filha doente?

Estou no meio do saguão quando o avisto. Paro no mesmo instante. Ele está sentado em uma poltrona lateral, mexendo no celular, e se levanta quando me vê.

— Oi — ele diz, guardando o aparelho no bolso e movendo-se em minha direção com seu gingado. O tempo desacelera. Ele tem o mesmo sorriso de lado, exatamente como eu me lembro, e o cabelo está despenteado como sempre. Mas o charme sulino pelo qual me apaixonei é quase palpável.

— Jack — respondo, me sentindo ligeiramente tonta. — O que está fazendo aqui?

— Minha mãe disse que você estava na cidade.

— Ah, claro. — Meu coração dói por saber que Dorothy ainda se agarra à esperança de que, de algum modo, Jack e eu voltemos a ficar juntos.

— Podemos conversar em algum lugar? — Ele indica o elevador com o polegar. — Há um bar aqui, logo no andar de baixo. — Ele diz isso como se a proximidade do lugar compensasse o fato de que estarei na companhia de meu ex, sozinha, em uma cidade estranha.

• •

Nós nos acomodamos em uma mesa com banco em forma de ferradura, e Jack pede dois dry martínis.

— Um puro e um com gelo.

Fico impressionada por ele se lembrar. Mas eu mudei desde que estávamos juntos. Martíni não é mais meu drinque preferido. Atualmente, prefiro algo mais leve, como vodca com tônica. Mas como ele saberia? Não bebemos juntos há mais de dois anos.

Ele fala sobre seu trabalho e a vida em Chicago.

— Faz muito frio — ele comenta, e me oferece a familiar risada sonora. Mas seus olhos têm um lampejo de tristeza desde que nos separamos, algo a que ainda não me acostumei. Quando estávamos juntos, principalmente nos primeiros tempos, em que tudo era novo e cheio de promessas, só havia satisfação naquele olhar. Eu me pergunto se sou a única responsável por ter roubado sua alegria.

A garçonete serve nossos drinques e vai embora. Jack sorri para mim e levanta o copo.

— A velhos amigos — diz ele.

Examino o homem à minha frente, o homem com quem quase me casei. Olho suas faces rosadas e o sorriso de lado, os braços sardentos e as unhas que ainda rói até o fim. Ele é tão real... E, apesar da infidelidade, eu gosto desse homem. Eu gosto dele de verdade. Alguns amigos são como nossos moletons favoritos. Na maior parte dos dias, optamos por blusas e camisetas. Mas o moletom está sempre ali, no fundo de nosso armário, confortável, conhecido e pronto para nos manter aquecidos nos dias de ventania. Jack Rousseau é meu moletom.

— A velhos amigos — repito, sentindo a sombra da nostalgia crescer dentro de mim. Eu a afasto tão rapidamente quanto veio. Tenho Michael agora.

— É bom te ver — ele diz. — Você está ótima, Hannah. Um pouco magra, mas parece feliz. Você está feliz, não é? E está comendo direito?

— Sim, ambas as coisas — respondo, rindo.

— Ótimo. Muito bom. Obviamente, o sr. Direita faz você feliz.

Balanço a cabeça diante da pequena provocação.

— Você ia gostar dele, Jack. Ele realmente se interessa pelas pessoas.

— *E por mim*, penso. Mas seria cruel dizer isso. — Eu segui em frente, e você deveria fazer o mesmo.

Ele faz girar o palito com a azeitona e posso dizer que está pensando em alguma coisa. *Por favor, não revire o passado outra vez!*

— Sua mãe está bem — falo, tentando levar a conversa para outra direção. — Ela pegou uma nova mania: as Pedras do Perdão.

Ele ri.

— Ah, já estou sabendo. Ela me mandou um saquinho de pedras, alguns dias atrás, e uma carta de desculpas de três páginas. A mulher mais doce que existe no planeta, e ela está pedindo desculpas para mim.

Eu sorrio.

— Estou começando a me arrepender por ter lhe apresentado as pedras. Ela as está distribuindo como se fossem aqueles chocolates que ela sempre teve ao lado da TV.

Ele assente num gesto de cabeça.

—Mas é legal. Enviei a segunda pedra para o meu pai. Você sabe que, quando ele se casou de novo, em 1990, eu me recusei a ir à cerimônia?

— Foi um gesto de consideração para com sua mãe. Tenho certeza de que ele entendeu.

— Claro, mas ficou magoado. Ele e a Sharon são realmente felizes juntos. Vejo isso agora. E eu me senti mesmo bem quando escrevi aquele pedido de desculpas. Gostaria que minha mãe conseguisse perdoá-lo.

— Talvez ele nunca tenha pedido perdão a ela.

Jack levanta os ombros.

— É, talvez. E parece que ela está interessada em outra pessoa agora.

— Interessada em outra pessoa? Sua mãe?

— Um outro morador. O sr. Sullivan.

— Acha que ela está interessada por Patrick Sullivan outra vez?

— Acho, estou sentindo isso. Ela nunca mais saiu com ninguém depois de se separar de meu pai. Talvez todo esse tempo estivesse esperando pelo velho Sullivan. Vai ver que foi ele quem realmente mexeu com ela.

— Mexeu com ela? — Dou risada e bato no braço dele com o dorso da mão. — Que romântico!

— O que é que tem? — diz ele, com linhas de riso se alargando pelo rosto. — Eu mexi com você.

— Nem vem, Rousseau. — Minha expressão é de quem não gostou, mas é bom estar rindo em sua companhia.

— Só estou dizendo que minha mãe merece um pouco de romance, e talvez esse cara, o Sullivan, possa fazer isso. — Ele me encara. — Você sabe como eu penso. Nunca se desiste de quem se ama.

A acusação acertou o alvo. Desvio o rosto, sentindo o olhar dele me queimar.

— Preciso ir — digo, e empurro o copo de lado.

Ele segura minha mão.

— Não. Eu queria... Eu... preciso falar com você.

Sinto o calor da mão dele sobre a minha e vejo seu olhar ficar mais suave. Meu coração dispara. Meu Deus, preciso manter a conversa neutra.

— Sua mãe me disse que o trabalho de consultoria para restaurantes está indo bem. Já encontrou o Tony's Place? — A ambição de Jack era viajar o mundo à procura do restaurante perfeito, um lugar de iluminação discreta, no estilo Tony Soprano, com martínis perfeitos e bancos de couro vermelho. Ele brincava que, quando o encontrasse, iria comprá-lo e lhe dar o nome de Tony's Place.

Ele aperta minha mão e não sorri.

— Eu vou me casar, Hannah.

Fico olhando fixamente para ele.

— O quê?

Vejo um músculo se enrijecer em seu queixo. Ele confirma com um movimento quase imperceptível de cabeça.

Retiro a mão da sua e esfrego os braços, me sentindo de repente com frio. Meu moletom favorito está se desfazendo.

— Parabéns — digo, mas minha língua parece pastosa. Ergo meu martíni. Minha mão treme e o líquido se derrama sobre a borda do copo. Baixo-o novamente com as duas mãos e pego um guardanapo, me ocupando enquanto tento recuperar a voz... e o rumo.

— Ei, eu queria que você soubesse. Não é como se eu não tivesse lhe dado um milhão de chances de mudar de ideia. — Ele suspira. — Nossa, isso ficou péssimo. A Holly é ótima. Você ia gostar dela. — Ele sorri. — E o que de fato importa é que eu a amo.

Não consigo respirar. *Holly. Ele a ama.*

— Sua mãe — pergunto, com a voz trêmula —, ela sabia?

— Ela sabia que eu estava namorando a Holly, mas não tinha se dado conta de que era tão sério. Concordamos que eu deveria contar a você. Ela está grávida. A Holly, não minha mãe.

Ele me oferece aquele seu sorriso oblíquo, e, sem aviso prévio, eu começo a chorar.

— Ah, meu Deus — digo, desviando o rosto e limpando as lágrimas. — Desculpe. É uma ótima notícia. Não sei o que deu em mim. — Pego o guardanapo que ele me entrega e enxugo os olhos. — Um bebê. Isso é maravilhoso.

Mas não é maravilhoso. Cometi um erro enorme.

— Eu gostaria que as coisas tivessem sido diferentes conosco, Hannah. Você foi tão... definitiva. Tão preto no branco. Tão pronta para condenar.

Eu o olho com irritação.

— Pronta para condenar? Você estava transando com a sua estagiária.

Ele levanta um dedo.

— Foi só uma vez, da qual eu vou me arrepender para sempre. Mas a verdade é que eu nunca fui o homem certo para você, Hannah.

Ele está sendo gentil, deixando que eu me saia bem dessa história. Eu o amo mais do que nunca.

— Claro que não — digo. Meu sorriso compete com o tremor nos cantos da minha boca. — Essas lágrimas são apenas para fazer você se sentir bem. — Minha risada se mescla a um soluço. Eu cubro o rosto. — Como você sabe que não era o homem certo? Como pode ter tanta certeza?

Ele acaricia meu braço.

— Porque você não teria me mandado embora. Como eu digo, não se desiste de quem se ama.

Olho para ele, pensando se ele está certo, ou se eu tenho uma falha de caráter, alguma incapacidade inata de perdoar, ou talvez até de amar. Penso em minha mãe e na atitude dura que tive com ela.

— Você é como uma barra de aço, Hannah. Não quis ceder nem um milímetro. Provavelmente, na maior parte do tempo, você vive bem assim.

Pego minha bolsa.

— Preciso ir.

— Espera. — Ele tira umas notas da carteira e as joga sobre a mesa. Noto que está atrás de mim, andando rapidamente para me acompanhar. Passo direto pelas portas dos elevadores, perturbada demais para compartilhar o pequeno espaço com aquele futuro homem casado. Abro a porta para as escadas e corro degraus acima.

Escuto os passos dele correndo atrás de mim. No meio do caminho, segura meu cotovelo.

— Hannah, para. — Ele me faz virar. Seus olhos ficam ternos. — Ele está por aí, Hannah, o homem que vai derreter o aço. Mas não sou eu. Nunca fui eu.

8

Espero quarenta minutos antes de ligar para Michael. Estou abalada demais e minha voz soa rouca. Não quero que ele interprete mal minhas emoções. Minhas lágrimas por Jack não mudam em nada meus sentimentos por ele.

Por sorte, ele está meio sonolento quando telefono, e não percebe meu estado de ânimo.

— Como está a Abby? — pergunto.

— Bem. — Ele responde com tanta naturalidade que me pergunto outra vez se ela estaria mesmo doente. Jack tem razão. Sou mesmo apressada em condenar.

Faço um relato rápido para Michael do meu dia na WCHI.

— Sou uma de três finalistas. Eles pareceram gostar de mim, mas vai levar algumas semanas para eu receber uma resposta. Você sabe como essas coisas são lentas.

— Parabéns. Parece que você conseguiu o contrato. — Ele boceja, e o imagino olhando para o relógio de cabeceira. — Mais alguma coisa para contar?

Eu me sinto uma vereadora lendo a ata em uma das reuniões de Michael na Câmara Municipal.

— Não, esse é o resumo da história.

Não conto sobre Jack. Não há o que contar. Mas, em um impulso, faço-lhe uma pergunta repentina.

— Eu sou dura, Michael? Julgo demais?

— *Como é?*

— Porque eu posso mudar. Posso ser mais doce, mais compreensiva. Posso me abrir mais, compartilhar mais. Posso mesmo.

— Não, de jeito nenhum. Você é perfeita.

• •

A cama king size do hotel parece pequena. Pensamentos sobre Jack e a futura esposa, Michael e Abby, roubam meu sono. Viro de lado, tentando bloquear as lembranças da entrevista e minha afirmação fictícia de ter feito as pazes com minha mãe.

Ao primeiro sinal do amanhecer, troco o pijama pela legging de caminhada.

Caminho pela Lakefront Trail com as mãos nos bolsos, pensando no futuro. E se eu realmente receber a oferta de emprego? Eu conseguiria viver aqui, sozinha nesta cidade? Eu não teria um único amigo, agora nem mesmo Jack.

Avisto um casal andando em minha direção, uma bela mulher de cabelos ruivos e um homem com casaco Burberry. Um garotinho lindo se equilibra nos ombros dele. O que eu não daria para trocar de lugar com eles...

Minha mente viaja até a minha mãe. Parece que o universo está conspirando contra mim. Primeiro, Dorothy insiste para eu fazer as pazes com ela. Depois, essa droga de proposta que me faz sentir como se eu tivesse assumido um compromisso. E na noite passada, o comentário de Jack sobre não desistir de quem se ama. Pode ser que eu tenha sido dura demais ao julgar minha mãe? O pensamento some antes que eu tenha tempo de censurá-lo.

As lembranças vão se atropelando em minha mente, mais rápidas e frenéticas. Tenho vislumbres do sorriso de minha mãe, finalmente sincero, quando ela olhava para Bob. Vejo-a em pé diante da grande janela de nossa sala de estar, esperando o caminhão dele chegar, a cada manhã durante a reforma; depois, correndo para encontrá-lo na entrada, com uma xícara de café. Ouço sua risada vinda do quintal, onde eles se sentavam para tomar chá gelado depois do longo dia de trabalho de Bob. Eu a observo se inclinar na direção dele, como se cada palavra pronunciada por ele fosse poesia.

Ela amava aquele homem. Quaisquer que fossem os defeitos dela, ou suas deficiências como mãe ou amiga, ela amava Bob de todo o coração e com toda a sua alma.

Agora me dou conta de que meu manto de raiva é, na verdade, uma colcha de retalhos, e uma das emoções costuradas no tecido é o medo. Como foi aterrorizante testemunhar o amor de minha mãe por outra pessoa. Porque, em minha mente adolescente, seu amor por Bob significava que ela teria menos amor por mim.

Paro em um terraço de concreto e olho para a grande extensão de águas frias e cinzentas que me separam de minha mãe. O vento bate em meu rosto, meu nariz escorre. Em algum lugar além daquela enorme cavidade do lago Michigan, nos subúrbios de Detroit, minha mãe vive e respira.

Eu me agacho e seguro a cabeça entre as mãos. E se ela realmente estivesse tentando fazer contato comigo? Será que eu poderia perdoá-la?

As acusações de Jack me voltam à mente. *Barra de aço. Preto no branco. Pronta para condenar*. Eu me levanto, tomada por um desejo tão intenso que minha cabeça gira.

Então me volto para a direção de que vim e começo a correr.

• •

Estou quase surtando quando chego ao quarto do hotel. Abro meu notebook e, em cinco minutos, localizo o endereço e o número de telefone dela. Consta como Suzanne Davidson. Será que ela manteve o nome de solteira durante todos esses anos na esperança de que um dia eu tentasse encontrá-la? Ela não está mais em Bloomfield Hills. Mora em Harbour Cove. Um arrepio percorre meu corpo. Dorchester Lane? Procuro o endereço no Google Maps e o tempo congela. Eles estão morando no velho chalé de Bob, o lugar onde passei o verão aos treze anos. Os pelos de meus braços se eriçam. O lugar onde meu pai jurou que eu nunca mais poria os pés.

Com as mãos trêmulas, digito os números no telefone creme do hotel, não no celular. Ela nunca saberá que sou eu. Deslizo para a cadeira junto à mesa. Meu coração bate rápido conforme ouço o telefone tocar uma... duas vezes...

Penso em todas as conversas telefônicas que tivemos depois que fui embora, ao longo dos três anos anteriores a meu aniversário de dezesseis anos. Lembro-me de sua interminável chuva de perguntas e de minhas respostas bruscas e lacônicas. Eu a acusava de ser intrometida por querer saber tudo sobre minha vida em Atlanta. De jeito nenhum eu deixaria que ela tivesse acesso a mim. Se queria ser parte de minha vida, ela que tratasse de voltar para casa.

Ela atende no terceiro toque.

— Alô.

Aspiro o ar e tampo a boca com a mão.

— Alô? — ela repete. — Quem é?

Sua voz é suave e revela apenas uma sugestão de suas raízes na Pensilvânia. Estou desesperada para ouvir mais daquela voz que não ouvia há dezesseis anos.

— Alô — respondo, com a voz fraca.

Ela me espera continuar e então fala de novo:

— Quem é?

Meu coração desaba. Ela não reconhece a própria filha. Mas por que reconheceria? Eu não estava esperando que reconhecesse... ou estava?

Mas, por alguma razão completamente irracional, isso dói. *Sou a sua filha*, tenho vontade de gritar. *Aquela que você abandonou.* Ponho os dedos sobre os lábios e engulo em seco.

— Foi engano — digo e desligo o telefone.

Apoio a cabeça na mesa. Aos poucos, minha tristeza cresce. Era a minha mãe. A única pessoa que já amei de verdade.

Levanto da cadeira e procuro o celular na bolsa. Dessa vez, digito o número de Dorothy.

— Você está ocupada? — pergunto, com o coração acelerado.

— Nunca estou ocupada demais para minha menina. O que aconteceu, querida?

— Você acha que ele, que o meu pai, falou a verdade para você sobre as cartas, ou a carta, da minha mãe? Você acreditou nele, Dorothy?

Seguro o telefone com força, esperando pela resposta, sabendo que tanta coisa depende dela...

— Minha querida — ela diz com doçura —, aquela foi uma das poucas vezes em que acreditei nele de verdade.

9

São dez da manhã quando chego ao aeroporto. Em vez de trocar a passagem para um voo mais cedo de volta para casa, compro um novo bilhete, agora para Grand Rapids, Michigan.

— Há um voo às 11h04 — diz a mulher no balcão da Delta. — Com a diferença de fuso, você chegará às 12h57. Posso colocá-la em um voo de volta para New Orleans amanhã à noite, às 22h51.

Entrego a ela meu cartão de crédito.

Chego ao portão com dez minutos de folga antes do embarque. Sento-me em uma cadeira de plástico que imita couro e procuro o celular na bolsa. Em vez dele, meus dedos encontram a bolsinha de veludo.

Retiro uma pedra dali e a coloco na palma da mão. Examino as manchas bege na superfície lisa, marfim, e penso em Fiona Knowles. Dois anos atrás, ela selecionou essa pedra especialmente para mim. Pôs este plano em movimento. Sem as Pedras do Perdão, eu não teria pensado em fazer esta viagem. Todas as lembranças de minha mãe ainda estariam seguramente guardadas.

Aperto-a com força, rezando para estar fazendo a coisa certa. *Por favor, que esta pedra erga uma ponte, não um muro.*

Diante de mim, há uma jovem mãe trançando o cabelo da filha. Ela sorri quando a garota comenta alguma coisa. Tento conter qualquer expectativa tola para a viagem. Provavelmente, não será um reencontro feliz.

Ponho a pedra de volta na bolsa e, desta vez, pego o celular. Meu pulso acelera. Como Michael vai reagir quando eu disser que vou para Michigan? Será que ele se lembra do que lhe contei sobre minha mãe e o namorado?

Pressiono o botão de discagem, feliz, pelo menos desta vez, por ele ser um homem tão ocupado. Vai ser muito mais fácil deixar uma mensagem.

— Hannah — ele atende. — Bom dia, amor.

Droga. Justo hoje...

— Bom dia — respondo, tentando parecer animada. — Não acredito que consegui falar com você.

— Estou entrando em uma reunião. O que foi?

— Então, você nunca vai adivinhar o que estou fazendo. Vou para Michigan. Já que estou por aqui, resolvi que poderia fazer uma visita à minha mãe.

Solto tudo de uma vez, sem respirar. E espero...

Por fim, ele responde:

— Você acha necessário?

— Acho. Vou tentar perdoá-la. Acho que preciso me reconciliar com meu passado antes de poder prosseguir em direção ao futuro.

As palavras, palavras de Dorothy, me fazem sentir sábia.

— É você quem sabe — responde Michael. — Só um conselho: guarde isso para si. Ninguém precisa saber da sua vida.

— Claro — digo. E de repente parece nítido. Michael não quer que minha reputação respingue sobre a dele.

• •

É uma e meia, o avião já pousou e estou assinando o contrato de aluguel de um carro no aeroporto.

— Só até amanhã, então? — o jovem da locadora pergunta.

— Sim. Vou devolvê-lo às seis.

— Calcule o tempo com folga. Vai haver uma tempestade esta tarde.

Quando ouço a palavra "tempestade", penso em furacão. Mas ele me dá uma pá de plástico e entendo que está se referindo a neve e gelo, e não a chuva.

— Obrigada — respondo, e entro no Ford Taurus, ainda de roupa social e salto. Jogo a pá de limpar o para-brisa no banco traseiro.

• •

Dirijo para o norte pela I-31, cantando com Adele, a cabeça perdida em pensamentos sobre minha mãe. Uma hora se passa, e noto a mudança na paisagem. O terreno é menos plano agora, e enormes abetos e bétulas margeiam a estrada. Placas de travessia de veados aparecem a cada poucos quilômetros.

Passo por um aviso que diz que estou no Paralelo 45, e posso ouvir a voz de Bob como se ainda estivesse no banco de trás de seu Oldsmobile Cutlass.

"Viu isso, maninha? Você está exatamente na metade do caminho entre o Polo Norte e o Equador."

Como se eu devesse ficar entusiasmada com isso... Ele está com aquele grande sorriso de golfinho e tenta chamar minha atenção pelo retrovisor. Mas eu não olho.

Afasto a imagem e tento me concentrar no cenário, tão diferente daquele do Sul. Aqui é mais bonito do que me lembro. O isolamento do Norte sempre me fez sentir claustrofóbica, mas hoje, com a neve branca e as árvores verdes, parece mais um lugar sereno do que isolado. Abro um pouquinho a janela, substituindo o ar quente viciado por uma rajada de vento frio e fresco.

O GPS avisa que estou a cinquenta quilômetros de Harbour Cove. Meu estômago revira. Estou pronta para isso? Não, não tenho certeza se estou, ou se um dia estarei.

Ensaio meu plano pela milionésima vez. Vou encontrar um hotel para passar a noite e acordar cedo. Chegarei à casa deles antes das nove. Bob já deve estar no trabalho, e minha mãe deve estar acordada e de banho tomado. Estou confiando que, mesmo com todas as suas outras falhas e fraquezas, ela será gentil. Quero acreditar que, quando me vir, minha mãe vai me receber bem. Eu vou dizer que ela está perdoada e que estamos ambas livres do passado. Pelo menos tanto quanto possamos ficar livres dele...

Eu tinha quinze anos na última vez em que passamos um fim de semana juntas. Coincidentemente, tínhamos nos encontrado em Chicago, a cidade de onde venho agora. Eu chegara de avião, vinda de Atlanta; ela pegara um trem de Michigan. Ficamos em um hotelzinho simples perto do aeroporto em vez de ir para a cidade. Fizemos as refeições por ali mesmo e só passamos uma tarde na cidade. Vi uma blusa na Abercrombie, e minha mãe insistiu em comprá-la para mim. Quando ela abriu a bolsa, vi o forro rasgado. Ela procurou uma carteira velha, contou o dinheiro e, em seguida, tornou a contar. Por fim, tirou uma nota dobrada de vinte dólares do compartimento para fotos.

— Meus vinte escondidos — disse. — Sempre é bom ter uma nota de vinte escondida na carteira, para emergências.

Não foi o conselho que me surpreendeu. Foi a constatação de que minha mãe era pobre. Eu nunca tinha pensado nisso. Quando eu fazia compras com meu pai, ele dava o cartão para o funcionário e pronto. Será que minha mãe nem tinha cartão de crédito? Certamente ela ficou com metade dos bens do meu pai depois do divórcio. O que fez com todo o dinheiro? Gastou com Bob, provavelmente.

Eu devia ter ficado agradecida por ela ter pagado aquele quarto de hotel barato, por ter gastado sua nota de vinte escondida comigo. Devia ter ficado furiosa com meu pai por não tê-la deixado em uma situação melhor. Mas, em vez disso, senti uma desconexão crescente que beirava à aversão.

Quando cheguei em casa, perguntei a meu pai por que mamãe não tinha dinheiro.

— Escolhas ruins — disse ele, sacudindo a cabeça. — Isso não deveria surpreendê-la.

A insinuação foi mais uma dose de veneno em uma relação já doente. *Outra decisão ruim, como quando ela escolheu o namorado em vez de você.*

Toda vergonha, gratidão e piedade que eu deveria ter sentido por ela agora desabam sobre mim. A cada quilômetro que passa, estou mais segura de que tomei a decisão certa. Preciso ver minha mãe. Ela precisa ouvir que eu a perdoei. Por mais nervosa que eu esteja, mal posso esperar que amanheça.

• •

Quem no mundo tomaria vinho feito no norte de Michigan? No entanto, a intervalos de poucos quilômetros, vejo uma placa indicando mais uma vinícola. Eu tinha lido em algum lugar que o clima da península de Old

Mission criava condições perfeitas para o cultivo de uva. Mas não tinha ideia de que fosse tão difundido. Se bem que o que mais estas pessoas teriam para fazer, afinal?

Quando chego ao topo de uma colina, eu o vejo. Lago Michigan. É tão grande que daria para jurar que é o oceano. Reduzo a velocidade, admirando a água azul brilhante. Mas as praias de areia de que me lembro hoje estão cobertas de neve, e enormes pedras de gelo bloqueiam a linha da água. Lembranças preenchem minha mente, mamãe e Bob no banco da frente do carro dele, alegrando-se ao avistar o lago. Eu, sozinha no banco de trás, me recusando a olhar.

— Aí está, maninha — Bob disse, usando o apelido que eu odiava e apontando para a frente. — Não é magnífico?

Por mais que eu sentisse vontade de espiar, não cedi. Não lhe daria a satisfação. Eu precisava odiar aquele lugar. Se gostasse dali, minha determinação poderia enfraquecer. Acabaria gostando de Bob também, e meu pai jamais me perdoaria.

— Você vai sair para pescar comigo de manhã, maninha? Aposto que vai pegar uma ou duas percas. Ou talvez a pescada-branca já esteja beliscando. À noite você vai fritar os peixes para nós, não vai, Suzanne? Não há nada melhor que a pescada-branca do lago Michigan.

Eu o ignorei, como sempre. Será mesmo que ele achava que eu acordaria às cinco da manhã para pescar com ele? *Cai na real, babaca.*

Eu me pergunto agora o que poderia ter acontecido naquelas águas, sem ninguém à vista? O pensamento me faz estremecer.

Exatamente quando foi, ou o que provocou, eu já não sei bem. Tudo o que sei é que, em algum momento antes de meu aniversário de treze anos, Bob se tornou desagradável. No verão em que nos conhecemos, eu até que gostei dele. Eu ficava observando enquanto ele arrancava os armários de nossa cozinha com um pé de cabra. Seus braços eram bronzeados e musculosos. Uma manhã, ele me jogou um par de óculos de proteção e um capacete e me nomeou sua assistente. Eu limpava os restos de madeira e trazia copos de chá gelado para Bob; no fim de cada dia, ele me dava uma nota de cinco dólares novinha. Ele me chamava de Hannah na época. Foi só quando começou a namorar minha mãe que resolveu me chamar de "maninha". E, a essa altura, nenhuma adulação, nenhum apelido poderia ter quebrado minha determinação. Eu estava decidida. Ele era o inimigo. Cada gesto de gentileza, cada elogio, era suspeito.

• •

Fico espantada quando entro no distrito comercial de Harbour Cove. O lugar, que antes era uma aldeia de pescadores sonolenta, agora é uma cidadezinha movimentada. Mulheres bem-vestidas em parcas pretas modernas caminham pelas calçadas, carregando bolsas de grife e sacolas de compras. Passo por vitrines elegantes com toldos, uma loja da Apple, galerias de arte, restaurantes com lousas na frente exibindo os pratos do dia.

A cidade é quase um livro ilustrado. Um Bentley branco vira à esquerda na minha frente. Quando Harbour Cove se tornou tão chique? Minha mãe tem dinheiro para viver aqui?

Aperto o volante com uma sensação ruim. E se ela não estiver mais aqui? E se o endereço no catálogo telefônico estiver desatualizado? Depois de todo este tempo, e se eu não conseguir encontrá-la?

De repente, eu me dou conta. Em três semanas, passei de nem pensar em minha mãe, para temer a ideia de fazer contato, e então a um desejo desesperado de encontrá-la e perdoá-la. Mas, desesperada ou não, preciso aguardar até amanhã cedo. Não posso correr o risco de dar de cara com Bob.

10

Atravesso Harbour Cove, me sentindo impaciente e ansiosa, e sigo para o norte pela Peninsula Drive. Passo por uma dúzia de placas de vinícolas e sorrio quando vejo MERLOT DE LA MITAINE. Fofo. Merlot da Luva, o apelido do estado de Michigan por causa de seu formato. Pelo menos essa vinícola faz piada de si mesma. Quer saber? São 15h20 e uma taça de vinho e um banheiro limpo seriam o paraíso. Sigo uma série de setas indicando uma estradinha de terra e chego a um enorme e antigo celeiro, com uma área de estacionamento.

Alongo o corpo quando saio do carro e exclamo, encantada diante da vista. Empoleiradas no topo de uma colina nesta estreita península, videiras retorcidas cobertas de neve se entrelaçam a cercas e treliças de madeira. Cerejeiras desfolhadas, ainda a meses de dar frutos, se alinham perfeitamente, como crianças enfileiradas para o recreio. A distância, avisto as águas do lago Michigan.

Meu estômago ronca e me força a tirar os olhos do cenário deslumbrante. Atravesso o estacionamento vazio, imaginando se o lugar estará aberto. Tudo o que comi hoje foram alguns pretzels no avião. Acelero o passo, ansiosa por uma taça de vinho e um sanduíche.

A porta de madeira range quando a empurro. Meus olhos demoram um minuto para se ajustar à parca iluminação do ambiente. Enormes vigas de carvalho suspensas no teto amplo sugerem que este lugar já foi um celeiro de verdade. Há prateleiras de vinhos por todos os lados e, sobre as mesas espaçadas, biscoitos finos e facas para queijo cremoso, saca-rolhas elegantes e decantadores de vinho. Atrás de um balcão, vejo uma máquina registradora antiga, mas não há ninguém ali. O proprietário do lugar não deve ter medo de roubo.

— Olá! — chamo, e passo sob um arco para a sala seguinte. Uma enorme lareira de pedra está acesa, dando calor ao grande espaço deserto. Mesas redondas ocupam o chão de tábuas, mas é um balcão em forma de U, feito de velhos tonéis de madeira, que chama minha atenção. Esta obviamente é a sala de degustação de vinhos. Ótimo. Agora ficaria feliz apenas em conseguir um pouco de vinho.

— Oi! — Um homem sai de trás de uma parede, enxugando as mãos no avental cheio de manchas rosadas.

— Oi — digo. — Está aberto para almoço?

— Com certeza.

Ele é alto, quarenta e poucos anos, com cabelos escuros despenteados e um sorriso que faz com que eu sinta que ele está de fato contente por me ver. Imagino que seja o vinicultor.

— Sente-se. — Com um gesto, ele aponta para o salão vazio. — Acho que a gente consegue acomodá-la em algum lugar por aqui. — Ele sorri, e não posso deixar de fazer o mesmo. O pobre homem não vai bem de negócios, mas pelo menos encara isso com humor.

— Ainda bem que cheguei antes da multidão — digo. Passo pelas cadeiras e mesas redondas e opto por um banco de couro junto ao balcão.

Ele me entrega um cardápio.

— Ainda estamos funcionando nos horários de baixa estação. Do primeiro dia do ano até maio, só abrimos nos fins de semana ou mediante reserva.

— Ah, desculpe. Eu não sabia... — Afasto meu banco, mas ele pousa a mão em meu ombro.

— Não se preocupe. Eu estava lá no fundo, experimentando umas novas receitas de sopa. Precisava mesmo de uma cobaia. Topa?

— Bom, se você não se incomodar, claro — digo. — Posso usar o toalete primeiro?

Ele aponta para o fundo do salão.

— Primeira porta.

O banheiro impecável cheira a desinfetante de limão. Sobre uma mesa junto à pia, há enxaguante bucal e copinhos descartáveis, spray de cabelo e uma tigela de minichocolates embrulhados. Ponho um na boca. *Humm*, é bom. Pego um punhado e enfio na bolsa — algo para mordiscar durante o voo amanhã.

Jogo água no rosto, depois olho no espelho e fico horrorizada com o que vejo. Estou sem maquiagem nenhuma e não me preocupei em escovar o cabelo esta manhã. Pego uma fivela na bolsa e prendo as ondas atrás do pescoço. Em seguida, encontro um batom. Mas, no momento em que vou aplicá-lo, paro e penso. Estou aqui no meio do nada, onde ninguém sabe ou se importa em saber quem eu sou. Será que tenho coragem de sair ao natural? Ponho o batom de volta na bolsa e pego mais um punhado de chocolates a caminho da porta.

Quando volto ao balcão, encontro um cestinho de palitos de pão ao lado de uma taça de vinho tinto.

— Merlot — diz ele. — Safra de 2010. Meu preferido.

Levanto a taça pela haste e levo-a ao nariz. Tem um aroma forte e pungente. Em seguida, giro o vinho na taça, tentando me lembrar da razão pela qual isso deve ser feito. O homem me observa com um leve sorriso. Estará zombando de mim?

Eu lhe dirijo um olhar interrogativo.

—Você está rindo de mim?

Ele fica sério.

— Não. Desculpe. É que...

Sorrio.

— Claro, já sei. Estou fazendo exatamente o que todo conhecedor de vinhos amador faz quando lhe oferecem uma taça de vinho. O giro.

— Não, não é por causa do giro infalível, embora você tenha acertado na mosca. Todos giram. Eu ri porque... você... — Ele aponta para minha bolsa. Está aberta e parece uma sacola de doces de Halloween, de tão cheia dos chocolatinhos.

Sinto o rosto esquentar.

— Ah, meu Deus. Desculpe, eu...

Ele ri com gosto.

— Não se preocupe. Pegue quantos quiser. Também não consigo parar de comer esses doces.

Eu rio com ele. Gosto do jeito informal desse cara, que me trata como se fôssemos velhos amigos. Eu meio que admiro essa pessoa comum, tentando ganhar a vida nesta cidade do Norte, com um negócio que funciona apenas oito meses por ano. Não deve ser fácil.

Pulo os rituais e tomo um gole do vinho.

— Puxa, é bom. Muito bom mesmo. — Tomo outro gole. — E este é o momento em que eu deveria soltar palavras como "amadeirado" e "macio".

— Ou "almiscarado", ou "defumado". Ou o meu favorito: "Esta coisa tem gosto de asfalto molhado".

— Não! Alguém já disse isso de verdade? — O som de minha própria risada me surpreende. Quanto tempo faz que não rio de verdade?

— Infelizmente, sim. Tem que estar preparado para tudo neste ramo.

— Bom, se isso for asfalto molhado, quero que você asfalte a minha rua.

Eu disse mesmo isso? *Cala essa boca!* Escondo o rosto na taça.

— Que bom que gostou. — Ele estende o braço sobre o balcão, oferecendo-me sua mão grande. — Sou RJ.

Pouso minha mão sobre a dele.

— É um prazer. Meu nome é Hannah.

Ele vai para os fundos e volta com uma tigela fumegante de sopa.

— Tomate e manjericão — anuncia, e a coloca no suporte de prato à minha frente. — Cuidado, está quente.

— Obrigada.

Ele senta do lado de dentro do balcão, de frente para mim, como se estivesse se preparando para uma longa conversa. Essa atenção pessoal me faz sentir especial. Lembro a mim mesma que, na verdade, sou apenas uma cliente.

Conversamos sobre o básico enquanto tomo meu vinho e espero a sopa esfriar. De onde eu sou, o que me trouxe a estas paragens.

— Sou jornalista. Moro no Sul — conto. — Estou aqui para visitar minha mãe. — Tecnicamente pode ser uma mentira por omissão, mas não vou contar a este estranho a saga de minha infância.

— Ela mora aqui?

— Logo a oeste daqui, em Harbour Cove.

Ele arqueia as sobrancelhas, e posso imaginar o que está pensando: que cresci passando os verões em uma das mansões do lago. Quando as pessoas fazem suposições sobre a minha história, não costumo corrigi-las. Como diz Michael, minha imagem é importante. Talvez seja porque estou a mais de mil e quinhentos quilômetros de meus fãs, ou talvez porque sinto que este cara é verdadeiro, sei lá. Mas, qualquer que seja a razão, desta vez eu o corrijo.

— É uma visita que estou adiando há muito tempo. Não tenho as melhores lembranças deste lugar.

— E seu pai? — ele pergunta.

Mexo minha sopa.

— Ele morreu no ano passado.

— Sinto muito.

— Ele teria adorado sua vinícola. O lema dele era "Por que comer frutas quando posso bebê-las?" E não estava falando de sucos. — Eu não rio quando digo isso. Nem sequer sorrio.

RJ balança a cabeça, em um gesto de compreensão.

— Meu pai teria concordado. Mas teria estendido essa frase para incluir centeio e a maioria dos grãos também.

Então temos isto em comum: filhos de alcoólatras sem pai. Tomo uma colherada da sopa. É cremosa e picante, com um toque de manjericão.

— Está deliciosa — digo.

— Muito manjericão?

— Não, está perfeita.

Nossos olhares se encontram por uma fração de segundo mais do que o necessário. Desvio o olhar, sentindo o rosto quente, não sei se como resultado da sopa ou da presença daquele homem.

Ele me serve uma amostra de uma garrafa de vinho diferente, depois pega outra taça na prateleira.

— Ah, hoje eu tenho este direito — diz, e serve-se também. — Não é todo dia que posso confraternizar com meus clientes. Mais seis semanas e vou estar no meio do caos, neste lugar.

Sorrio, mas não posso deixar de imaginar se ele é apenas um otimista.

— Faz tempo que você trabalha aqui?

— Comprei há quatro anos. Eu passava os verões aqui quando criança. Era meu lugar favorito no mundo. Aí fui para a faculdade e me especializei em botânica. Depois da formatura, arrumei um emprego na E&J, a Vinícola Ernest e Julio Gallo. Eu me mudei para Modesto e, antes que me desse conta, doze anos já tinham se passado. — Ele fita o líquido vermelho na taça. — Mas a Califórnia, por melhor que seja, não faz meu estilo. Um dia, eu estava dando uma espiada em um site de imóveis e encontrei este lugar. Comprei em um leilão, por uma merreca.

— Parece um sonho — digo. Imagino se ele tem família, mas não pergunto.

— Para mim é mesmo. — Ele pega uma taça vazia e a limpa com uma toalha. — Passei por um divórcio nada agradável. Precisava recomeçar a certa distância.

— Acho três mil quilômetros razoáveis.

Ele olha para mim e sorri, mas seus olhos estão pesados. Ele se ocupa em limpar manchas imaginárias na taça.

— E você? Casada? Filhos? Um cachorro e um carro grande na garagem?

Sorrio.

— Nada disso. — Agora é hora de contar a ele sobre Michael. E eu deveria. Sei que deveria. Mas não conto. Parece-me que seria como uma advertência, como se eu estivesse enviando uma mensagem presunçosa de *Cuidado! Mantenha distância!* Não sinto que RJ esteja dando em cima de mim. Estou gostando da conversa leve e amistosa. Faz muito tempo que não tenho um bate-papo informal com uma pessoa comum, que não seja empresário ou político. Também é bom estar com alguém que não me conhece como Hannah Farr, a apresentadora de TV.

Pego outro palito do cestinho.

— Você quem fez?

— É claro que você iria perguntar. Não, estes são os únicos itens do cardápio que não são feitos aqui. Eu os compro na *boulangerie* Costco.

Ele exagera o sotaque francês, e eu dou risada.

— Costco? Mesmo? Não são ruins — digo, examinando um dos palitos. — Não tão bons quanto os meus, mas não são ruins.

Ele sorri.

— É mesmo? Quer dizer que você pode fazer melhor?

— Posso. Estão um pouco secos.

— A ideia é essa, Hannah. Faz as pessoas beberem.

— Ah, sedução subliminar. Não existe lei contra isso?

— Não. Eu digo à Joyce, da padaria, que os quero bem secos e cheios de sal. É por causa desses palitos que continuo em atividade.

Rio outra vez.

— Vou lhe mandar alguns dos meus. Os de alecrim com queijo são meus preferidos. Você vai ver. Seus clientes vão ficar aqui por horas, só comendo os palitos e bebendo vinho.

— Ah, isso é que é um plano de negócios. Encha a barriga de graça com os palitinhos e dispense o prato de trinta dólares. Estou vendo que você é jornalista, não empreendedora.

— E, de sobremesa, minichocolates grátis — acrescento, batendo na bolsa.

Ele inclina a cabeça para trás e ri. Já estou me sentindo o máximo e achando que sou a Ellen DeGeneres.

Nossa conversa continua sem pressa. Ele me ensina sobre os fatores que afetam o sabor e o aroma do vinho.

— O conjunto desses fatores é conhecido como o *terroir* do vinho. O *terroir* é o resultado do lugar e do modo como o vinho foi produzido. O tipo de solo, a quantidade de sol, o tipo de barril.

Penso em meu próprio *terroir* e como cada um de nós é o resultado de onde e como fomos criados. Imagino que emito sinais de espírito crítico e rigidez. De insegurança e solidão.

Estou totalmente relaxada quando RJ se levanta de onde estava sentado. Ouço algo também. O som da porta se abrindo e passos se aproximando. Que droga, outro cliente.

Consulto o relógio. São quatro e meia. Passei boa parte da tarde conversando com um estranho. Deveria me apressar agora. Ainda preciso encontrar um hotel e gostaria de fazer isso enquanto ainda estiver claro.

O som dos passos fica mais alto. Eu me viro e vejo duas crianças com o casaco coberto de neve. O menino parece ter uns doze anos, é alto e desengonçado, o jeans mal chegando aos tornozelos. A menina, uma ruivinha sardenta sem um dos dentes da frente, me encara com olhos arregalados.

— Quem é você? — ela pergunta.

O menino larga a mochila sobre uma mesa.

— Que falta de educação, Izzy — diz ele, com a voz mais grossa do que eu esperava.

— Ela só está curiosa, Zach — RJ intervém. Ele dá a volta no balcão em direção às crianças, abraça Izzy e dá um soquinho em Zach. Depois pega os casacos deles e sacode a neve. O chão vira uma poça, mas ele não parece se importar. Ele me olha como se tivesse lido minha mente.

— Isso me dará alguma coisa para fazer mais tarde.

Sorrio.

— Crianças, esta é a senhora...

— Hannah — digo. — É um prazer conhecer vocês.

Cumprimento-os com apertos de mão. São crianças adoráveis, mas não posso deixar de notar as manchas no vestido da menina e a bainha descosturada. Não parecem combinar com o vinicultor atraente de calça Levi's e camisa de algodão.

— Contem como foi o dia — diz ele, mexendo nos cabelos de Izzy e em seguida se virando para Zach.

Ambos falam ao mesmo tempo, contando sobre uma prova de leitura, um menino que entrou em uma briga e o passeio do dia seguinte para o Museu do Índio.

—Agora comecem a lição de casa. Vou preparar um lanche para vocês.

— Que horas a mamãe chega? — Izzy pergunta.

— A última reunião dela é às cinco.

Ele desaparece na cozinha enquanto tento imaginar quem aquelas crianças malvestidas poderiam ser. Observo-as enquanto se acomodam a uma mesa e pegam a lição de casa. Filhos da namorada, sem dúvida.

RJ reaparece cinco minutos depois com um prato cheio de queijo, uvas e peras fatiadas. Ele os serve fazendo uma mesura brincalhona, colocando um guardanapo preto sobre um braço e fazendo reverência. As crianças parecem familiarizadas com o ritual, e não tenho a impressão de que ele esteja fazendo aquilo para me impressionar.

— Algo para beber, madame?

Izzy ri.

— Leite com chocolate, majestade.

RJ ri também.

— Ah, minha posição foi elevada. Sou da realeza hoje?

— Você é o rei — diz a menina, com o rosto sorridente me informando que ao menos ela o considera nobre.

Ele traz o leite com chocolate em duas taças de vinho; em seguida, fica sério outra vez.

— Terminem a lição antes que a sua mãe chegue.

— Qual é o presente hoje? — Izzy pergunta.

— É! — reforça Zach, abrindo o livro de matemática. — Que tal uma nota de dez outra vez? Aquilo foi legal.

— Nunca se sabe — RJ responde. — Pode ser uma nota de dez, pode ser um nabo. Nunca vou contar.

As crianças voltam depressa para suas tarefas, e RJ retorna ao balcão. Em vez de se sentar de novo na saliência atrás do balcão, ele puxa um banco e se acomoda a meu lado. Olho para o relógio.

— Tenho que ir. Você está ocupado.

— Você não está me atrapalhando. Fique. A menos, claro, que eu esteja atrapalhando você.

— Não.

Ele me serve um refrigerante com lima e limão.

— Obrigada. Do jeito que eu gosto.

Ele sorri, e, não sei se por causa do vinho ou da tarde longa e preguiçosa, eu me sinto como se estivesse com um amigo e não com um estranho que conheci há menos de duas horas. Ele quer saber como é morar em New Orleans e me conta que cresceu no sul do estado e sua mãe ainda vive lá.

— Ela se casou de novo e tem uma penca de netos postiços. É bom para ela, mas acho que minha irmã fica com um pouco de ciúme. Minha mãe passa mais tempo com os netos postiços do que com a minha sobrinha.

— Sua mãe vem muito para cá?

— Não. Ela é como você. O lugar não traz lembranças muito boas para ela. — Ele dá uma olhada para as crianças. Zach está apertando números em uma calculadora, e Izzy está pintando. — Você já esteve em uma vinícola antes? — ele pergunta.

— Não além da sala de degustação.

— Então venha, vou lhe mostrar.

Não estou preparada para o cobertor branco que vejo quando ele abre a porta. Enormes flocos semelhantes a algodão-doce caem do céu. Corro para fora, sem lembrar que estou usando saltos altos.

— Isso é lindo — digo, ignorando a umidade que se infiltra pelos meus sapatos. Levanto o rosto para o céu, estendo os braços e giro. Flocos pousam em meu nariz e eu abro a boca para pegar um.

RJ ri.

— É uma típica sulista mesmo. A esta altura do ano, já estamos enjoados disso. — Ele se abaixa e pega um punhado de neve. — Mas, gostemos ou não, ela está aqui, como previsto.

Ele joga uma bola de neve, mirando uma treliça de videira. Não acerta, mas tem um bom arremesso. "Bom arremesso, bom homem", meu pai diria.

— Volte para dentro — ele chama. — Antes que congele.

Ele tem razão. O casaco curto que eu trouxe, evidentemente, foi a escolha errada. Mas estou decepcionada por ter de entrar. Sinto-me como se estivesse dentro de um globo de neve, aqui, nesse lindo pedaço de terra.

RJ pousa a mão em minhas costas e me conduz para a porta.

— Vamos deixar o passeio para sua próxima visita.

Minha próxima visita. Gosto de ouvir isso.

Estou quase na entrada quando meu salto desliza no concreto gelado. Minha perna direita escorrega para frente e quase abro um espacate.

— Ai! — exclamo, ouvindo meu vestido descosturar. RJ me segura pelo braço pouco antes de eu atingir o chão.

— Ei, calma, calma...

Com a ajuda dele, puxo meu humilhado ser para cima.

— Puxa, isso foi gracioso — digo, batendo a neve das pernas.

Ele segura meu braço com firmeza.

— Você está bem? Eu devia ter jogado sal nesta área. Machucou?

Meneio a cabeça em negação, mas depois mudo para um aceno afirmativo.

— Sim. Fraturei meu ego.

— Saiu a nota do júri. Nove ponto cinco. Você ganhou um ponto extra pela saia rasgada.

O humor dele afasta o incômodo da situação. Examino minha nova fenda de dez centímetros.

— Que lindo.

— Parece que você arruinou seu vestido.

— É. E comprei na semana passada.

— Sabe — diz ele, enquanto me observa —, às vezes você só tem que se deixar cair. É quando você resiste, quando tenta interromper a queda, que se machuca.

Deixo as palavras descerem sobre mim, vivamente ciente de sua mão protetora, ainda tocando meu braço. Levanto os olhos para ele. Seu rosto está sério agora. Noto a ligeira protuberância no meio de seu nariz, a sombra de uma barba começando a surgir através da pele morena, os tons de dourado que irradiam das pupilas marrons. Sinto uma vontade súbita, quase incontrolável, de estender o braço e tocar a cicatriz no lado esquerdo de seu queixo.

O som de um motor rompe o encanto. Ambos olhamos para a entrada. Uma van preta, salpicada do sal espalhado pela estrada, aparece, forçando passagem pela pista cheia de neve. Prendo o cabelo atrás da orelha e aperto mais o casaco sobre o peito. Caramba, eu estava a segundos de me humilhar pela segunda vez. O vinho certamente me subiu à cabeça.

O carro para e uma mulher roliça sai dele, usando jaqueta vermelha e batom pink.

RJ dá um leve apertão em meu braço e sai ao encontro dela.

— Boa tarde, Maddie — diz ele, dando-lhe um abraço rápido antes de fazer um gesto em minha direção. — Esta é minha amiga Hannah.

Aperto sua mão. Ela é bonita, a pele perfeita, semelhante a marfim, e olhos verdes brilhantes. E verde também é o bichinho que se insinua dentro de mim neste instante. Todos os meus neurônios gritam, sinalizando que estou sendo irracional. Não tenho nenhuma razão para estar com ciúme. Nem conheço esse homem. E, além disso, estou apaixonada por Michael.

— Entre — ele diz para Maddie. — As crianças estão fazendo a lição de casa.

Ela responde erguendo um maço de cigarros Virginia Slims.

— Está bem — RJ diz. — Talvez leve um minuto. Tenho uns presentes para entregar.

— Você os mima demais, RJ. Continue assim, e eles vão amolecer comigo, achando que são da família Kardashian.

Não sei se devo segui-lo para o lado de dentro, então continuo lá fora com Maddie. Abrigo-me sob o beiral do telhado, ao lado da porta, enquanto ela se recosta no carro e acende um cigarro, aparentemente indiferente à neve que cai em cascata. Ela é jovem, imagino que tenha uns trinta anos. É difícil acreditar que tenha um filho do tamanho de Zach.

— Você é amiga do RJ? — ela indaga, pontuando a pergunta com uma nuvem de fumaça.

— Nós nos conhecemos hoje.

Ela assente, como se encontrar uma mulher estranha aqui fosse comum.

— Ele é uma boa pessoa — Maddie me diz.

Quero dizer a ela que seu endosso não é necessário. Eu já sabia que ele era uma boa pessoa. Poderia dizer isso pelo jeito como ele trata os filhos dela.

11

São quase sete horas quando as crianças e suas mochilas entram no carro, depois de todos terem se despedido. Izzy e Zach acenam para nós conforme se afastam. RJ e eu voltamos para dentro, e ele fecha a porta. Já está anoitecendo agora, mas, depois do ar gelado lá fora, a sala rústica parece mais aconchegante que triste.

— Eu preciso ir mesmo — digo, detendo-me logo depois de transpor a porta.

— Você por acaso sabe dirigir na neve?

— Vou ficar bem.

— Não acho uma boa ideia. Eu levo você até a casa da sua mãe. Volto para te buscar amanhã para você pegar seu carro aqui.

— De jeito nenhum — digo. — E, além do mais, não vou ficar na casa da minha mãe. Vou encontrar um hotel para passar a noite.

Ele me olha intrigado.

— É complicado — falo.

— Entendo. — Algo em seu tom livre de julgamentos me faz achar que ele de fato entende. — Olha, seria melhor você passar a noite aqui mesmo. Não tenho nenhuma motivação oculta, juro. Moro no andar de cima. Posso dormir no sofá...

— Não posso.

Ele assente num gesto de cabeça.

— Certo. Você tem razão. É uma mulher esperta. Mas fique mais algumas horas, pelo menos. Até que as equipes tenham tempo de limpar a estrada. Tem carne aqui, posso fazer uma salada. Mais tarde, levo você para a cidade.

Fico tentada a aceitar, mas balanço a cabeça.

— O tempo só vai piorar. Eu realmente preciso ir. Consigo dirigir na neve, prometo.

Ele olha para mim e ergue as mãos em um gesto de rendição.

— Vejo que estou lidando com uma cabeça-dura. Você venceu. Não vou te segurar aqui contra sua vontade.

— Eu agradeço pela preocupação. — E, sério, não consigo nem me lembrar da última vez em que alguém foi tão protetor comigo.

Ele enfia as mãos nos bolsos.

— Olha, foi ótimo conhecer você. Eu gostei muito mesmo de ficarmos aqui papeando.

— Eu também. — Olho ao redor, como se estivesse me despedindo. — E tudo aqui é bonito. Você deve se orgulhar muito.

— Obrigado. Na próxima vez, vou lhe mostrar o lugar. Os vinhedos são incríveis quando florescem.

Sopro as mãos, provocando-o.

— E quando isso tem chance de acontecer? Alto verão?

Ele sorri e sacode a cabeça.

— Menina sulista.

Os olhos dele são doces e estão fixos nos meus. Uma vez mais, me vejo tomada por um desejo tão forte que cruzo os braços para resistir à tentação de tocá-lo. Eu poderia dar um passo e estaria em seus braços. Repousaria o rosto em seu peito. Como seria a sensação de ter seus braços em volta de mim, sua mão acariciando meus cabelos...?

Meu Deus, isto não é um livro romântico! Somos apenas dois adultos solitários. Provavelmente faz meses que RJ não vê uma mulher solteira neste fim de mundo.

Ele pega a carteira, tira dela um cartão de visita e me entrega.

— Este é o número do meu telefone. — Ele vira o cartão e rabisca um número no verso. — Este é o meu celular. Ligue quando chegar ao hotel. Preciso saber se chegou em segurança.

Pego o cartão, mas é estranho, como se eu estivesse ultrapassando os limites. Por que nunca parece ser a hora certa de contar a ele que tenho namorado? Mas é ridículo. Eu não deveria ter que contar a ele. Ele está apenas sendo gentil, só isso. Quer ter certeza de que cheguei em segurança. Seria absurdo se eu soltasse agora, de repente, que tenho um namorado.

— Certo — digo. — É melhor eu ir de uma vez.

— Mais uma coisa. Espera. — Ele corre para o outro lado do salão e entra no que parece ser um depósito. Um minuto depois, retorna com um par de botas Wellington amarelas, reluzentes.

— Se você insiste em ir, eu insisto que leve isto.

— Não posso levar suas botas.

— Elas vieram junto com a propriedade. Estava esperando que alguém como você aparecesse para ficar com elas.

Levanto os ombros.

— Pode me chamar de Cinderela. — Imediatamente me arrependo da minha tentativa de ser engraçada. A Cinderela recebeu o sapato do príncipe... e se casou com ele. Será que RJ acha que eu acho que ele... Ah, droga, como eu sou idiota!

Tiro os saltos e enfio os pés nas botas. São pelo menos um tamanho menor do que eu uso, mas ele tem razão, são melhores do que os saltos.

— Obrigada. — Eu me viro, testando minhas novas companheiras. Só posso imaginar que figura devo aparentar, com os cabelos escorridos pela umidade, o rosto sem maquiagem e, agora, um par de botas de borracha sob o vestido rasgado. Eu nem sonharia em deixar Michael me ver assim. — Onde está o Esquadrão da Moda quando precisamos dele?

Mas RJ não ri. Ele apenas me olha.

— Você está linda — ele diz, por fim.

Baixo os olhos até os pés.

— Sua visão deve ser horrível.

— Visão perfeita — ele responde, fixando os olhos em mim.

— Preciso ir.

Ele respira fundo e aperta as mãos.

— Certo. Espere aqui um minuto. Me empresta a sua chave.

Observo pela janela enquanto ele liga meu carro, depois raspa a neve e o gelo dos vidros. Esse simples ato me impressiona, talvez mais do que a comida e o vinho.

— Pronto — diz ele, batendo os pés do lado de fora da porta. — Sua carruagem a espera. Me liga assim que estiver acomodada.

Estendo a mão.

— Obrigada. Você me deu comida, abrigo, sapatos e uma excelente companhia, tudo em um só dia. Eu agradeço muito mesmo.

— O prazer foi meu. — Ele segura minha mão. — A gente vai se ver de novo.

Ele diz isso com tanta certeza que quase acredito.

• •

Eu devia ter escutado RJ. Eu não tinha ideia de que dirigir com aquele tempo seria tão tenso. A neve se acumula no para-brisa mais rápido do que os limpadores conseguem removê-la. Uma camada de gelo se forma onde as palhetas não alcançam, e tenho que esticar o pescoço para enxergar através do vidro. Meia hora depois, eu me sinto tentada a voltar. Mas sigo em frente. A neve branca reflete o luar, criando uma paisagem de sombras azuis e acinzentadas. Desço a estrada sinuosa em passo de tartaruga e sigo para o sul, até chegar à Peninsula Drive. Mantendo o olhar atento às trilhas deixadas pelos carros que passaram pouco antes de mim, sigo a curva da península. Em alguns lugares, o vento deslocou a neve e só vejo um borrão branco à frente. Dirijo às cegas, metade do tempo sem nem saber ao certo se estou ou não na pista. Meus dedos doem. Meu pescoço está rígido. Meus olhos ardem. E não consigo parar de sorrir.

Levo quase duas horas para fazer o trajeto de volta à cidade. Paro no primeiro hotel que encontro e dou um grande suspiro de alívio quando desligo o motor.

O quarto é simples, mas limpo, e a tarifa tão barata que achei que tivesse ouvido errado.

— Os preços quadruplicam em um mês — o gerente explicou. — Por enquanto, ter um cliente já é bom.

Não sei por que resolvo ligar para Michael primeiro. Ou por que lavei o rosto e vesti o pijama antes de telefonar. Tudo o que sei é que, quando finalmente decido telefonar para RJ, estou confortável na cama e com todo o tempo do mundo para falar.

Abro a bolsa para procurar o cartão. Olho no compartimento da frente, depois no de dentro.

— Mas como...? — Despejo o conteúdo da bolsa sobre a cama, frenética. Não está aqui.

Dou um salto e remexo os bolsos do casaco.

— Que droga! — Enfio de novo minhas botas pequenas demais e visto o casaco sobre o pijama.

Por quinze minutos, procuro dentro do carro como uma louca, até finalmente me convencer de que não estou com o cartão de RJ. Devo tê-lo deixado cair em algum lugar entre a porta da vinícola e o carro.

Volto depressa para o quarto e abro o computador. Procuro o site da vinícola e me impressiono quando vejo as credenciais de RJ: PhD em botânica, inúmeros prêmios e patentes pendentes. Encontro o número de telefone, mas, claro, o número do celular não está ali.

Digito os números com as mãos trêmulas. *Atenda, por favor. Atenda, por favor.*

"Aqui é Merlot de la Mitaine."

Saco! A mensagem automática.

"Para horários de atendimento, pressione 1. Para informações sobre como chegar, pressione 2..."

Escuto a voz grave de RJ até a última opção do menu.

"Para deixar uma mensagem, pressione 5."

— Humm, oi... aqui é a Hannah. Eu perdi o cartão que você me deu. Só estou atendendo ao seu pedido e avisando que cheguei à cidade. Você queria que eu ligasse, lembra? Bom... humm... obrigada. Obrigada mais uma vez.

Argh! Pareço uma tonta. Desligo sem deixar o número do meu celular. Não seria certo. Eu tenho namorado.

Deito na cama e apago a luz, me sentindo uma criança que acabou de perceber que, afinal, hoje não é Natal.

12

Acordo na manhã seguinte dividida entre voltar à Peninsula e dizer a RJ que não o dispensei de propósito, ou seguir direto para a casa da minha mãe. Opto pela casa de mamãe, e talvez, só talvez, se sobrar tempo depois de falar com ela, eu dê uma passada rápida na Peninsula outra vez.

A tempestade da noite passada acabou, deixando para trás um dia novinho em folha. Mas a previsão do tempo indica que outra tempestade virá no início da tarde. Deve ser difícil viver aqui, e eu sinto um leve lampejo de orgulho por minha mãe.

Tento não pensar em RJ enquanto dirijo, ou na minha decepção por não ter conseguido falar com ele ontem à noite. Preciso esquecer aquele simpático proprietário de vinícola. O flerte inofensivo foi divertido, mas não tem nada a ver querer perpetuá-lo.

Birch Lake fica dezesseis quilômetros a oeste da cidade, e eu agradeço ao GPS em cada curva fechada e trecho sinuoso. Ele me conduz direto para Dorchester Lane, um nome enganoso que parece ser de uma rua de paralelepípedos em Londres, não de uma estreita estrada de terra contornando um pequeno lago.

Carvalhos, ainda despidos pelo inverno, margeiam a pista dos dois lados, como uma multidão de fãs aplaudindo na chegada de uma maratona. A estrada não teve a neve removida, e eu sigo as trilhas de pneus deixadas por veículos anteriores. Avanço lentamente, observando as casas e, de vez em quando, tendo um vislumbre do lago congelado à esquerda. As casas criam um tabuleiro de velho e novo. Enormes residências reformadas apequenam os chalés de verão pitorescos, e às vezes feiosos, de que me lembro.

Fico confusa quando passo pelo que antes era uma casa tão pequena que eu costumava imaginar sete anões vivendo ali, mas onde agora se ergue uma construção moderna. Consigo me situar melhor um pouco à frente, quando avisto uma grande casa pré-fabricada, da qual me recordo exatamente. Passo devagar por um terreno baldio, depois por um trecho de bosque. O suor começa a se formar em minha nuca. Estou perto. Posso sentir.

O carro desliza sobre a pista gelada quando freio e paro. Ali está. O chalé de Bob. Meu coração parece um tambor. Eu não consigo fazer isso. É um erro desenterrar o passado.

Mas eu preciso. Se Dorothy estiver certa, esta é a única maneira de encontrar a paz.

Minhas mãos estão suadas, e eu as enxugo no jeans, depois olho pelo retrovisor. Não há ninguém na rua esta manhã. Apoio os braços no volante e olho à esquerda. O chalé de madeira parece uma miniatura agora, em meio a um belo jardim enfeitado de coníferas verdes e azuis. O lugar está precisando desesperadamente de uma camada de tinta, e alguém cobriu as janelas com plásticos transparentes, para se proteger do vento, imagino. Meu estômago se revira de expectativa e medo.

Fico ali sentada por dez minutos, ensaiando o que dizer. *Oi, mamãe. Vim oferecer meu perdão.* Ou talvez: *Oi, mamãe. Estou disposta a tentar esquecer o passado.* Ou ainda: *Mamãe, vim fazer as pazes, eu perdoo você.* Nenhuma das opções parece boa. Rezo para que as palavras certas surjam quando eu estiver frente a frente com ela.

Estou olhando para a casa, tentando reunir coragem para o encontro, quando a porta da frente se abre. Estico o pescoço, o olhar fixo, o coração acelerado. Diante de meus próprios olhos, uma mulher sai da casa. Pela primeira vez em dezesseis anos, eu vejo minha mãe.

• •

— Mamãe — digo em voz alta. Meu peito se comprime. Eu abaixo no banco, embora tenha certeza de que o carro está fora de vista. Ela parece tão diferente agora. De alguma forma, eu esperava encontrar a mulher de trinta e oito anos que vi em minha formatura do colégio, aquela que estava apenas começando a fenecer, mas ainda era bonita, talvez até muito bonita.

Mas ela deve ter cinquenta e quatro agora. Foi-se a mulher vistosa, com lábios da cor de sorvete de framboesa. Seu rosto é comum, e os cabelos escuros estão presos em um coque sem graça . Mesmo daqui, posso ver que ela ainda é bem magra. *Por favor, não me diga que ela ainda fuma.* Ela está usando um casaco de lã verde desabotoado, com uma calça preta e uma blusa azul-clara por baixo. Parece um uniforme.

Enfio o nó do dedo na boca e mordo. *Você está aqui, mãe. Você está bem aqui. E eu também.*

Engato a primeira marcha no carro e avanço devagar, as lágrimas anuviando minha visão. Minha mãe caminha até um Chevrolet marrom estacionado em frente a casa. Ela para e tira a neve do para-brisa com a mão. Conforme eu passo, ela olha e acena, para ela só mais alguém passando. Seu sorriso aperta meu coração. Levanto a mão em resposta e continuo dirigindo.

• •

Sigo por mais de um quilômetro antes de parar o carro. Inclino a cabeça para trás e deixo as lágrimas escorrerem pelo meu rosto. Ela não é um monstro. Eu sei disso. Com todo o meu coração, sei disso.

Abro a janela e respiro o ar frio e cortante, lutando contra o impulso de voltar agora mesmo até ela, abrir a porta e envolver seu corpo tão magro em meus braços. Meu Deus, minha mãe está bem aqui, quase ao alcance do meu toque. A urgência de vê-la é súbita e intensa. E se ela morresse agora mesmo, hoje, sem jamais saber que estive aqui? O pensamento me deixa tonta, e levo a mão à testa. E então, antes de ter tempo para reconsiderar, manobro na entrada seguinte, acelerando de volta para a casa. Preciso lhe dizer que a perdoei. Encontrei as palavras, tenho certeza disso agora.

Reduzo a velocidade quando avisto o chalé. Meu coração bate rápido e respiro fundo. Eu posso fazer isso. A entrada de carros está logo à frente. O Chevrolet marrom não está mais ali e a casa está às escuras.

— Não! — grito. Uma sensação de desespero me invade. — Eu estou aqui, mãe. Onde você está? — Eu a decepcionei mais uma vez. Mas isso é loucura. Eu não a decepcionei. Foi ela quem me decepcionou.

Olho para a rua, esperando ainda ver os faróis traseiros, ou fumaça de escapamento, algo que eu possa seguir. Mas está tudo tão vazio, solitário e deserto quanto me sinto.

Estaciono do outro lado da rua e desço do carro.

Meus joelhos estão instáveis enquanto atravesso a pista e entro em meio às árvores. Agradeço em silêncio a RJ por ter insistido que eu pegasse as botas. Ramos e arbustos batem em mim conforme abro caminho pelo mato. Ao sair, alguns minutos depois, me vejo no quintal coberto de neve nos fundos do chalé que eu detestava.

As nuvens estão mais espessas agora, e pequenos flocos de neve dançam no ar. Olho para a velha casa, assentada em um ligeiro aclive. As janelas escuras não exibem nenhum sinal de vida. Bob não está aqui. Por alguma razão, tenho certeza disso.

Caminho para o lago e me vejo na beirada do ancoradouro. Um par de gansos pousa ali, criando uma explosão de respingos em uma área da superfície degelada do lago, antes de a água voltar ao estado habitual de calmaria. Respiro fundo uma vez, depois outra. O cenário tranquilo parece ser um antídoto para minha agitação, e sinto a tristeza, a velha amargura, aliviando a pressão de suas garras sobre mim. Examino a paisagem congelada, o amplo descampado de gelo branco. À direita, vejo um passarinho aterrissar em um galho de árvore seco, cuja ponta é branca. Pela primeira vez, quase consigo perceber por que minha mãe gostava tanto daqui.

— Posso ajudá-la?

Eu me viro, o coração aos pulos. Há uma jovem em pé no outro lado do ancoradouro. Seu rosto é comum, mas agradável, e os olhos brilhantes me examinam com curiosidade. Ela está usando um gorro de lã e uma parca preta forrada de pele. Um bebê embrulhado em uma roupa de neve dorme no carregador canguru atado a ela. A jovem mantém uma das mãos sobre a criança, em um gesto protetor que me agrada e me perturba ao mesmo tempo. Será que acha que sou perigosa?

— Desculpe — digo, voltando pelo ancoradouro. — Provavelmente estou invadindo uma propriedade. Já estou indo embora.

Saio do ancoradouro e desvio os olhos, meio constrangida, enquanto passo por ela. Não tenho nada que estar ali, xeretando, quando minha mãe não está em casa. Eu me apresso em direção às arvores, me preparando para partir pelo mesmo caminho por onde entrei. Estou quase no limite da cerca quando a ouço chamar, às minhas costas:

— Hannah? É você?

13

Eu me viro. Nossos olhares se encontram. Fico olhando para ela sem entender. Eu deveria conhecer essa moça?

— Sou a Tracy, da casa ao lado. Tracy Reynolds.

— Tracy. Sim, claro. Oi. — Estendo a mão, e ela a aperta.

Tracy tinha dez anos no verão de 1993, uma diferença de três anos que parecia vasta e intransponível na ocasião. Quase todos os dias, ela vinha até a porta e me convidava para andar de bicicleta ou nadar. O fato de eu ir brincar com uma criança de dez anos ilustra como eu me sentia entediada ali. Minha mãe costumava se referir a Tracy como minha amiga, mas eu sempre a corrigia. "Ela não é minha amiga. É uma criancinha." Porque ter uma amiga poderia tornar este lugar suportável. E eu não deixaria isso acontecer.

— Claro que me lembro de você, Tracy. Ainda mora aqui?

— Todd, o meu marido... Bom, ele e eu compramos a propriedade dos meus pais sete anos atrás. — Ela olha para o bebê. — Este é o Keagan, meu caçula. O Jake está no primeiro ano e a Tay Anne, na pré-escola.

— Puxa, que legal. O Keagan é uma gracinha.

— O que está fazendo aqui, Hannah? Sua mãe sabe que você chegou?

Eu me lembro de RJ e de nossa conversa de ontem. Se essa mulher fosse uma taça de vinho, teria um toque de curiosidade e proteção misturado a um toque de ressentimento.

— Não, eu... eu estava por perto e... bem... só quis ver como estava o lugar. — Olho para a casa e vejo um esquilo se equilibrando pela linha telefônica. — Como ela está, a minha mãe?

— Bem. Trabalha para a Merry Maids, limpando casas. Ela é meticulosa, você sabe. — Tracy ri.

Eu sorrio, mas, por dentro, meu peito se aperta. Minha mãe é faxineira.

— Ela... — Tenho dificuldade para pronunciar as palavras. — Ela ainda está com Bob?

— Está. — Ela fala como se fosse óbvio. — Eles se mudaram definitivamente para cá no ano em que você foi embora. Sabia disso, não é?

Eu sabia? Minha mãe com certeza teria me contado. *Mas eu ouvi?* Ou será que eu a ignorei, por não querer ouvir sobre a vida dela com Bob?

— Ah, sim — digo, irracionalmente ofendida por aquela mulher saber mais sobre minha mãe do que eu. — Eles venderam a casa em Bloomfield Hills. Ele ainda está dando aulas — solto, apenas sugerindo uma pergunta, torcendo para ter chutado certo.

— Não, não. Bob fez setenta e quatro anos no mês passado. E ele nunca deu aulas aqui. Na verdade, eu nem sabia que ele era professor até uns anos atrás. Ele sempre trabalhou em construção.

Uma rajada de vento me atinge e eu viro o rosto.

— Faz um tempo que não falo com a minha mãe. Ela não sabe que estou aqui.

— Sinto muito pela ruptura de vocês. — Tracy baixa os olhos para o bebê e lhe beija a testa. — Ela nunca mais foi a mesma depois que você partiu.

Minha garganta se aperta.

— Nem eu.

Tracy indica um banco com a cabeça.

— Venha. Vamos sentar.

Essa mulher deve achar que sou maluca, aparecendo aqui do nada, chorosa como uma criança de dois anos. Mas ela não parece se importar. Juntas, limpamos a neve do banco de concreto e nos sentamos, voltadas para o lago. As nuvens passam no alto, e eu fico olhando para a água.

— Você a vê com frequência?— pergunto.

— Todos os dias. Ela é como uma mãe para mim. — Tracy baixa o olhar, e percebo que ficou constrangida com a confissão. Afinal, é da minha mãe que ela está falando, não da dela. — E Bob — prossegue —, as crianças o adoram.

Meu queixo se retesa. Será que ela deixa a pequena Tay Anne perto dele? Eu me pergunto se ela sabe.

— Ele ainda é um brincalhão. Lembra como ele provocava a gente, nos chamando de garotos? — Ela diminui o tom de voz uma oitava, em imitação. — "O que vocês, garotos, estão aprontando?" Eu era meio apaixonada por ele quando criança. Era tão bonito.

Eu me viro para ela, chocada. Em minha cabeça, ele é um monstro. Mas, sim, acho que ele era mesmo bonito, antes de começar a me provocar arrepios de aversão.

— Ela nunca se perdoou por ter deixado você ir embora.

Apoio as mãos no banco, em ambos os lados das pernas.

— É, é mais ou menos por isso que estou aqui. Estou tentando perdoá-la.

Tracy me lança um olhar.

— Bob nunca teve a intenção de tocar em você. Ele a amava muito.

Meu Deus, minha mãe contou a ela? E, obviamente, deu a sua própria versão da história. Eu me sinto sufocada de raiva, tão sensível quanto naquela noite de verão.

— É fácil para você falar, Tracy. Você não estava lá.

— Mas sua mãe estava.

Quem ela pensa que é, afinal? De repente, tenho treze anos outra vez, e de jeito nenhum vou deixar essa pirralha metida a sabe-tudo me fazer sentir mal. Levanto-me para ir embora.

— Foi bom ver você — digo, estendendo a mão.

— Eu ouvi seu pai — Tracy diz, ignorando meu cumprimento. — Na tarde seguinte, quando vocês estavam indo embora.

Minha respiração fica presa. Como se estivesse em câmera lenta, eu me sento outra vez no banco.

— O que você ouviu?

Ela afaga em círculos as costas do bebê adormecido.

— Eu estava na calçada enquanto ele jogava sua bagagem no porta-malas. Você já estava dentro do carro, e parecia tão triste. Eu sabia que você não queria ir.

Tento recriar a lembrança. Sim, ela tem razão. Eu estava sofrendo naquele dia, por deixar minha mãe. Minha tristeza ainda não tinha endurecido a ponto de se tornar amargura e raiva.

— Nunca vou esquecer. Seu pai disse: "Quando se pega alguém pelas bolas, a gente aperta". Foi exatamente isso o que ele disse, Hannah. — Ela dá uma risadinha nervosa. — Eu lembro porque eu nunca tinha ouvido um adulto falar assim. Fiquei chocada. Nem entendi o que ele quis dizer, na época.

Mas agora ela entende, e eu também. Meu pai estava usando a situação a seu favor, espremendo-a ao máximo. E, afinal, quem acabou sendo espremida — e usada — fui eu.

Tracy olha para o lago, dirigindo-se ao silêncio.

— Lembro uma vez que você e eu estávamos ali, no ancoradouro, como hoje. Só que estávamos com os pés descalços balançando dentro da água. Aí o Bob chegou com seu velho barco de pesca. Ele estava tão animado. Tinha acabado de pegar uma truta enorme. "Olha só isto, maninha", ele falou. Ele sempre chamava você de maninha, lembra?

Fiz um breve movimento com a cabeça, desejando que ela parasse de falar.

— Ele puxou aquele peixão de um balde de água dentro do barco e o mostrou para nós. Ainda estava vivo e era o peixe mais gigantesco que eu já tinha visto. Ele estava muito orgulhoso, como um menino exibindo uma nota alta na prova. "Vamos cozinhar para o jantar", disse. Você lembra?

O cheiro de musgo do lago sobe até as minhas narinas, e quase posso tocar os respingos frios daquele velho barco de pesca, enquanto Bob o atracava. Sinto o calor do sol nos ombros já rosados, e a brisa morna que vem do leste. E, pior de tudo, vejo a alegria no rosto dele, o jeito como ele aprumava os ombros com orgulho ao erguer o peixe no ar, as escamas prateadas refletindo o sol de verão.

Dou de ombros.

— Mais ou menos.

— Ele correu até a casa para trazer sua mãe e a câmera fotográfica.

Baixo os olhos para o bebê adormecido, querendo afastar as imagens. Não suporto ouvir o resto. Quero lhe pedir que pare, mas minha garganta está apertada demais para falar.

— Enquanto ele estava na casa, você pulou para dentro do barco.

Viro a cabeça e fecho os olhos.

— Por favor — peço, com a voz rouca. — Pare. Eu sei o fim da história.

Bob desceu saltitante da casa, cinco minutos depois, com a câmera em uma das mãos e o braço da minha mãe na outra. Ele falava com entusiasmo enquanto caminhava, tagarelando para mamãe sobre sua grande pesca. Mas era tarde demais. O peixe não estava mais lá. Eu tinha virado o balde de volta no lago.

Ponho a mão sobre os lábios trêmulos e sinto uma leve ranhura em minha determinação.

— Eu era tão malvada.

Digo isso mais para mim mesma do que para Tracy. É a primeira vez que ao menos reconheço isso, e sinto quase que um alívio. Porque é verdade.

— Bob não deixou a bola cair — Tracy diz. — Falou para sua mãe que tinha sido descuidado, que tinha deixado a tampa aberta e o malandro do peixe tinha pulado de volta para a água. — Ela sorri para mim, e não é mais uma expressão de crítica. É com humor agora, e doçura, como se estivesse tentando consertar alguma coisa em mim. — Ele quis te proteger, Hannah.

Ponho a mão sobre o rosto.

— Quanto mais ele tentava amar você, mais você resistia.

Eu conheço essa dança. É a mesma que danço com Abby.

O bebê de Tracy começa a se agitar, e ela se levanta.

— Está bem, pequeno, nós já vamos. — Ela toca meu ombro. — É hora de comer. Você será muito bem-vinda se quiser esperar sua mãe na minha casa. Ela estará de volta às três.

Enxugo o nariz com as costas da mão e lhe ofereço um sorriso trêmulo.

— Não. Obrigada. Eu estou bem.

Ela hesita, como se não quisesse me deixar ali.

— Bem, então está certo. Foi bom te ver outra vez, Hannah.

— Foi bom ver você também.

Vejo-a atravessar o terreno nevado em direção à pequena casa que antes foi de seus pais.

— Tracy? — chamo.

Ela se volta.

— Por favor, não conte para minha mãe que estive aqui. Está bem?

Ela protege os olhos de um raio de sol que penetra através das nuvens grossas.

— Você vai voltar?

— Acho que sim. Mas não hoje.

Ela me olha por um instante, como se não tivesse certeza se deveria dizer o que lhe passa pela cabeça. Por fim, diz:

— Sabe, Hannah, é muito difícil pedir desculpas. Até a hora em que você fala. E então vira a coisa mais fácil que você já disse na vida.

• •

Consigo esperar até ela estar a certa distância antes de começar a chorar. Ela acha que sou eu quem deveria pedir desculpas. E não tenho tanta certeza se está errada.

Fico ali por mais meia hora, lembrando as palavras de Tracy, suas histórias e minhas ações, todos esses anos atrás. O que foi que eu fiz?

Você está pensando demais. Ouço o conselho de meu pai, do modo como ele me falou dias depois de termos partido de Michigan. Eu estava sofrendo, com saudades da minha mãe. *Há uma razão para o retrovisor ser tão pequeno. Não se deve olhar para trás.*

De repente, avisto alguma coisa se projetando de um monte de neve perto da casa. Caminho pelo pátio coberto de branco, com os olhos fixos naquele ponto. Não pode ser. A cada passo, as lembranças vão voltando.

Alcanço a madeira saliente e limpo-a com o antebraço. Uma pilha de neve cai ao chão. Meu Deus, não posso acreditar que ainda esteja aqui. Minha velha trave de equilíbrio.

O tecido azul que Bob usou para revestir o material se desintegrou, revelando um pedaço acinzentado de pinho quebrado no meio. Bob a construiu para mim naquela primeira semana, quando me viu assistir a uma competição de ginástica artística na televisão. Passou dias colando, aplainando e pintando a madeira. Fixou-a com aço galvanizado e montou as traves de cinco por dez centímetros.

— Experimente, maninha — disse, ao revelar o presente. — E tenha cuidado. Não queremos que quebre o pescoço.

Mas de jeito nenhum eu subiria naquele pedaço de madeira ridículo.

— Deve ter um metro e vinte de altura, não sessenta centímetros — eu disse.

Uma rajada de vento sopra do norte e flocos de neve pinicam meu rosto. Passo a bota sobre a madeira congelada. Teria me matado andar sobre ela, nem que fosse uma única vez?

Como uma expiação, subo na trave desgastada. Quase de imediato, meu calçado direito escorrega. Aterrisso de joelhos na neve.

Caio de costas e olho o céu. No alto, as nuvens se agitam e se contorcem. Observo, desejando poder voltar o filme da minha vida, viajar para trás no tempo. Porque agora começo a questionar todas as crenças que mantive com tanta firmeza nestes últimos vinte e um anos. E a própria missão deste dia, oferecer perdão para a minha mãe, de repente parece toda errada.

14

Vou direto para o Garden Home no sábado de manhã. Preciso ver Dorothy. Preciso contar a ela que estou confusa e não sei mais se minha mãe precisa de perdão. Fico surpresa quando chego à varanda e vejo Jade e sua irmã, Natalie, saindo da casa de repouso.

— Oi! — digo. — O que estão fazendo aqui? — As palavras saem de minha boca antes que eu tenha tempo de perceber a expressão no rosto das duas. Trata-se do pai delas.

— Estamos procurando um lugar para o papai — Natalie diz, confirmando minhas suspeitas.

Jade ergue os ombros.

— Recebemos os resultados da tomografia dele ontem. Parece que a quimio não está funcionando.

— Sinto muito. — Pouso a mão em seu braço. — Vocês precisam de alguma coisa? Algo que eu possa fazer pela mãe de vocês?

— Só de suas orações — diz Jade, sacudindo a cabeça. — Você não vai acreditar no que meu pai me disse quando estávamos voltando da consulta. "Jade, naquela noite do seu aniversário de dezesseis anos, a Erica Williams estava bebendo?"

— Ah, não. Ele ainda está falando daquela festa? Você finalmente contou a ele?

— Eu queria. Queria mesmo. Mas não consegui. — A voz dela sai emocionada. — Eu o encarei e respondi: "Não, papai". — Ela olha para mim, e então para Natalie. — Ele tem tanto orgulho das filhas. Não posso decepcioná-lo agora.

Natalie envolve o ombro da irmã com um dos braços, e desconfio de que ambas estejam completando a frase em silêncio: *... que ele está morrendo.*

Jade me olha com um sorriso triste.

— Como foi em Chicago?

Levo um segundo para pensar em Chicago. Certo. A entrevista. Minha cabeça tem andado tão cheia de pensamentos sobre Michigan, minha mãe e Bob que Chicago parece pouco importante agora.

— Acho que foi tudo bem. Na segunda-feira a gente conversa sobre isso.

— Você contou para a Claudia sobre a entrevista?

— Não. Só para você. Todos os outros acham que tirei uns dias de folga. Por quê?

— Estava passando o noticiário enquanto eu fazia a maquiagem dela. Falaram da nevasca em Chicago, e a Claudia disse: "Espero que a Hannah esteja bem".

— Que estranho — comento. — Tenho certeza de que não contei nada a ela.

— Tome cuidado. Essa garota está sempre de antena ligada.

• •

Encontro Dorothy na sala de estar, sentada ao piano tocando "Danny Boy". Fico em silêncio enquanto a escuto. Já a ouvi cantar essa música muitas vezes, mas hoje a letra me perturba. Parece uma canção sobre uma mãe se despedindo do filho e desejando que ele volte logo.

It's I'll be here in sunshine or in shadow
*Oh Danny boy, oh Danny boy, I love you so.**

Eu aplaudo.

— Bravo!

---

* "Eu estarei aqui na claridade ou na escuridão/ Ah, Danny Boy, Danny Boy, eu te amo tanto."

Dorothy gira no banquinho do piano, o rosto iluminado.

— Hannah, querida!

— Oi, Dorothy. — Minha voz falha, e eu me pergunto o que há de errado comigo. Minhas emoções andam à flor da pele desde a visita a Michigan. — Papoulas orientais — digo. Eu me inclino, beijo seu rosto e coloco o buquê de flores em suas mãos. Conforme faço isso, me recordo dos jardins floridos de minha mãe e do modo como ela sempre comparava suas flores a cores de frutas. — Cor de pêssego — acrescento.

Ela toca as pétalas aveludadas.

— Lindas. Obrigada. Agora, sente-se e me conte sua história.

Juntas, passamos para o sofá. Acomodamo-nos uma ao lado da outra, e ajeito uma mecha solta no topo da cabeça de Dorothy.

— Primeiro, quero que me conte o que está acontecendo com Patrick Sullivan.

O rosto dela se ilumina.

— Ele é um perfeito cavalheiro. Sempre foi.

Mas roubou seu trabalho e sua chance de estudar no exterior, tenho vontade de lembrá-la. Deixo passar. Ela está feliz, posso ver isso.

— Vocês reacenderam a velha chama? — brinco. — É melhor na segunda vez?

Ela puxa o casaco sobre o peito.

— Não seja boba. Ele ficaria profundamente decepcionado depois de todos esses anos.

Ela está se referindo à sua mastectomia. Resistimos a nos expor por medo de decepcionar. Aperto sua mão.

— De jeito nenhum.

— Agora — diz ela —, conte-me sobre sua visita à sua mãe. Você lhe deu a pedra?

— Não pude. Achei que não estaria certo. — Eu lhe falo do encontro com Tracy, das histórias de Bob e das lembranças daquele verão. — Então agora não posso mais dar a pedra a ela.

— Por quê?

— Porque não sei mais se ela precisa ser perdoada.

Ela olha bem em meus olhos, como se pudesse ver através de mim.

— Mas eu nunca falei para você perdoá-la. Eu queria que você fizesse as pazes com ela. Foi você quem decidiu enfiar essa conversa forçada de pedido de desculpas na saga.

Ela tem razão. Nunca me ocorreu que a pedra pudesse ter a ideia de arrependimento. Mordo a bochecha. *Definitiva... Pronta para condenar... Preto no branco...*

— Há mais nessa história, Dorothy. Uma parte que não contei a ninguém. Nem mesmo ao Michael. Mas agora estou começando a duvidar de mim mesma. Não tenho mais certeza do que aconteceu naquele verão.

— A certeza é o consolo dos tolos. Aprenda a viver com a ambiguidade, minha querida.

Fecho os olhos.

— Não sei se consigo. E se a história a que me agarrei por mais de vinte anos for uma mentira?

Ela ergue o queixo.

— Nós, humanos, temos uma característica maravilhosa: a capacidade de mudar de ideia. E, ah, que poder enorme isso nos dá.

Mudar de ideia, depois de tudo que fiz minha mãe passar? Levo a mão à garganta. Minha voz soa sufocada quando falo.

— Mas todos me odiariam se soubessem o que fiz... ou o que poderia ter feito.

— Bobagem — Dorothy diz e procura minha mão. — Fiona chama isso de assumir nosso verdadeiro eu, por mais feio que ele possa ser. Relacionamentos têm tudo a ver com ser vulnerável, ser real.

— Eu não posso ser real! Não quero encontrar meu "verdadeiro eu". Porque, mesmo que minha mãe pudesse me perdoar, eu nunca seria capaz de perdoar a mim mesma.

— Fale com sua mãe, Hannah. Revele-se. Aprenda a amar o feio.

• •

O Ritz-Carlton está lotado de doadores bem-vestidos no sábado à noite, para prestigiar o Baile Anual de Primavera da Liga Nacional da Infância. Michael está impecável em seu smoking preto, e me cobre de elogios por meu vestido vermelho. Mas não sou a mesma esta noite. Em vez de me sentir orgulhosa como sempre me sinto quando Michael e eu estamos juntos, meus sorrisos parecem forçados e artificiais. É como se eu estivesse apenas seguindo um roteiro, sem nenhuma emoção.

Digo a mim mesma que isso é porque, pela primeira vez em quatro anos, não participei do comitê de organização da festa. Precisava de um descanso, depois de ter presidido a comissão do Baile das Luzes de Natal. Mas sei que esta não é a verdadeira razão.

Do outro lado do salão, observo Michael fazendo o que sabe fazer melhor: socializar. Mesmo com pessoas de quem sei que ele não gosta. Cada aperto de mãos, cada soquinho com o punho fechado ou tapinha nas costas parece encenado esta noite. Tento afastar a sensação, mas uma nuvem de melancolia me acompanha. Penso na mão desprotegida de minha mãe retirando a neve do para-brisa do carro. Em seu sorriso doce quando eu passei. A trave de equilíbrio desgastada me passa pela mente, e ouço as palavras de Tracy. Não posso compartilhar nada disso com Michael. Ele quer a mulher sorridente em um vestido de baile e com sandálias de festa, não aquela que voltou ao velho chalé dilapidado usando botas emprestadas. E, na verdade, eu também. Como posso voltar a tampar esse balaio de cobras que fui tão tola em abrir?

Sem aviso prévio, meus pensamentos viajam para RJ e a conversa fácil que compartilhamos. Por que esse estranho ainda se infiltra em meus pensamentos? Talvez porque estar sentada naquela sala de degustação, no banquinho de couro junto ao balcão conversando com ele, tenha sido divertido. E não consigo lembrar a última vez em que me diverti com Michael.

Brinco com o colar de diamantes e safiras e o observo conversar com a nova supervisora de escolas, uma mãe solteira que a prefeitura trouxe de Shreveport no outono passado. Ela é alta e esbelta, com uma postura tão ereta que daria para jurar que estivesse equilibrando uma Bíblia sobre a cabeça. Ela emana autoconfiança, alguém que não tem um fantasma escondido dentro do armário.

Atravesso o salão e me aproximo deles, me condenando por ficar devaneando sobre RJ. Eu devia estar agradecida pelo que tenho. O homem com quem estou namorando é um tremendo gato.

— Hannah — diz Michael, pondo o braço em minhas costas. — Esta é Jennifer Lawson. Jennifer, minha amiga Hannah.

Aperto a mão estendida dela, desejando que Michael tivesse esclarecido que sou mais do que apenas uma amiga. Mas este é o jeito dele. Ele acha que a palavra "namorada" soa juvenil demais. E eu também, e é por isso que preferiria "esposa".

— Bem-vinda a New Orleans, Jennifer. Ouvi coisas maravilhosas a seu respeito.

— Obrigada. Eu vi seu programa. — E foi só, sem nenhum comentário, o que me faz pressupor naturalmente que Jennifer Lawson não é uma fã.

Sorrio e agradeço com um sinal de cabeça, passando a escutar os dois discutirem sobre as novas escolas públicas com currículos especializados e os planos da prefeitura para investimentos em educação. E, o tempo todo, não posso deixar de pensar que os dois combinariam muito mais que Michael e eu.

— Gostariam de algo para beber? — ele pergunta.

E é neste momento que me dou conta. Depois de toda a degustação de vinhos, a sopa e os palitos de pão... saí da vinícola sem pagar! Fui embora da Merlot de la Mitaine sem deixar nem mesmo uma gorjeta. Estou horrorizada comigo mesma. Nunca, em toda minha vida, deixei de pagar uma conta. RJ deve achar que sou a maior trambiqueira ou uma destrambelhada, e não sei qual das duas coisas é pior. Mas me animo quando percebo o que isso significa: agora posso entrar em contato com ele. Sim! Tenho um motivo válido e bem-intencionado para procurar o endereço da vinícola e lhe enviar um pedido de desculpas e um cheque. Na verdade, esta é a atitude decente a tomar. Começo a compor mentalmente a carta quando escuto Michael.

— Hannah, a resposta é sim? — ele pergunta, arqueando as sobrancelhas.

— Sim — digo, levando a mão à boca em uma tentativa de esconder o sorriso. — Um merlot 2010 de Michigan, se eles tiverem.

Ele me lança um olhar intrigado, depois se dirige ao bar em busca de um vinho que, com certeza, eles não têm.

••

Meu apartamento cheira a pão no domingo à tarde. Assei um pão de amêndoas e cerejas para levar ao trabalho amanhã e duas dúzias de palitos de alecrim com queijo para RJ.

Depois que a última fornada esfria, embrulho os palitos no plástico e os coloco em um saco de papel. Sorrio enquanto os acondiciono em uma caixa de correspondência para entregas prioritárias, revestidos em papel bolha, sobre o qual coloco a carta que escrevi. Estou praticamente com a cabeça nas nuvens ao selar o pacote. Usando minha caneta-tinteiro da sorte, anoto com capricho o endereço na etiqueta.

Merlot de la Mitaine
Bluff View Drive
Harbour Cove, Michigan

• •

O relógio de cabeceira vira para quatro horas, e, na verdade, estou aliviada por sair da cama na segunda-feira de manhã. É meu primeiro dia desde as minhas "férias", e Priscille, a gerente da emissora, convocou uma reunião especial no departamento para conversar sobre uma proposta. Não é preciso ser um gênio para imaginar a que proposta ela se refere. Ela e Stuart, evidentemente, ficaram sabendo de minha entrevista na WCHI e estão me chamando para me confrontar.

Procuro no armário minha roupa de hoje. Não há como negar a entrevista em Chicago, então é melhor assumir. Vou dizer a eles que foi o sr. Peters quem me procurou, não o contrário.

Escolho um conjunto Marc Jacobs preto, uma blusa branca de seda e um par de saltos de sete centímetros que vão me deixar mais alta que Stuart Booker. Preciso parecer autoconfiante hoje. Prendo o cabelo com uma fivela e borrifo spray para firmá-lo, relegando as pontas soltas sexy para outro dia — ou outro emprego. Ponho um par de brincos de pérola e dou uma borrifada no pescoço de Must de Cartier, meu perfume menos sensual. No último minuto, decido ir de óculos. Instantaneamente, os traços juvenis assumem o rosto de uma profissional séria.

Sou a primeira a chegar à estação de TV e vou diretamente para a sala de reuniões, acendendo as lâmpadas fluorescentes. Uma mesa retangular e doze cadeiras estofadas de rodinhas ocupam a maior parte do espaço. Há um painel branco em uma parede e uma televisão de tela plana em outra.

Um telefone preto está em um canto da mesa, ao lado de um cilindro de lencinhos desinfetantes, uma pilha de copinhos de isopor e uma cafeteira cara que Priscille comprou no último outono. É um espaço para tomadas de decisões, não para refeições. Mas isso não me detém, especialmente quando a segurança no trabalho exige. Limpo a mesa antes de colocar no centro dela um cesto contendo meu pão de amêndoas e cerejas. Ao lado, posiciono uma tigela de geleia de cereja e uma pilha de guardanapos florais. Encho a jarra de cristal, que trouxe de casa, com suco natural de grapefruit e dou um passo atrás para avaliar. Para mim está ótimo. Mas será que isso transmitirá a Priscille minha competência e gratidão, ou que apenas montei o palco para "A última ceia"?

Não é surpresa quando Stuart chega em seguida, onze minutos adiantado. Ele nunca perde uma oportunidade de impressionar Priscille. Mas eu não sou a pessoa adequada para falar disso.

Meu estômago se contorce quando Claudia Campbell entra na sala, logo atrás de Stuart. O que ela está fazendo aqui? E é então que me dou conta. Esta reunião não tem nada a ver com meu trabalho potencial na WCHI e tudo a ver com minha posição precária aqui na WNO.

Desde a chegada de Claudia, dois meses atrás, Stuart vem mexendo os pauzinhos para colocá-la como coapresentadora em meu programa. Ele cita Kelly e Michael, Kathie Lee e Hoda... duplas com prêmios e altos índices de audiência. Priscille não comprou a ideia. Ainda.

Será que é disso que querem falar hoje? Será que Claudia vai apresentar o programa junto comigo? Minhas mãos tremem enquanto arrumo o vaso de margaridas sobre a mesa. Não posso de jeito nenhum deixar que isso aconteça. Ter o programa dividido com outra apresentadora é um rebaixamento de posição pouco disfarçado. Seria uma enorme bandeira vermelha para a WCHI.

Mas por que estou preocupada com a WCHI? Quem disse que vou conseguir aquele trabalho? Tenho problemas bem mais urgentes. Não posso... não vou... perder o *The Hannah Farr Show*!

Stuart sorri ao me ver olhar para Claudia.

— Bom dia, Farr.

— Bom dia, colegas — digo, com alegria forçada na voz.

— Oi, Hannah. Que bela mesa. — Claudia olha para Stuart. — Você não me falou desse banquete.

— Sou cheio de surpresas — diz ele.

E eu estou perdida. Será que a audiência subiu na semana passada, quando ela me substituiu? Será que o público a amou? A tensão fecha minha garganta. Estou ocupada fazendo café para Stuart e minha futura "colega de trabalho" quando Priscille chega. Mesmo sem salto, ela tem um metro e oitenta de altura. Está vestindo um conjunto preto bem parecido com o meu. Seus cabelos escuros estão presos em um coque na nuca, de modo semelhante aos meus. Então por que ela é a própria imagem da autoconfiança, enquanto eu me sinto como uma criança brincando de me fantasiar? Poderia até estar usando um daqueles narizes gigantes presos a óculos de armação preta.

Stuart aciona seu modo puxa-saco.

— Bom dia, Priscille. Quer um café?

Ela levanta a xícara da WNO.

— Tudo pronto. — E assume o lugar na cabeceira da mesa. Claudia e Stuart se apressam para se sentar ao lado dela. Eu me sento ao lado de Stuart.

— Convidei Claudia esta manhã para dar suas contribuições — Stuart diz. — Ela é cheia de ótimas ideias, e, convenhamos, estamos precisando de toda ajuda possível.

Fico boquiaberta.

— Stuart, eu venho oferecendo ideias para o programa há meses. Você nunca aceita nenhuma delas.

— Suas ideias não são comerciais, Farr.

Inclino-me um pouco para frente para ver a reação de Priscille, mas ela está preocupada examinando uma pilha de papéis.

— Hannah, sua audiência melhorou só um pouquinho no último mês — Priscille diz. — Eu esperava um aumento maior, depois da entrevista com Brittany Brees, mas um aumento é sempre um aumento. Reconheço isso. Para mantê-lo, precisaremos de alguns episódios de impacto. — Ela une as mãos sobre a mesa e volta-se para Claudia. — Então, Claudia, conte-nos sobre aquela sua ideia fantástica.

Stuart vai direto ao ponto.

— Claudia agendou uma entrevista com Fiona Knowles.

Ei, espere aí, entrevistar Fiona foi minha ideia! Para outra estação, é verdade, mas mesmo assim!

O rosto de Priscille se ilumina como um desfile da Macy.

— Isso é grande — ela diz. — Grande mesmo.

Preciso dizer alguma coisa, mas o quê? Claro que não posso contar a Priscille e Stuart que propus essa ideia para um trabalho que estou pleiteando em Chicago. Mas, se trouxermos Fiona aqui, e a WCHI descobrir, não será mais meu roteiro original. Eles saberão que a matéria foi de Claudia e concluirão que eu roubei a ideia *dela*!

Claudia se endireita na cadeira.

— A Octavia Bookstore vai trazer Fiona Knowles no dia 24 de abril. Li sobre isso no *Times-Picayune.*

Cerro os dentes. *Claro que leu, no artigo que eu marquei, sua bisbilhoteira!*

— Eu sabia que tínhamos que agir depressa, então entrei em contato com a Fiona pelo Twitter. Na verdade, acabamos ficando boas amigas.

Amigas? Acontece que eu fui colega de escola de Fiona e estive no grupo de trinta e cinco pessoas que receberam as primeiras pedras dela. Então, toma essa! Mas também não posso dizer isso. A droga do emprego em Chicago me mantém em uma camisa de força.

— Vocês sabem que milhares de pessoas agora estão enviando Pedras do Perdão virtuais pelo Facebook e pelo Instagram? — Claudia diz. — É incrível! — Ela pronuncia "incrível" em quatro sílabas, *in-qui-rí-vel*, e me causa arrepios.

Priscille tamborila a caneta na caneca de café.

— Mas uma entrada de três minutos no noticiário da manhã é um desperdício. Vejo onde você quer chegar aqui, Claudia. — Ela balança a cabeça, seu cérebro doze passos à frente dos demais. — Você tem toda razão. Essa entrevista é muito mais adequada para o formato de uma hora de Hannah. — Ela aponta a caneta para Claudia. — Bem pensado.

— Obrigada. — O sorriso de Claudia se contrai e ela olha para Stuart.

— Na verdade — Stuart diz —, minha sugestão é que Claudia apresente este episódio.

Que ela apresente? Sozinha? Como em uma tomada de controle hostil? E eu, que estava preocupada em ter de dividir o programa com ela! Viro-me para Claudia, mas ela olha fixamente para Priscille, recusando-se a encontrar meu olhar.

— Só desta vez, claro — ela diz.

— Eu... eu não sei se gosto dessa ideia — intervenho. Hein? É claro que não gosto. Quem, em seu juízo perfeito, iria querer a empertigada e impecável Claudia Campbell mergulhando em seu prato aquelas mãos de unhas perfeitamente pintadas? E ela roubou a minha ideia! Olho para Priscille em busca de apoio, mas ela está quase faiscando de entusiasmo. Meu Deus, preciso impedir este desastre!

— Percebo que caminhei sobre uma linha duvidosa quando procurei Fiona — Claudia diz. — Peço desculpas se ultrapassei meus limites. Foi completamente espontâneo. Eu e ela ficamos realmente animadas com a entrevista.

Em um instante, peso minhas opções. Preciso preservar meu emprego aqui em New Orleans a todo custo. Não posso deixar Claudia se infiltrar em meu programa.

Uma ideia genial me vem de repente. Vou falar com o sr. Peters, contar a ele o que aconteceu e esperar que acredite em mim. Direi que não vou compartilhar a história sobre o abandono de minha mãe. Essa história é deles, como prometi. Tenho outro ângulo pessoal que posso usar aqui. Sim! Estou com o coringa nas mãos.

— Minha amiga Dorothy Rousseau — digo — recebeu as pedras alguns dias atrás. — Continuo antes de ter tempo de refletir melhor. Conto a eles sobre Patrick Sullivan e sobre como ele copiou o trabalho de Dorothy. — Poderíamos ter um testemunho ao vivo de alguém que foi escolhido para continuar o círculo. Patrick e Dorothy poderiam vir ao programa como convidados.

— Eu gosto dessa ideia — Priscille diz. — Os dois poderiam ter um programa só para eles, um dia antes da entrevista de Fiona. Um aquecimento, por assim dizer. Patrick pode contar como foi viver com sua mentira por todos esses anos, e Dorothy pode nos falar sobre a capacidade de perdoar. As pessoas adoram histórias de redenção.

Stuart esfrega o queixo.

— Uma história em duas partes: primeiro, um testemunho, preparando os espectadores para o segundo programa, o grande show, em que Fiona aparece.

— Exatamente. — Priscille fala depressa, como sempre faz quando está entusiasmada. — Vamos pôr a equipe de marketing nisso, pedir a Kelsey para criar expectativa nas mídias sociais. Não temos muito tempo. O programa com a dupla Dorothy e Patrick vai ao ar na quarta-feira da semana que vem.

— Isso pode funcionar — Stuart diz, e se volta para mim. — Tem certeza de que essas pessoas vão querer participar?

— Certeza absoluta — respondo, totalmente incerta. — Desde que a entrevistadora seja eu.

15

— De jeito nenhum — Dorothy me diz ao telefone.

Meu estômago gela. Mas eu prometi. E isso teria resolvido tudo. Estou em pé atrás de minha mesa, com a porta do escritório aberta para que todos ouçam. Eu tinha tanta certeza de que ela diria sim que nem fechei a droga da porta. Mantenho a voz baixa, torcendo para Stuart, também conhecido como sr. Ouvido, não estar espreitando no corredor.

— Só pense sobre isso, por favor. Converse com o Patrick, veja o que ele acha de vir ao programa.

— O que ele acha de admitir ao vivo que conseguiu uma bolsa de estudos graças a uma fraude? — diz Dorothy.

Ela tem razão. Quem em seu juízo perfeito faria isso? O problema é que, se eu não conseguir, Claudia vai apresentar o programa sem mim. E terá muito sucesso. E eu serei... Massageio a testa, na esperança de afastar a imagem da mente.

— Escuta, nós seríamos gentis com ele. Afinal, ele só copiou seu trabalho para os dois poderem ficar juntos.

— Fora de questão. Eu não dou a mínima para o que Paddy fez sessenta anos atrás. E não vou permitir que as conquistas dele sejam manchadas. E isso é exatamente o que iria acontecer. O Paddy ficaria como o vilão, e eu sairia como a santa Dorothy. Não é uma situação justa.

— Tudo bem — Solto o ar. — Não posso argumentar contra isso. Você é uma boa mulher. Vou dizer a Priscille e Stuart que não vai dar certo.

— Sinto muito, Hannah Marie.

••

Desligo o telefone. Que desastre. E, para completar, ainda tenho que escrever um e-mail para o sr. Peters. Meu emprego aqui parece mais precário do que nunca, então não posso estragar minhas chances na WCHI. Olho para a tela do computador, mordendo o lábio. Como ele vai reagir quando souber que vamos trazer Fiona Knowles a meu programa? Posiciono os dedos sobre o teclado.

Caro sr. Peters,

Como o senhor provavelmente já sabe, Fiona Knowles está fazendo o circuito dos talk shows e vai aparecer em toda parte, do *GMA* ao *Today* e no *Ellen*. Ela também virá ao *The Hannah Farr Show* na quinta-feira, 24 de abril.

De maneira alguma isso prejudica meu compromisso com a WCHI, caso decidamos firmar minha proposta. Nosso programa aqui na WNO não incluirá minha história pessoal de recebimento das pedras, nem o perdão à minha mãe. Isso é exclusividade da WCHI.

Meu dedo paira sobre o botão enviar. O que estou fazendo? Dobrando a aposta, insistindo mais uma vez em fazer um programa com Fiona e minha mãe, se conseguir o trabalho. O que acontecerá se a WCHI de fato exigir que isso aconteça?

— Hannah?

Levanto os olhos e vejo Priscille em pé à porta de minha sala. Droga! Envio a mensagem e fecho rapidamente a caixa de e-mails.

— Priscille. Oi.

— Só queria confirmar a história de Patrick e Dorothy. Você falou com ela?

Meu coração se acelera.

— Humm, eu… — Sacudo a cabeça. — Sinto muito. A Dorothy não vai poder.

A expressão de Priscille desaba.

— Você nos garantiu que ia conseguir, Hannah.

— Eu sei. Eu tentei, mas... Ouça, estou com esperança de encontrar um substituto. Eu *vou* encontrar um substituto.

Meu telefone toca, e eu vejo o número no identificador de chamadas.

— É a Dorothy outra vez — digo.

— Ponha no viva-voz.

Algo me diz que eu não deveria, mas faço como ela manda.

— Oi, Dorothy — aperto o botão e olho para Priscille. — Você está no viva-voz.

— Marilyn e eu adoraríamos ser suas convidadas.

— Marilyn? — Lembro-me das Pedras do Perdão que Dorothy separou para Marilyn. Foi feio, ela disse sobre o segredo que queria confessar. Mas, quando cheguei no dia seguinte, Dorothy tinha apenas três pares de pedras para enviar, nenhum deles endereçado a Marilyn.

— Você mandou as pedras para Marilyn?

— Não. Não podia mandar por correio. Esse pedido de desculpas tem que ser feito pessoalmente. Eu estava esperando o momento certo.

Sinto o olhar de Priscille sobre mim. Seguro a respiração, em parte esperando que Dorothy me diga que fará um pedido de desculpas ao vivo, e em parte desejando que não diga isso.

— Acho que talvez um pedido de desculpas na televisão pudesse ser apropriado. No seu programa. O que acha?

Acho que poderia me salvar. Acho que seria uma ótima história. Acho que... poderia dar errado.

— Olha, é muito generoso da sua parte, mas um pedido de desculpas ao vivo é muito arriscado...

Priscille atravessa a sala.

— Eu adoro a ideia — ela diz no viva-voz. — Dorothy? É Priscille Norton. Você conseguiria convencer sua amiga a participar do programa?

— Acredito que sim.

— Perfeito. Faça-a pensar que está vindo falar sobre amizade. Que tal? Então, depois que as duas estiverem no ar, você pode fazer seu pedido de desculpas.

Meu Deus! Ela está transformando o episódio em um reality show e pondo minha querida amiga em uma situação horrível.

— Acho que é adequado. A Mari merece desculpas públicas.

— Excelente. Eu tenho que correr agora, Dorothy. Nos vemos dia 23. Vou deixá-la de novo com Hannah. — Priscille faz sinal de positivo com o polegar antes de sair da sala. Retomo o telefone e desligo o viva-voz.

— Ah, Dorothy, é uma péssima ideia. Vamos expor você... e a Marilyn também. Não posso te deixar fazer isso.

— Hannah, querida, eu esperei quase seis décadas pela oportunidade certa de me desculpar. Você não pode me tirar isso.

Afundo na cadeira.

— O que você fez, afinal, para precisar pedir desculpas?

— Você vai descobrir no programa, na hora em que a Mari também ouvir. E, falando em desculpas, como vai indo com a sua tarefa?

— Minha tarefa?

— Já falou com sua mãe?

Obviamente, Dorothy perdeu a noção de tempo. Eu falei com ela sobre isso há apenas dois dias. Sinto uma pressão no estômago. Na noite passada, enquanto me revirava na cama, acabei por me convencer novamente de que sempre estive certa. Não há necessidade de pedir desculpas. Não fiz nada errado. Eu era a vítima outra vez, um papel que já ficou confortável, cujos gestos e falas já decorei. Mas agora, sob essas luzes fluorescentes brilhantes, com Dorothy do outro lado da linha, começo a me questionar. O que exatamente aconteceu naquela noite? E será que tenho coragem de descobrir?

— Ah, sim, estou trabalhando nisso.

— Qual é seu plano? Quando você vai ver sua mãe?

Massageio as têmporas. É complicado... bem mais complicado do que Dorothy imagina.

— Logo — digo, esperando que a resposta vaga seja suficiente.

— Eu não queria impor condições, Hannah, mas sua relutância me preocupa. Garanti a sua chefe que Mari e eu estaríamos no programa. Agora preciso de sua garantia de que vai entrar em contato com sua mãe.

O quê? Ela está me dando um ultimato? Por que isso é tão importante assim para ela?

Dorothy espera em silêncio. Como se fôssemos dois boxeadores em um ringue, ela me prendeu nas cordas, e o cronômetro está correndo. O programa deve ir ao ar em dez dias, e, por mais que eu esteja relutante, Priscille está contando com ela, assim como minha carreira. Preciso fazer um acordo. Agora.

— Michael — digo, mais para mim mesma que para Dorothy. — Está na hora de contar para ele exatamente o que aconteceu naquela noite.

— Esplêndido, minha querida! Contar a Michael é um primeiro passo excelente. E depois você vai falar com sua mãe?

Respiro fundo.

— Vou.

• •

Quando prometo uma coisa, faço tudo que estiver ao meu alcance para cumprir. Talvez seja porque decepcionei meu pai ao longo de anos passados, quando voltei à Geórgia sem minha mãe. "Use todos os recursos possíveis", ele me disse. E fiz isso. Fiz mesmo. E, mesmo assim, não consegui levá-la de volta para casa. Então agora, adulta, trato todas as promessas como um contrato, uma maneira de compensar a enorme promessa que descumpri na adolescência. E é por isso que estou me amaldiçoando por ter prometido a Dorothy que faria as pazes com minha mãe.

É quarta-feira à noite, e Michael e eu estamos sentados em uma pequena mesa no salão do Columns Hotel, escutando um cantor e compositor local. O músico toca o último acorde no violão.

— Obrigado — diz ele. — Vou fazer um pequeno intervalo.

Garçons entram na sala, que começa a reverberar com os murmúrios animados das conversas nas mesas. Bebo um gole de cerveja, juntando coragem para contar a Michael sobre as Pedras do Perdão, o pedido de Dorothy e a verdade, ou o que questiono ser a verdade, sobre aquela noite.

Inclino-me para a frente e toco a mão de Michael.

— Dorothy acha que preciso fazer as pazes com meu passado. — Conto a ele sobre as Pedras do Perdão e a insistência dela para que eu dê continuidade ao círculo do perdão.

— Eu diria que isso é problema seu, não dela. — Michael chama o garçom e pede mais uma cerveja. — Deixe-me adivinhar. Ela acha que você precisa perdoar o Jackson.

— Não — digo, sentindo uma nova pontada à menção do nome dele. — Eu já o perdoei.

— Então quem?

Deslizo o dedo pelo meu copo de cerveja, criando um canal de pingos de água na superfície embaçada pela condensação.

— Minha mãe. — Ergo o olhar e espero o reconhecimento nos olhos dele. Sim, ele se lembra da história, posso afirmar. Michael respira fundo e se recosta na cadeira.

— E o que você disse a Dorothy?

— Que faria isso. Com muita relutância. Não tive escolha. Ela está me fazendo um enorme favor indo ao meu programa. Eu lhe devo isso.

— Pense bem, amor — Michael diz. — Essa decisão não pode ser de Dorothy.

Ele está tentando me proteger, como meu pai fez durante metade de minha vida. Para ambos, perdoar a mulher que saiu de minha vida praticamente sem olhar para trás está fora de questão.

— É que, desde que visitei Harbour Cove, não consigo parar de pensar na minha mãe. O que me faz sentir uma traidora, depois de tudo que meu pai fez por mim. Ele ficaria muito magoado se soubesse que estou questionando o passado. — Puxo a cadeira para mais perto da dele. — Mas Dorothy plantou essa semente e não consigo impedir que ela cresça. E se meu pai, sem querer, forçou a barra na época, quando me fez escolher entre os dois?

— Isso parece infantil.

Ele era infantil, quase digo, antes de me sentir envergonhada. Como posso ser tão ingrata?

— Ele precisava de mim, Michael. Mesmo eu sendo apenas uma adolescente, era eu que cuidava dele. Era eu que garantia que ele se levantasse todas as manhãs e fosse para o trabalho. Eu acompanhava sua agenda de treinos e jogos. Praticamente, administrava a vida dele.

— Sua esposa substituta — Michael diz.

— É, o que significa que ele não queria me perder. Ficou mais fácil quando comecei a faculdade e ele conheceu a Julia. Mas e se ele estivesse errado, ou... — Minha voz falha. Não consigo dizer a palavra "manipulação". — E se minha mãe estivesse certa e realmente me amasse? E se eu tiver chegado à conclusão errada naquela noite e ela soubesse disso?

— Conclusão errada?

Eu me obrigo a não desviar o olhar. Preciso testemunhar sua reação. Vejo-o levantar a cabeça, depois meneá-la devagar, lembrando. Bom. Está se recordando da história. Não tenho que contar de novo o que aconteceu naquela noite.

— Sua mãe escolheu o namorado. Parece bem claro para mim.

— Não tenho mais tanta certeza. Estou começando a duvidar da minha história.

O olhar de Michael varre a sala.

— Vamos sair. — Ele segura minha mão e me conduz para fora, como um pai faria com uma criança travessa.

A larga varanda de piso de madeira do Columns está apenas ligeiramente menos povoada que o salão, mas, de alguma maneira, me sinto mais segura e menos exposta aqui fora, sob a luz tênue das lâmpadas. Paramos junto à grade de madeira. Olho para o bonito gramado e para a St. Charles Avenue mais além.

Engulo em seco e me volto para ele.

— Sabe aquela acusação que fiz contra o namorado de minha mãe quando tinha treze anos? Acho que posso ter tirado conclusões apressadas... conclusões erradas.

— Opa! — Michael levanta a mão. — Pare. — Ele olha em volta, como se quisesse se certificar de que ninguém tivesse ouvido. — Por favor. Eu não preciso saber disso.

— Mas você sabe.

— Não, não sei. — Ele se aproxima mais de mim, e sua voz é pouco mais que um sussurro. — E ninguém mais sabe. Você não pode nem pensar em expor essa história, Hannah.

Desvio o rosto como se tivesse levado um tapa, agradecida pela proteção oferecida pelo céu noturno. Ele acha que sou um monstro e que todo mundo, se soubesse o que eu fiz, pensaria isso também. Meu olhar pousa sobre um jovem casal que passa caminhando depressa pela calçada. A mulher ri junto à orelha do homem atarracado e tem um ar que só posso descrever como feliz. Sinto uma pontada de inveja. Como será a sensação de ser completamente aberta e sincera com alguém, talvez até consigo mesma? Viver sem essa dúvida perturbadora de que talvez tenha cometido um erro grave?

— Eu não tenho certeza se o que fiz foi errado — digo. — Não tenho mais certeza de nada. Quero sua opinião, ou pelo menos seu apoio. Dorothy acha que devo fazer as pazes.

Fecho os olhos e sinto a mão de Michael em minhas costas.

— Você está sendo ingênua, meu amor. — Ele me abraça e me aperta contra si, pousando o queixo em minha cabeça. — Talvez até possa ganhar esse relacionamento com sua mãe, mas, se as notícias se espalharem, você vai perder toda a sua audiência. As pessoas adoram ver uma celebridade cair em desgraça.

Olho para ele. Sua voz suave não combina com o rosto duro.

— Não tem a ver só com você agora, Hannah. Pense bem nisso.

Viro a cabeça novamente. Não tenho que pensar bem nisso. Eu sei o que ele está dizendo. Nós dois ficaríamos arruinados se algo escandaloso vazasse a meu respeito. Esfrego os braços, de repente com frio.

— Você tem que parar de ficar duvidando de sua decisão. Está encerrado. Este segredo familiar ruim precisa permanecer enterrado, não concorda?

— Sim. Não. Eu... eu não sei! — Quero gritar, me defender, fazê-lo me ouvir. Mas a expressão em seus olhos é uma advertência, não uma pergunta. E, para ser sincera, tenho que admitir que um pequeno lugar covarde dentro de mim se sente aliviado. Não vou precisar remexer o passado.

— Sim — digo, sem muita convicção. — Concordo.

16

Algumas pessoas escondem sua vergonha como uma cicatriz, apavoradas com a ideia de que os outros ficarão horrorizados se ela for exposta. Outros, como Marilyn Armstrong, a exibem como uma bandeira de advertência, anunciando para as pessoas o risco que correm se insistirem em um relacionamento errado. Como a maioria dos sulistas, Marilyn é uma contadora de histórias, e a dela é uma história de alerta, uma narrativa real. É um trecho de sua vida que ela chama de "pedra no caminho". Mas tenho certeza de que ela nunca superou de fato essa pedra. Já a ouvi contar a história muitas vezes, e ela continua afirmando que isso é catártico. Mas tenho outra teoria.

Conheci Marilyn Armstrong uma semana depois de ter conhecido Dorothy. Nós nos sentamos no pequeno salão do Commander's Palace, tomando sopa de tartaruga e bebendo martíni de vinte e cinco centavos, especialidade da casa.

— Não posso acreditar que isto custa vinte e cinco centavos — falei, comendo a azeitona que enfeitava o copo. — Já estou morando em New Orleans há seis meses. Como ninguém me contou?

— Antes a gente podia beber quantos quisesse. Agora impuseram um limite de dois por pessoa. Provavelmente por nossa causa, Dottie!

As duas mulheres riram, o riso fácil de amigas de infância. Nativas de New Orleans, elas compartilhavam mais do que um passado. Compartilhavam um presente e um futuro. Dorothy estava junto deles quando o marido de Marilyn morreu. Marilyn é madrinha do único filho de Dorothy, Jack.

Marilyn estava no último ano do colégio em 1957, quando conheceu Gus Ryder, um frentista de posto de gasolina de Slidell, com vinte anos na época. Ela ficou encantada pelo rapaz mais velho, tão diferente dos meninos com quem costumava conviver. O pai de Marilyn, um detetive do departamento de polícia, pressentiu problemas. Ele proibiu a filha de ver Gus. Mas ela era teimosa. O que o pai não soubesse não iria matá-lo. Quando chega a essa parte da história, ela sacode a cabeça diante da ironia.

Seu pai nunca estava por perto, a não ser de manhã cedinho. Ele não saberia de nada. E sua mãe, uma mulher frágil sobrecarregada pelos cinco filhos, era uma mera sombra no mundo de Marilyn.

E foi assim que seus pais não tiveram o menor conhecimento dos encontros diários da filha com o namorado, Gus. Todos os dias, ela escapava na hora do almoço, e ambos passavam os quarenta minutos seguintes no estacionamento do colégio, namorando no banco traseiro do carro de Gus.

Mas mentiras deixam migalhas de carma negativo. Três meses depois, enquanto tomavam um refrigerante na K&B, Marilyn confidenciou seu pior medo à melhor amiga, Dorothy. Gus tinha ido longe demais um dia. Sua menstruação estava seis semanas atrasada.

— Sou uma burra, eu sei. Ele não estava com preservativo, e eu não o fiz parar.

Dorothy ouviu aquilo, horrorizada. O mundo de Marilyn mudaria para sempre se ela tivesse um filho naquele momento. Apesar das poucas expectativas para as mulheres na década de 50, ela e Mari tinham sonhos. Viajariam, fariam faculdade e se tornariam escritoras ou cientistas famosas.

— O Gus está furioso. Ele quer que eu... — Ela cobriu o rosto com a mão. — Ele conhece um médico que poderia nos ajudar... — Marilyn começou a chorar, e Dorothy a abraçou.

— Calma. Você ainda nem sabe se está grávida. Vamos dar um passo de cada vez.

Mas a má notícia se confirmou alguns dias depois. Marilyn estava grávida, como desconfiava.

Contar aos pais seria a parte mais difícil. Ela morria de medo de que talvez aquilo fosse uma carga excessiva para a mãe. Nos últimos tempos, sua mãe dera para passar longos períodos dormindo à tarde e às vezes não saía do quarto o dia inteiro.

Naquela tarde, o pai de Marilyn a pegou no final do treino de líderes de torcida. Ela se sentou no banco do passageiro da velha caminhonete verde dele, girando o anel no dedo, nervosa. Precisava contar ao pai. Ele era o alicerce de seu mundo. Saberia o que fazer.

— Papai, preciso da sua ajuda.

— O que foi?

— Estou grávida.

O pai virou para ela, com uma ruga profunda na testa.

— O quê?

— Eu estou... O Gus e eu vamos ter um bebê.

O que aconteceu em seguida foi completamente inesperado. Seu pai, o homem firme que dava ordens e oferecia soluções, desmoronou. Seu lábio estremeceu e ele não conseguia falar.

— Está tudo bem, papai — disse Marilyn, tocando o braço dele de maneira hesitante. — Não chore.

Ele parou o carro e desligou o motor. Ficou olhando para o lado pela janela, com uma das mãos sobre a boca. Vez por outra, enxugava os olhos com um lenço. Ela teria feito qualquer coisa, dito qualquer coisa, para lhe dar paz.

— Gus e eu temos um plano. Ele tem conhecidos. Vamos cuidar disso. Ninguém precisa saber.

Naquela noite, em algum momento entre duas e quatro da madrugada, o pai de Marilyn sofreu um infarto fulminante. A ambulância foi chamada, mas Marilyn sabia que não adiantava. Seu pai já estava morto. E a culpa era toda dela.

Era uma lembrança terrível, dolorosa, mas Marilyn nunca hesitava em contá-la. Ela afirmava que, ao compartilhar sua história, tentava evitar que outras meninas cometessem o mesmo erro.

— Tenho três filhas — ela dizia. — Se minha história não promover o controle de natalidade, não sei o que mais funcionará.

Mas eu sempre me perguntei se o segredo exposto de Marilyn não poderia ser uma lição imposta a si mesma também, uma penitência autoinfligida. Ao reviver sua história de vergonha muitas vezes para muitas pessoas, talvez esperasse ser perdoada. A questão é: Será que um dia ela seria capaz de perdoar a si mesma?

• •

Sento-me atrás de minha mesa, comendo uma maçã e folheando o livro de Fiona Knowles, *As pedras do perdão*. Daqui a uma semana, ela virá ao programa, o que significa que faltam apenas seis dias para a apresentação de Dorothy e Marilyn. Uma dor incômoda aperta minhas têmporas.

Sei que não devo ignorar meus instintos, e cada instinto que existe dentro de mim está gritando ao mesmo tempo: *Não deixe Dorothy pedir desculpas ao vivo na TV*. Eu devia cancelar. A ideia é muito arriscada. Mas o diabinho empoleirado em meu ombro diz que Dorothy e Marilyn serão convidadas fantásticas. Ambas são contadoras de histórias natas, e sua amizade de uma vida inteira, a história dolorosa de Marilyn e o segredo de Dorothy são uma aposta certa.

Então por que me sinto tão incomodada com isso? Será porque acabei forçando Dorothy a ser minha convidada? Ou minha apreensão se deve ao fato de sua presença vir com uma condição, uma condição que Michael vetou tão rapidamente como se fosse um plano ruim apresentado pela Câmara Municipal?

Uma vez mais, eu me pergunto se estou usando o veto de Michael como desculpa. Seja como for, não posso permitir que Dorothy se humilhe em público. Meu estômago se contorce, e eu jogo a maçã no cesto de lixo.

Implorei a Dorothy que me revelasse seu segredo antes de ir ao ar. Mas ela sempre se recusa.

— Mari será a primeira a ouvir.

Será possível que ela também tenha tido um drama de gravidez e nunca tenha contado para a amiga? Será que perdeu o bebê, ou, pior, livrou-se da criança? Que segredo poderia ser tão vergonhoso para ela nunca ter contado a Marilyn?

Nos recantos mais sombrios de minha mente, imagino Dorothy revelando um caso que teve anos atrás com Thomas, o falecido marido de Marilyn. É quase impossível imaginar isso, mas e se aconteceu? Dorothy sempre falou muito bem de Thomas Armstrong. Ela até estava ao lado de sua cama quando ele morreu. E Jackson? Será que ele é fruto desse caso?

Um arrepio percorre meu corpo. Pela enésima vez, fica claro para mim que Dorothy não deveria fazer esse pedido de desculpas ao vivo, pela televisão.

E estamos enganando Marilyn também. Stuart concordou com Priscille e insistiu que não deveríamos avisar Marilyn sobre o que vai acontecer. Ela pensa que está vindo falar sobre a importância de amizades duradouras, e realmente falaremos disso. Mas, depois de uma rápida conversa, Dorothy pedirá desculpas pela culpa que vem carregando. Oferecerá a Marilyn a Pedra do Perdão.

Stuart e Priscille esperam que seja um programa cheio de bons sentimentos, que deixará uma sensação agradável. Mas e se o pedido de desculpas de Dorothy não for aceito, ou se a história não se revelar bastante interessante? Digo a mim mesma que sou muito controladora. Tudo vai sair bem. Mas, no fundo, sei que estou me enganando. Preciso impedir esse episódio.

— É uma ideia ruim — digo a Stuart quando ele vem ao meu camarim com um recibo de despesas para eu assinar. — Nem imagino o que Dorothy possa ter feito para magoar Marilyn. A televisão não é lugar para se revelar segredos.

Stuart se senta na beirada de minha mesa.

— Você está maluca? É o lugar perfeito. As pessoas adoram esse tipo de coisa.

Pego minha caneta-tinteiro da sorte na gaveta e assino o recibo de Stuart.

— Não estou falando de como vai ser recebido pelos espectadores. Quero saber como vai ser recebido por Marilyn. Tenho menos de uma semana para convencer Dorothy a desistir dessa proposta ridícula.

Stuart sacode o dedo para mim.

— Nem pense nisso, Farr. Você pode ter tido uma ligeira melhora nos números de audiência, mas o programa ainda está na UTI. Esse episódio é praticamente nossa única esperança de ressuscitá-lo.

Assim que Stuart sai, eu me inclino sobre a mesa. Estou ferrada! Ou perco meu emprego, ou arrisco que Dorothy perca sua melhor amiga. Endireito o corpo na cadeira e ouço uma batida na porta aberta.

— Hannah — Claudia diz, a voz suave. — Você se importa se eu entrar?

Droga. Eu a estava evitando desde a reunião de segunda-feira.

— Entre — digo. — Eu já ia sair. — Guardo a caneta-tinteiro de volta na gaveta e, quando o faço, avisto a bolsinha de veludo contendo o par de Pedras do Perdão. Ela parece estar em um purgatório, implorando para ser enviada. Eu a empurro para um canto no fundo e fecho a gaveta. Depois levanto, passo por Claudia e pego minha bolsa no armário.

— Quero que você faça o programa com Fiona Knowles, Hannah. Sozinha.

Eu me volto para ela.

— O quê?

— Faça o programa. Sozinha. Tenho a nítida impressão de que puxei seu tapete. Desculpa. Em Nova York era tudo tão colaborativo.

— É mesmo? Em Nova York, o mercado mais competitivo do mundo, era mais colaborativo? Seu pedido de desculpas parece mais um insulto.

— Não. Só estou dizendo que não estou acostumada com o jeito como as coisas funcionam aqui. É evidente que agi rápido demais.

— Você roubou minha ideia, Claudia? Por acaso abriu meu arquivo?

— O quê? — Ela leva a mão à garganta. — Não! Hannah, meu Deus. Não! Eu nunca faria isso.

— Porque eu já havia escrito uma proposta para um programa com a Fiona.

Ela levanta os olhos para o teto e geme.

— Ah, que merda. Desculpa, Hannah. Não. Sinceramente. Não tinha ideia. Algumas semanas atrás, o *Times-Picayune* publicou um artigo sobre Fiona. Eu juro. Posso lhe mostrar, se quiser. — Ela indica o corredor com o polegar, como se estivesse pronta para me levar a sua sala.

Eu baixo a bola.

— Não precisa — digo, passando a mão pelos cabelos. — Acredito em você.

— Foi lá que eu soube da Fiona. Só queria um segmento divertido no jornal da manhã. Foi ideia do Stuart trazê-la para o seu programa.

— Com você apresentando.

Ela baixa os olhos.

— Isso foi ideia do Stuart também. Entendo perfeitamente por que você está irritada. Acha que estou tentando roubar seu trabalho.

Ergo os ombros.

— É, isso passou mesmo pela minha cabeça.

— Juro que não. — Ela se inclina para a frente e baixa a voz: — Não posso contar a ninguém, mas o Brian acabou de descobrir que vai ser transferido na próxima temporada. Para Miami. Mais três meses… seis no máximo, e estaremos fora daqui.

Ela parece aborrecida, e eu penso em minha mãe e na perda de raízes e de controle, que vem junto com o amor por um atleta profissional.

— Sinto muito por isso — digo. E falo sério. Uma onda de vergonha me golpeia. Em vez de acolher Claudia como sempre faço com novos colegas, eu a tratei como uma ameaça desde o primeiro dia. E insisto: — Vamos fazer o episódio de Fiona juntas.

— Não, não. Faça você. Você é muito melhor em entrevistas do que eu...

— Está decidido. Vamos fazer juntas, como planejado.

Ela morde o lábio.

— Tem certeza?

— Tenho. — Eu a seguro pelos braços. — E sabe o que mais? Quero que você esteja comigo quando filmarmos Dorothy e Marilyn.

— Mesmo?

— Mesmo.

— Ah, Hannah, obrigada. — Ela me abraça. — Bom, quando estou prestes a ir embora, começo finalmente a me sentir em casa.

• •

Sacudo a água do guarda-chuva na sexta-feira à tarde, antes de entrar no Evangeline. Tomando cuidado para não escorregar, atravesso o saguão de mármore com meus saltos molhados e paro na caixa de correio, como faço todos os dias depois do trabalho. Dou uma olhada nos envelopes a caminho do elevador. Contas, propagandas, extrato bancário… Paro de repente quando o vejo. Um único envelope branco com um logotipo de um duplo M no canto superior esquerdo. Merlot de la Mitaine. Opto pelas escadas e subo os seis lances em velocidade recorde, nem lembrando mais dos saltos molhados.

Sem me preocupar em tirar o casaco, passo o dedo sob a aba do envelope, vagamente ciente do enorme sorriso que se instalou em meu rosto.

Cara Hannah,

Ora, ora, a mocinha sabe assar pão. Seus palitos de alecrim com queijo fizeram um enorme sucesso. Os clientes devoraram e pediram mais. Como previsto, não vendi nem de perto o tanto de vinho que vendia ao servir aquelas hastes de trigo secas que antes eu chamava de palitos de pão, mas e daí? A vida é feita de trocas, não é?

Infelizmente, eu tive que dizer àqueles necessitados de uma porção de palitos que a padeira misteriosa não revelou seu segredo.

O que eu não disse é que ela também se recusou a deixar seu número de telefone, seu e-mail ou mesmo seu nome completo. Essas são as frustrações de um vinicultor solitário do norte de Michigan.

Mas gosto de pensar em mim como um cara otimista. Então deixe-me contar como fiquei contente ao receber sua carta. Na verdade, contente não capta bem a sensação. Foi mais como entusiasmado, arrebatado, extasiado, fora de mim, louco, exaltado... tudo isso aí. (E, não, eu não consultei um dicionário para esses adjetivos.)

Rio alto e me movo para minha poltrona favorita, sem tirar os olhos da carta.

Na manhã depois que você foi embora, encontrei meu cartão de visita embaixo do banco onde você sentou para calçar as botas. Se eu tivesse visto antes, teria esperado ao lado do telefone do escritório a noite toda, imaginando que você talvez fizesse exatamente o que fez: deixar uma mensagem na vinícola. Em vez disso, subi para meu apartamento e fiquei checando o celular a cada três minutos para ter certeza de que ele estava funcionando, e me culpando por ter sido tão idiota antes. Eu não devia ter pedido para você ficar. Por favor, acredite quando eu digo novamente que minhas intenções eram nobres — bem, essencialmente. Mais do que qualquer coisa, eu queria que você estivesse em segurança. Não gostei da ideia de você pegar a estrada durante a tempestade.

E, se quer saber, em nenhum momento pensei que você fosse uma trambiqueira. Eu não a teria deixado pagar, mesmo que você tivesse falado nisso. Aquela nota de vinte dólares que você mandou vai ficar como crédito para seu próximo almoço na MM. Ou, melhor ainda, eu a levarei para jantar. E, aumentando a aposta e talvez influenciando sua decisão, estou até disposto a esbanjar e adicionar mais vinte dólares.

A temporada de verão estará oficialmente aberta no fim de semana do Memorial Day. Vamos inaugurar a estação com um trio de jazz na sexta-feira e uma fantástica banda de blues no sábado à noite. Seria um bom momento, então, se por acaso estiver nas redondezas, para dar uma passada por aqui. Ou passe a qualquer hora, dia ou noite, chuva ou sol, granizo ou neve. Para o caso de ainda não ter percebido, eu gostaria de vê-la outra vez.

Estou enviando outro cartão de visita, com o número de meu celular e e-mail. Por favor, não o perca.

Até a próxima,
RJ

PS: Eu lhe disse que estou querendo contratar um padeiro? Pense nisso. Os benefícios são excelentes.

Releio a carta três vezes antes de colocá-la de volta no envelope e guardá-la na gaveta. Então pego um calendário, para calcular quanto tempo preciso esperar antes de mandar minha resposta.

17

O café que bebi mais cedo fermenta em meu estômago. Faço uma pausa para uma rápida oração antes de entrar no palco, como sempre. Mas hoje tenho um pedido especial. *Peço que tudo corra bem neste programa. Por favor, faça com que Dorothy encontre as palavras certas para seu arrependimento e que o coração de Marilyn o aceite. Por favor, nos ajude a preparar o cenário para a grande visita de Fiona amanhã.*

Faço o sinal da cruz, me perguntando para o que mais estaremos preparando o cenário. O fim de uma amizade? Será que Dorothy vai revelar alguma verdade horrível de que se arrependerá para sempre, e Marilyn não perdoará? *Ah, Senhor, me perdoe*, acrescento antecipadamente.

Preciso de foco. Michael deve estar certo. Vai ver que a "mancada" de Dorothy não passa de alguma palavra dura dita décadas atrás. Então como Claudia e eu preencheremos uma hora inteira? Preciso de "episódios impactantes", de acordo com Priscille. Aliso uma dobra da roupa no ombro, me perguntando mais uma vez por que fui concordar com isso.

Dou uma espiada pela cortina. O estúdio está cheio hoje. Mais de cem pessoas dedicaram sua manhã ao *The Hannah Farr Show*, sem incluir os que assistem pela televisão. Viajaram quilômetros para vir aqui se divertir. Aprumo a postura e ajeito a saia. Farei o que tem de ser feito. Que se danem minhas dúvidas. Que se danem meus instintos.

Passo pela cortina e entro no palco com um enorme sorriso.

— Obrigada — digo, fazendo um gesto para o público se sentar. — Muito obrigada. — A plateia se acalma, e começo minha habitual conversa de antes do programa, que é a parte do dia de que mais gosto. — É uma alegria ter vocês aqui comigo hoje. Vamos nos divertir muito. — Dou três passos até o nível do público, aperto mãos e abraço os que estão ao alcance. Caminho pelos corredores enquanto falo, usando essa primeira chance de me comunicar com a plateia.

— Que turma bonita! E, uau, nosso público é quase todo de mulheres. Isso é tão incomum. — Faço uma expressão de surpresa, embora na verdade as mulheres sejam noventa e seis por cento do meu público. Hoje, porém, minha brincadeira não obtém as risadas costumeiras. Minha ansiedade me tirou do tom. Ignoro a falta de reação e recomeço.

— Vejo que temos um... — olho em volta examinando o público — ... dois... três homens no grupo. Bem-vindos! — Isso produz alguns aplausos. Ponho o braço no ombro de um homem careca de camisa xadrez e estendo o microfone. — Estou apostando que você foi arrastado para cá pela esposa, confere? — Ele concorda com a cabeça e o público ri. Bom. Eles estão se aquecendo. Agora se ao menos eu conseguisse relaxar...

Stuart faz sinal para que eu conclua.

— Ah, que pena, acho que já está na hora de trabalhar um pouco. — O público emite vaias bem-humoradas enquanto retorno ao palco. Ben, o câmera, começa a contagem regressiva com os dedos.

— Estão prontos para começar? — pergunto à plateia.

Eles aplaudem.

Ponho a mão em concha sobre o ouvido.

— Não estou ouvindo!

Os aplausos ficam mais altos.

Os dedos de Ben mostram dois... um... Ele aponta para mim. Vai começar...

— Bem-vindos ao *The Hannah Farr Show*! — Sorrio diante dos aplausos estrondosos. — É emocionante para mim ter três pessoas especiais aqui hoje conosco. A primeira é nossa mais recente aquisição de Nova York. Provavelmente vocês já a viram apresentando o jornal da manhã, ou talvez nas páginas do *Times-Picayune*. Ela é a linda nova integrante da família WNO e concordou gentilmente em apresentar comigo o programa de hoje. Por favor, deem as boas-vindas a Claudia Campbell.

Claudia entra no palco usando um vestido rosa curto e sandálias de tiras que fazem suas pernas parecerem dois pilares perfeitamente bem torneados. A multidão a ovaciona, e quase posso ver os índices de audiência subindo. Ajeito a jaqueta azul-marinho. Por que fui escolher esta roupa sem graça? Baixo os olhos e vejo uma mancha de café na blusa prateada. Ah, que beleza. Eu babei.

Claudia agradece, depois explica o fenômeno das Pedras do Perdão.

— Amanhã, vocês vão conhecer a criadora das Pedras do Perdão, Fiona Knowles. Mas, hoje, Hannah e eu trouxemos duas amigas queridas que gostaríamos que vocês conhecessem.

Hannah e eu? Sério? Eu não sabia que Dorothy e Marilyn eram amigas de Claudia. Jade vai adorar isso. Mas trato de acalmar meus pensamentos maldosos. Claudia é a garota recém-chegada que só está tentando ser parte do grupo. Eu compreendo. Ela me faz um sinal com a cabeça, e eu assumo.

— Tudo que sei sobre perdão — digo — aprendi com minha amiga Dorothy Rousseau. Sua compaixão me impressiona. — Conto como as Pedras do Perdão se tornaram populares no Garden Home. — E é tudo por causa de Dorothy. Ela poderia ter saído do círculo. Poderia ter enviado uma única bolsinha de pedras para uma só pessoa. Em vez disso, enviou pedras para muita gente, criando lindos círculos de amor e perdão. — Fiz uma pausa de efeito. — Dorothy Rousseau é uma mulher especial, assim como sua amiga de uma vida inteira, Marilyn Armstrong. E elas estão aqui, para falar hoje conosco sobre o poder da amizade. Por favor, me ajudem a dar as boas-vindas a essas duas mulheres de New Orleans, Dorothy Rousseau e Marilyn Armstrong!

O público aplaude quando as duas entram de braços dados. Marilyn sorri e acena para o auditório, alheia ao que a espera. Volto minha atenção para Dorothy, parecendo autoconfiante e digna em seu conjunto em tom salmão. Mas seu rosto está tenso e os lábios, apertados. Foi-se a serenidade que observei nas últimas semanas. Meu estômago se contrai novamente. Por que não impedi isso?

As mulheres se acomodam no sofá, de frente para mim e Claudia. Conversamos sobre sua história e o que a amizade significa para elas. Quero continuar falando sobre os bons momentos e as lembranças felizes, mas vejo Stuart, na cabine de controle, girando o dedo indicador, seu sinal para avançar.

Fixo os olhos azul-claros de Marilyn por trás dos óculos de armação delicada. Será que ela sempre pareceu tão confiante e inocente, ou só hoje? Meu peito se aperta. Não quero fazer isso. Eu deveria interromper agora mesmo! Em vez disso, respiro fundo.

— Marilyn, Dorothy tem mais uma coisa para lhe dizer. Eu relutei em concordar que fizesse isso, mas ela insistiu que fosse ao vivo.

— É um pedido de desculpas — Dorothy diz.

O tremor em sua voz combina com os batimentos apressados de meu coração como se fôssemos uma dupla ensaiada. *Não faça isso. Não faça isso*, repito em silêncio. Neste momento, não me importa mais que o programa e, possivelmente, meu emprego dependam de sua história.

Ela sacode a cabeça e começa.

— Eu fiz uma coisa de que me arrependo e vou me arrepender para sempre. — Ela procura a mão de Marilyn. — Faz mais de sessenta anos que guardo isso e nunca tive coragem de lhe dizer.

Marilyn faz um gesto com a mão para ela.

— Pare com isso, que ridículo. Você é uma amiga maravilhosa. É mais que isso, é como uma irmã.

— Espero que seja verdade, Marilyn.

Ela usa por extenso o nome "Marilyn", o que, para mim, é sinal de que vai dizer algo muito sério. Marilyn também percebe isso, posso sentir. Ela ri, mas seu pé balança para cima e para baixo.

— O que pode ser, Dottie? Passamos por furacões e abortos, nascimentos e mortes. Não há nada que você possa dizer que vá mudar isso.

— Talvez. — Ela encara Marilyn com sua expressão baça, a degeneração macular fazendo seu olhar ficar um pouco fora de prumo.

Há algo naquele olhar distante que fala de solidão, sofrimento e arrependimento, e minha garganta se aperta.

— Eu cometi um erro — ela prossegue. — Um erro desastroso. Você tinha dezessete anos e estava aterrorizada com a possibilidade de uma gravidez. Eu lhe ofereci ajuda. — Ela olha na direção do público. — Achei que talvez ela estivesse enganada e se atormentando sem razão. "Calma", disse. "Você ainda nem sabe se está grávida. Vamos dar um passo de cada vez. Traga uma amostra de urina amanhã. Eu levo para o meu pai e peço para ele fazer um teste de gravidez. Talvez seja alarme falso."

Os pelos em meu braço se eriçam. Nunca ouvi esta parte da história.

— Dorothy — digo —, não quer terminar sua história fora do palco?

— Não, obrigada, Hannah.

— O pai de Dottie era obstetra — Marilyn conta aos espectadores. — O melhor da cidade.

Dorothy aperta a mão de Marilyn e continua:

— No dia seguinte, Marilyn me trouxe a urina em um potinho de comida de bebê. Como eu tinha prometido, levei a amostra para meu pai. Dois dias depois, na frente do armário de Marilyn, eu lhe dei a má notícia: "Você vai ter um bebê".

Marilyn confirma num gesto de cabeça.

— E sempre fui grata a vocês dois. — Ela olha para mim. — Eu era menor de idade. Não podia procurar o médico de minha família sem estar com um de meus pais. E, naquela época, os testes de gravidez para fazer em casa não eram confiáveis. Não era a notícia que eu queria ouvir, mas fatos são sempre melhores que suposições.

Dorothy enrijece.

— Pois é, só que eu decidi não lhe dar os fatos. Você não estava grávida, Mari.

Aperto a garganta, e ouço Marilyn emitir um som de surpresa. Murmúrios se erguem do público.

— Mas eu estava — Marilyn insiste. — Claro que estava. Tive um aborto espontâneo três dias depois do funeral.

— Foi sua menstruação. Meu pai sugeriu uma ducha vaginal simples, com água e vinagre. Não havia necessidade de uma curetagem. Foi o que eu lhe disse.

Há um falatório na plateia, e vejo pessoas meneando a cabeça, virando-se para os vizinhos e comentando com a mão em concha sobre a boca.

O queixo de Marilyn está trêmulo, e ela o toca com os dedos.

— Não. Não pode ser. Eu disse ao meu pai que estava grávida. Isso o matou. Você sabe disso.

Ouço um suspiro coletivo no auditório.

Dorothy endireita o corpo, a imagem da compostura, exceto pelas lágrimas que escorrem pelas faces enrugadas. Eu me levanto e faço um sinal para Ben cortar a câmera, a fim de entrarem os intervalos comerciais. Ele faz um gesto com a cabeça para a cabine de controle, onde Stuart está girando o dedo, sinalizando para continuar filmando. Franzo a testa em direção a Stuart, mas ele me ignora.

— Depois que meu pai me disse que você não estava grávida, eu decidi que deixaria você se preocupando por mais um ou dois dias. Achei, sinceramente, que seria para seu próprio bem. Aquele rapaz com quem você estava saindo não era boa coisa. Queria que lhe servisse de lição. Você não ia contar para os seus pais até o fim da semana.

— Meu pai morreu. Ele morreu! E você... — Marilyn diz, sacudindo um dedo para Dorothy, com tanta intensidade que tenho certeza de que ela pôde senti-lo — você me deixou viver com essa culpa por sessenta e dois anos? Eu... eu não posso acreditar... — Ela silencia e meneia a cabeça. Quando continua, sua voz é tão baixa que mal posso escutá-la. — Como pôde ser tão cruel? Justo você!

As pessoas estão gritando e vaiando agora, como um episódio ruim de um programa de dramas familiares.

Dorothy cobre o rosto.

— Eu errei. Peço perdão por isso. Não podia imaginar que ia ter consequências tão terríveis.

— E você manteve a mentira por todos estes anos? — Claudia pergunta com delicadeza.

Dorothy assente com um gesto de cabeça, e o barulho do público quase abafa suas palavras.

— Eu ia contar a você, Mari. Ia mesmo. Decidi que era melhor esperar o funeral de seu pai.

Marilyn chora agora, e Claudia lhe passa uma caixa de lenços de papel.

— E então... pareceu tarde demais. O tempo passou. Eu tinha muito medo. Não queria perder sua amizade.

— Mas era uma amizade apoiada em mentiras — Marilyn diz baixinho. Ela se levanta e olha em volta, como se estivesse atordoada. — Quero sair daqui.

Alguém bate palmas; logo, o estúdio inteiro está aplaudindo Marilyn. Ou, em outras palavras, todos se voltaram contra Dorothy.

— Mari, por favor — diz Dorothy, com o olhar cego procurando pela sala. — Não vá. Vamos conversar.

— Não tenho nada para dizer a você. — Os saltos de Marilyn soam no piso enquanto ela caminha para fora do palco.

Dorothy põe a mão sobre a boca e solta um gemido gutural, dolorido, primal. Ela se levanta e anda tateando pelo palco, à procura da saída. Segue na direção da voz da amiga, sem dúvida esperando que, ao alcançá-la, encontre o perdão.

Mas Marilyn se foi. Assim como sua amizade de uma vida inteira. Tudo por causa de um simples e sincero pedido de desculpas.

Michael tem razão. Alguns segredos devem permanecer enterrados.

18

Não espero o programa terminar. Não espero o intervalo. Corro atrás de Dorothy, pego sua mão e a conduzo para fora do palco. Escuto a voz de Claudia atrás de mim, tentando controlar o caos. Ela terá que improvisar nos últimos dez minutos. Neste exato momento, não ligo a mínima para meu programa.

— Está tudo bem — digo a Dorothy. — Você vai ficar bem. — Eu a levo para meu camarim e a acomodo no sofá. — Fique aqui. Eu já volto. Preciso encontrar a Marilyn.

Disparo pelo corredor e chego ao saguão bem a tempo de vê-la saindo pelas portas de vidro.

— Marilyn! Espere!

Ela me ignora e segue direto para um táxi estacionado em frente. Eu corro atrás dela.

— Desculpe pelo que aconteceu — digo, me aproximando. — Por tudo. Eu não sabia.

Marilyn se volta para mim quando o táxi se aproxima. Seus cílios finos estão molhados de lágrimas, mas seus olhos se estreitam com uma ferocidade que eu nunca tinha visto.

— Como você pôde fazer isso?

Dou um passo para trás, desequilibrada pelas palavras, pela acusação dela.

O motorista abre a porta de trás, e Marilyn entra no táxi. Fico olhando enquanto o carro se afasta, depois me curvo, com vergonha de mim mesma. Em tantos sentidos, em tantas ocasiões, é exatamente isso que me pergunto: Como eu pude?

• •

Estou em lágrimas quando volto ao camarim. Fecho a porta e encontro Dorothy sentada no sofá, olhando para a parede, exatamente como a deixei. Surpreendentemente, ela não está chorando. Sento-me a seu lado e seguro sua mão.

— Você está bem? — pergunto, acariciando sua pele fina. — Eu não devia ter deixado você fazer isso ao vivo na televisão. Sabia que era arriscado. Eu deixei você...

— Bobagem — diz ela. Sua voz está controlada e calma. — Isso se chama justiça. Eu mereço a raiva de Mari. E aquela surra do público e de todos os nossos amigos quando a notícia se espalhar. É exatamente o que eu mereço. Qualquer coisa menos que isso seria injusto.

— Como pode dizer uma coisa dessas? Você é uma boa pessoa, Dorothy. A melhor de todas. O que você fez quando era adolescente não foi cruel. Claro que foi um erro, um grande erro, mas você tinha boas intenções. Marilyn vai acabar percebendo isso.

Ela dá uma batidinha em minha mão como se eu fosse uma criança ingênua.

— Ah, querida, você não vê? Não é a mentira. Nunca é a mentira. É encobrir que nos arruína.

Sinto o sangue subir para as têmporas. Ela tem razão. Tem toda razão. Se alguém deveria saber as consequências de encobrir a verdade, esta pessoa sou eu.

• •

Dorothy parece estranhamente à vontade quando chegamos de volta ao Garden Home. Eu a acomodo no terraço com seu audiolivro.

— Quer seu telefone? Imagino que queira ligar para Marilyn.

Ela balança a cabeça.

— Cedo demais.

Que lição de sabedoria e paciência. Se fosse eu, não conseguiria resistir a acossar Marilyn com pedidos de perdão. Mas Dorothy parece saber que a amiga precisa de tempo para cicatrizar as feridas. Ou talvez seja Dorothy quem precisa de tempo para curar as próprias feridas autoinfligidas. Se ao menos eu tivesse impedido que isso acontecesse...

No momento em que estou indo embora, Patrick Sullivan aparece ao lado de Dorothy.

— Eu vi o programa — ele lhe diz.

Dorothy desvia o olhar.

— Ah, Paddy. Agora você sabe por que eu nunca o procurei depois que você me deixou. Nunca me senti digna de você.

Ele se senta na beirada da poltrona e lhe toma as mãos.

— Ninguém nasce audacioso. As pessoas se tornam audaciosas.

De onde me encontro, logo na saída da varanda, vejo o sr. Sullivan se inclinar e beijar a testa de Dorothy.

— Você é uma moça audaciosa, Dort. Eu te amo por isso!

Ela solta o ar pelo nariz com um som de pouco caso.

— Como pode dizer isso, sabendo o que eu fiz? Nunca quis que você visse essa parte de mim.

— Um pedido de desculpas não apaga nossos erros. É mais como passar uma borracha sobre eles. Sempre sabemos que o erro está ali, logo embaixo daquela aspereza no papel. E, se olharmos direito, ainda o vemos. Mas, com o tempo, nossos olhos começam a ignorar o erro, e só enxergamos o texto novo, mais claro desta vez, e escrito com mais reflexão.

• •

Uma hora mais tarde, caminho apressadamente pela calçada, em direção à entrada da WNO, e percebo Stuart me olhando de sua janela no segundo andar, sem dúvida se perguntando por onde andei. O que ele esperava? Que eu deixasse Dorothy se virar sozinha, que lhe apontasse a direção certa e esperasse que encontrasse o caminho para casa, depois de tudo que a fiz passar? Estou fumegando de raiva.

Mas minha raiva está mal direcionada. Não é culpa de Stuart eu ter arrumado toda essa confusão hoje. Sou a única responsável por arruinar a longa amizade de Dorothy e Marilyn. Devia ter insistido pelo cancelamento do programa. Por que não confiei em minha intuição? Sempre arrumo problemas quando ignoro meus instintos.

Ou será que não? Eu estava certa em confiar em meus instintos naquele verão de 1993?

Afasto todos os pensamentos sobre minha mãe e me apresso pelo corredor até o camarim. Hoje não posso me dar o luxo de ficar revolvendo conjeturas sobre o passado. Amanhã teremos Fiona Knowles no programa.

Sento-me na cadeira de maquiagem enquanto Jade puxa uma longa tira de cílios postiços pretos de meu olho esquerdo. Ela começou a usar as extensões de cílios um mês atrás, quando notou que os meus, naturais, estavam ficando mais ralos. Só mais um lembrete de que não sou quem finjo ser. Sou uma placa de compensado, não madeira de lei.

À minha frente, Claudia está sentada com um caderno e uma caneta, tomando notas enquanto explico o formato para o programa de amanhã.

— Vou fazer uma chamada para o episódio das Pedras do Perdão — digo —, e iremos direto para o intervalo. Quando voltarmos, apresentarei Fiona. Você e eu vamos nos sentar de frente para ela. E aí você assume a condução da entrevista. Mais ou menos o oposto do que fizemos hoje.

No reflexo no espelho, Jade me lança um olhar de advertência.

— Tem certeza? — Claudia pergunta. — Posso só ficar sentada em silêncio e fazer alguns comentários aqui e ali.

— Parece um bom plano — diz Jade, mergulhando o dedo em um pote de creme. Ela ainda acha que Claudia anda atrás do meu emprego. Mas não acredito nisso. Desde que tivemos nossa conversa séria na semana passada, Claudia tem andado doce como mel. Está totalmente disposta a me deixar ser a entrevistadora principal no episódio das Pedras do Perdão, mas a verdade é que estou aliviada por não ter de falar das pedras. Especialmente porque sou uma destinatária que ainda não completou o círculo.

— Não — digo, olhando com firmeza para Jade no espelho. — É você que conhece a Fiona. A entrevista vai ser sua.

—*Toc-toc* — diz Stuart, entrando na sala. Ele tem uma prancheta nas mãos. — Belo show, Farr. As duas mulheres arrasaram.

Olho para ele com a certeza de que está sendo irônico. Fico espantada quando percebo que fala sério.

— Stuart, o programa foi um desastre. Uma amizade de uma vida inteira foi arruinada.

Ele dá de ombros.

— Não de acordo com o que interessa. Kelsey diz que estamos bombando nas redes sociais. Tuítes principalmente, e algumas centenas de novas curtidas no Facebook. — Ele me passa a prancheta. — Preciso de algumas assinaturas aqui.

Puxo a prancheta da mão dele. Esse homem não tem nenhuma consciência. Ele não dá a mínima para Dorothy ou Marilyn, ou mesmo para mim.

Ele apalpa o bolso da camisa.

— Ah, droga. Você tem uma caneta?

— Gaveta de cima — digo, apontando para minha mesa. — A Caran d'Ache, por favor.

— Você e sua mania por essa caneta. — Ele remexe em minha gaveta. — Não pode usar uma esferográfica? — Joga um bastão de cola sobre a mesa. — Onde está, Farr?

Felizmente, Claudia vai ajudá-lo. Fecho os olhos enquanto Jade puxa a segunda tira de cílios postiços.

— Acredite, eu nunca gastaria tanto em uma caneta — digo a Stuart. — O Michael me surpreendeu com ela quando pegamos o segundo lugar na...

— Ora essa!

Abro os olhos. Pelo espelho, vejo Claudia e Stuart inclinados diante da gaveta aberta. Na mão de Claudia, avisto a bolsinha de veludo. As Pedras do Perdão.

— Merda — digo, e ponho a mão sobre a boca.

— Meu Deus, Farr, você recebeu as pedras!

Pulo da cadeira, mas Stuart já pegou a bolsinha da mão de Claudia.

— E bem em tempo para o programa de amanhã! — exclama, segurando-a no alto.

— Me dá isso, Stuart.

— O que você fez, Farr? Qual é o segredo vergonhoso que você está com medo de expor? Pelo seguinte motivo: qualquer coisa que não seja assassinato dará mais um episódio espetacular.

— Não fiz nada. E é por isso que não continuei o círculo. Não tenho nada de que me desculpar. — Enquanto digo essas palavras, sinto o rosto corar. Nem em sonhos eu contaria a ele o meu segredo. E, mesmo que quisesse, Michael me proibiu.

— Deixe disso, Farr. Solte a língua.

— Esqueça. Essas pedras não são minhas.

— Você traiu o Michael?

— Não! Meu Deus, não!

— Foi você que riscou o BMW da Priscille.

Lanço-lhe um olhar irritado.

— Isso.

— É um segredo de família, não é?

Abro a boca para protestar, mas as palavras não saem.

Os olhos dele brilham, vitoriosos.

— Bingo!

Arranco a bolsinha de suas mãos.

— Ouça, tive uma discussão com minha mãe anos atrás. Foi ruim e complicado, e me recuso a falar sobre isso.

— Michael sabe?

— Claro que sabe — respondo, espantada com a petulância dele. — Não vou fazer isso, Stuart. Não vou sacrificar minha privacidade por índices de audiência. Meu passado não é aberto para consumo público. Fim. Da. História.

Ele retira a bolsinha das minhas mãos.

— Vamos ver.

19

Quase corro para alcançar Stuart e suplicar que me devolva as pedras. Ele me ignora e entra na sala de Priscille.

Ela está sentada atrás de sua mesa de nogueira, falando ao telefone enquanto digita um e-mail. Minha cabeça gira. Ah, não. Vou desmaiar, bem aqui na sala da chefe.

— Você não vai acreditar nisso — diz Stuart, agitando a bolsinha diante de Priscille.

— Desculpe, Thomas, posso ligar de volta daqui a pouco? — Ela desliga o telefone e pega a bolsinha das mãos de Stuart. — O que é isso?

— Hannah recebeu as pedras. Ela tem um drama familiar, ou coisa parecida, com a mãe. Poderia ser em um momento mais perfeito?

O rosto de Priscille se abre em um sorriso.

— Não me diga.

— Exatamente o momento íntimo e pessoal que estávamos procurando!

— Para — digo. — Você não está me ouvindo. Não quero falar sobre isso na televisão. É particular. Não viu o que acabou de acontecer com as minhas amigas?

Ele me ignora.

— Isso vai ser fantástico para nossos índices de audiência. Você mesma disse, Priscille, que um dos maiores defeitos da Hannah é não deixar as pessoas se aproximarem.

Fico boquiaberta. Ela disse mesmo isso? Claro, sou um pouco reservada, mas ninguém diria que sou distante.

— Você é distante, Hannah — Priscille diz. — Encare isso. Você é uma caixa trancada, um botão que não desabrocha.

— Mais fechada que os joelhos de uma freira — Stuart acrescenta.

Eu lhe lanço um olhar furioso, mas Priscille não parece notar. Ela dá a volta na mesa e anda pela sala, batendo a caneta na palma da mão.

— Lembra quando a Oprah andou pelo palco puxando um carrinho de mão cheio de gordura? Quando a Katie Couric fez uma colonoscopia ao vivo pela TV? Celebridades que se mostram como livros abertos atraem as pessoas. Por quê? Porque são corajosas, são vulneráveis. — Ela para e se volta para mim. — E vulnerabilidade, minha cara, é o ingrediente mágico que separa aqueles de quem gostamos daqueles que amamos.

Stuart assente com a cabeça.

— Exato. Fale sobre sua mãe e a briga de vocês, o que quer que tenha sido. Conte a seus espectadores como você sofreu com isso. Derrame algumas lágrimas. Deixe-os saber como foi libertador quando você finalmente perdoou.

Mas eu não a perdoei. Na verdade, nem sei mais se ela precisa de perdão. E não vou escavar o passado para descobrir, nem para meu público de New Orleans, nem para a WCHI ou qualquer outra emissora.

Michael está certo. Meu segredo familiar permanecerá enterrado. A revelação de Dorothy deixou isso mais claro do que nunca.

Priscille pega um bloco de notas.

— Eles vão querer saber o que você fez com a outra pedra. Tem uma boa história?

Eu me sinto como uma piñata sendo cutucada, prestes a explodir. Todas as minhas entranhas vão se despejar. E, em vez de doces, o mundo verá a feiura rançosa que estive escondendo.

Ponho as mãos na cabeça.

— Por favor! Não posso fazer isso! — Olho de Stuart para Priscille. — Não vou fazer isso. Eu *sou* uma pessoa reservada. Vocês têm razão. E não há nada que vá me fazer lavar roupa suja na frente de milhares de pessoas. Não é meu estilo. E, mesmo que fosse, estou namorando o prefeito, gente.

Stuart passa três minutos em um falatório sobre todas as razões pelas quais eu preciso reunir coragem e jogar pela equipe, até que Priscille finalmente põe a mão em seu braço.

— Deixa, Stuart. Não podemos forçar a Hannah a ser alguém que ela não é. — A voz dela se torna doce e perturbadoramente calma. Ela volta para a cadeira atrás da mesa e toca a tela do computador, indicando que a reunião está encerrada.

Quero me explicar, dizer a ela que estou disposta a fazer qualquer coisa, *qualquer coisa*, exceto falar de meu passado. Mas, claro, ela não entenderia, a menos que eu lhe contasse por quê.

Stuart me joga a bolsinha de pedras. Quando eu me viro para sair, Priscille dá seu golpe final:

— Claudia vai apresentar o programa com você amanhã, certo?

• •

Bato a porta do camarim.

— Foi uma ameaça! — digo. Vou até a pia, onde Jade está lavando seus pincéis de maquiagem. — A Priscille e o Stuart estão se lixando para a minha privacidade. Tudo que interessa são os índices de audiência.

Jade faz um sinal com a cabeça para o fundo da sala, me lembrando de que não estamos sozinhas. Viro-me e vejo Claudia, ainda sentada no sofá no canto, esperando para terminar nossa conversa sobre o programa de amanhã. Neste momento, estou tão furiosa que não me incomodo que ela ouça meu desabafo.

— Eles dizem que sou distante. Dá para acreditar nisso?

Jade fecha a torneira e pega uma toalha.

— Hannabelle, quando foi a última vez que respondeu a alguma pergunta pessoal de um espectador? Ou deixou alguém, além de mim, ver você sem maquiagem?

Levo a mão ao rosto.

— E daí? Eu gosto de aparecer apresentável. O que há de errado nisso?

— A maquiagem é seu escudo. Para uma pessoa pública, você é bastante reservada. Só estou dizendo. — Ela dá um tapinha em meu ombro e pega a bolsa. — Vou almoçar. Quer alguma coisa?

Sim! Um sanduíche de ostras fritas e uma torta de nozes.

— Não, obrigada.

— Fique esperta — diz, antes de sair e fechar a porta.

Agarro um punhado de cabelo em cada mão e gemo.

— O que eu vou fazer? Preciso deste emprego. — Estremeço quando sinto alguém tocar meu braço. Claudia. — Ah, oi. — Endireito o corpo e prendo o cabelo atrás da orelha.

— Sinto muito, Hannah — diz ela. — Não sei o que dizer. Acho que isso é tudo culpa minha, por ter sugerido entrevistar Fiona. Sou tão burra! Quando peguei aquela bolsinha em sua gaveta, nem me dei conta. Não sabia que continha as pedras.

Examino o rosto dela, as faces rosadas e os olhos azuis, muito abertos e inocentes. Por baixo de uma espessa camada de base, percebo uma pequena cicatriz em seu queixo. Terá tido um acidente na infância? Uma queda de bicicleta, talvez, ou de uma árvore? Ela a toca com as unhas esmaltadas, e eu desvio o olhar, constrangida por ter ficado reparando.

— É feia, eu sei. Foi causada por um aparelho ortodôntico. Meu dentista me fez usar aquela peça de arame e elástico no rosto. Depois de um mês, descobriu que estava apertado demais. Mas o dano já tinha sido feito. Permanentemente. Minha mãe ficou furiosa. Foi quando ela parou de me inscrever em concursos de beleza. — Ela dá uma risadinha. — Na verdade, foi um alívio.

Então Claudia participava de concursos de beleza infantis. Um sonho de sua mãe, não dela.

— Quase não dá para perceber — digo. — Você é linda.

Mas seus dedos ainda alisam a cicatriz. Meu coração se enche de afeto. Apesar do cabelo perfeitamente alisado e do bronzeado artificial impecável, Claudia agora parece real. Alguém com cicatrizes e inseguranças. Alguém com quem posso me identificar. Seria disso que Priscille estava falando quando mencionou vulnerabilidade?

Seguro o braço dela e a conduzo até o sofá.

— Nada disso é culpa sua, Claudia. São as drogas dessas pedras. Talvez Jade esteja certa. — Solto uma lufada de ar. — Eu tenho medo. Não posso falar das pedras. Porque, se as pessoas conhecessem a Hannah real, ficariam horrorizadas. — Jogo a bolsinha de veludo na lata de lixo de metal, e ela aterrissa com um baque. — Essas malditas pedras de Fiona deviam nos ajudar a aceitar nosso lado feio. Em vez disso, estou me escondendo mais do que nunca.

Claudia toca a cicatriz outra vez, e eu me pergunto se ela entendeu que estou falando em sentido figurado, não literal.

— Se perdoar fosse fácil — diz ela —, todos nós dormiríamos feito bebês.

— É. Bom, mesmo que eu quisesse buscar perdão, estou proibida. Minha história é tão horrível que meu namorado tem receio de que possa arruinar minha carreira... e a dele.

— Isso é ruim — diz Claudia. — Acredite, eu entendo. Entendo mesmo. Fiz uma coisa péssima com a minha melhor amiga. Até hoje, nunca contei a ninguém, nem mesmo a ela. Então não se sinta tão mal. Eu também não poderia contar meus segredos na televisão.

Eu a observo.

— Obrigada. De verdade. Às vezes me sinto a pior pessoa do mundo, que ninguém mais cometeu um erro tão terrível quanto o meu.

— Não — diz Claudia. — Eu estou bem aqui a seu lado, amiga. — Ela respira fundo e fecha os olhos, como se a lembrança ainda fosse dolorosa. — Foi há três anos. Lacey, minha melhor amiga, ia se casar. Eu, ela e mais duas amigas fizemos uma viagem de despedida de solteira para o México. No primeiro dia em que estávamos lá, Lacey conheceu um rapaz na piscina, Henry de Delaware. Era assim que o chamávamos, Henry de Delaware. Ele era muito legal, muito mesmo. Para encurtar a história, ela se apaixonou por ele.

— Mas ela já ia se casar...

— Pois é. — Claudia se ajeita no sofá para ficar de frente para mim. — Eu achei que fosse um daqueles romances de férias, sabe como é, quando se está longe de casa e todo mundo de repente parece superempolgante. Passamos quatro dias em Cancun, e ela passou dois deles com Henry. Eu fiquei muito irritada. Lacey finalmente ia se casar, como sempre quis. Mark, o noivo, era um rapaz decente e a adorava. E lá estava ela, arriscando tudo com aquele Henry de Delaware, um cara que ela mal conhecia. Eu achava que estava protegendo Lacey, mas vai saber... Vai ver eu tinha inveja. Na noite antes de irmos embora, Lacey me disse que estava em dúvida sobre Mark.

Ela se inclina para a frente.

— Hannah, estou lhe dizendo, Lacey era a típica pessoa que toma decisões erradas. Eu quis ajudar.

Claudia faz uma pausa, como se estivesse juntando coragem para terminar a história. Fico em suspense, esperando que continue.

— Era uma noite quente, e a gente estava em um bar lotado chamado Yesterdays. Lacey e nossas outras duas amigas foram para a pista de dança. Ficamos só Henry de Delaware e eu no balcão do bar. Ele era charmoso. Era fácil ver por que Lacey se entusiasmou. Ele começou a me fazer todo tipo de perguntas sobre ela. Estava realmente interessado, dava para ver. E, claro, eu sabia que ela também gostava dele, a ponto de estar pensando em jogar a vida para o alto por causa dele. Seria um desastre. Eu não podia deixar que ela estragasse tudo com Mark. Precisava fazer alguma coisa para impedir aquela catástrofe, certo?

— E você fez — digo, imaginando se ela conseguiu perceber que minha frase é uma parte afirmação e duas interrogação.

— Eu contei a verdade para ele. Contei sobre o noivado, mesmo depois de ter jurado a Lacey que não contaria. Contei que Mark era uma pessoa ótima, que Lacey o adorava, que haviam convidado quatrocentas pessoas para o casamento. Até peguei meu celular e lhe mostrei fotos dela experimentando vestidos de noiva. Ele ficou arrasado, eu vi. Provavelmente eu já tinha falado o bastante, mas, só para ter certeza, dei um passo a mais. Menti e disse a ele que Lacey tinha vindo para o México com uma missão, que ela apostou conosco que conseguiria fazer alguém se apaixonar por ela uma última vez. Eu disse ainda que, para ela, ele não passava de autoafirmação, uma conquista, nada mais.

Cubro a boca.

— Eu sei. O rosto de Henry... Nunca vou esquecer. Foi a mais pura expressão de dor que já vi.

— E o que aconteceu?

— Ele queria confrontar Lacey, mas eu o convenci a não fazer isso. Disse que ela negaria. A melhor vingança seria ele ir embora sem falar com ela.

— E ele foi?

— Foi. Deixou uma nota de vinte dólares no balcão e saiu.

— Eles nem se despediram?

— Não. Estávamos em outro país, então ninguém estava usando celular. Quando ela voltou da pista de dança, eu lhe disse que tinha visto Henry conversando com outra menina no bar. Ela ficou péssima. Mas eu realmente achava que tinha agido certo. Claro que Lacey ficou mal, mas ia passar em um ou dois dias. Tinha o Mark, certo? Eu garanti a ela, e a mim mesma, que tinha sido melhor assim. Eu a estava salvando. Mas ela chorou durante todo o caminho para casa. Acho que ela amava mesmo aquele cara.

— E o que você fez?

— Aí já era tarde demais. Mesmo que eu quisesse, não tinha como falar com Henry. Então guardei segredo. Nunca contei para ninguém até agora. — Seus olhos estão tristes, mas ela sorri para mim. Aperto seu braço, com o coração solidário a ela.

— Ela se casou com Mark?

— Casou. Durou dezesseis meses. Até hoje, posso jurar que ela ainda sofre por causa do Henry.

Pobre Claudia. Que fardo a carregar. Eu a puxo para um abraço.

— Ei, mas suas intenções foram boas. Todos nós cometemos erros.

Ela cobre o rosto com as mãos e meneia a cabeça.

— Não como o meu. Não erros que arruínam vidas.

Não é a mentira. Nunca é a mentira. É encobrir que nos arruína. Eu me ajeito no lugar.

— Então procure esse Henry! Eu posso te ajudar. — Saio do sofá e vou até a minha mesa. — Somos jornalistas, afinal. Vamos fazer uma busca pelos Henrys de Delaware com vinte e poucos anos. — Pego um bloco de notas e uma caneta. — Podemos postar sobre isso no Facebook e no Instagram. Você tem fotos, não tem? Vamos encontrá-lo, e a Lacey e o Henry de Delaware viverão felizes para sempre...

Ela olha para as unhas, não sei se aborrecida, nervosa ou com medo. Mas prossigo mesmo assim:

— Não se preocupe, Claudia. Não é tarde demais. E pense em como você vai se sentir bem quando seu segredo não estiver mais guardado. — Quando digo essas palavras, imagino se estou falando para ela ou para mim mesma.

Por fim, ela assente com a cabeça.

— Claro, só me deixe pensar um pouco sobre isso, está bem?

Aí está. Claudia Campbell é exatamente como eu. Ela também escondeu seu demônio mais secreto em um alçapão. E, como eu, está com medo do que pode acontecer se a porta for aberta.

Talvez sejam as lágrimas de Claudia. Talvez sua cicatriz, ou a voz de Priscille me dizendo que sou distante. Ou talvez seja apenas um momento de fraqueza. Só sei que, qualquer que seja a razão, escolho esta pessoa, este momento, para abrir meu alçapão.

— Espere até ouvir o que eu fiz.

20

Aconteceu em julho, por um capricho, algo que fiz impulsivamente, sem maldade ou premeditação. Pelo menos isso posso dizer.

Tínhamos ido para o Norte, uma expressão que os moradores de Michigan usam quando falam das pontas dos dedos da luva que é o formato do estado. Bob tinha um pequeno chalé em Harbour Cove, uma velha aldeia de pescadores sonolenta às margens do lago Michigan. A quilômetros da cidade, esse lugar rústico ficava junto a um lago barrento que servia para pescar, não para nadar. Bob devia estar louco de achar que alguém, quanto mais uma menina de treze anos, ia querer passar o verão naquele fim de mundo. A única pessoa com idade remotamente próxima à minha era uma vizinha de dez anos chamada Tracy.

Durante três dias, a umidade foi sufocante. Estávamos enfrentando uma onda de calor recorde que nem o ar-condicionado conseguia amenizar. Bob e minha mãe tinham ido ao cinema ver *Sintonia de amor*. Bob me convidou para ir junto, quase implorou para que eu os acompanhasse.

— Vamos, maninha, eu compro pipoca para você. Quer saber? Compro bala também.

— Detesto bala — respondi, sem afastar os olhos da revista em minhas mãos.

Ele tentou parecer decepcionado, mas eu sabia que estava aliviado por não ter que me levar a reboque. Ele era um falso. Provavelmente preferia que eu morresse... ou pelo menos que eu fosse despachada de volta para Atlanta.

Liguei para o meu pai naquela noite. Era uma hora mais cedo onde eu estava, e ele tinha acabado de sair do campo de golfe.

— Oi. Como vai minha menina?

Esfreguei os dedos na base do nariz.

— Estou com saudade de você, papai. Quando podemos ir para Atlanta?

— A hora que quiser, docinho. A bola está no campo da sua mãe. Você sabe disso, não é? Quero você aqui, e sua mãe também. Amo vocês duas. Você vai trabalhar direito com ela, não vai, lindinha?

Comecei a lhe contar sobre meu verão horrível, mas ele me interrompeu.

— Espere um pouco — disse ele, e cobriu o fone enquanto falava com alguém ao fundo. Então riu e voltou a falar comigo: — Ligue amanhã, está bem, querida? Então poderemos conversar melhor.

Desliguei, me sentindo mais sozinha do que nunca. Eu estava perdendo meu pai, podia sentir isso. Ele parecia mais distante agora, não mais tão desesperado para que minha mãe e eu voltássemos para casa. Eu precisava fazer alguma coisa antes que ele nos esquecesse.

Eu me deitei no sofá e liguei a televisão. Olhei para o teto, ouvindo *Um amor de família*, enquanto as lágrimas desciam por minhas têmporas e entravam nas orelhas.

Em algum momento, adormeci. Acordei quando ouvi o carro chegando. Sentei e me espreguicei, com a pele úmida e pegajosa do cochilo e do calor que não se amenizava à noite. A televisão continuava ligada, passando *Saturday Night Live*. Vi meu sutiã no braço do sofá, onde eu o jogara depois de tirá-lo mais cedo. Eu o peguei e o enfiei embaixo da almofada.

Ouvi as risadas quando eles se aproximaram da porta. Não dava tempo de correr até meu quarto. Então deitei outra vez e fechei os olhos. Não queria ouvir nada sobre o filme bobo deles.

— Aposto que alguém quer pipoca. — Era Bob, o palhaço. Passos se aproximaram do sofá, mas eu fingi que dormia. Podia sentir Bob e minha mãe me olhando. Sentia o cheiro da pipoca e da loção pós-barba dele, e de mais alguma coisa, algo que eu costumava sentir em meu pai. Uísque? Mas não podia ser. Bob não bebia.

Fiquei imóvel, de repente constrangida por meu estado quase despido. Podia sentir meus princípios de seios pressionados contra a regata justa, minhas longas pernas nuas estendidas no sofá.

— Vamos deixá-la aqui? — Bob perguntou em voz baixa. Imaginei seus olhos escuros me observando. Senti um arrepio na espinha. Queria poder me cobrir, ou mandá-lo embora.

— Não — minha mãe sussurrou. — Vamos levá-la para a cama.

Sem aviso, uma mão quente e calejada se enfiou sob minhas pernas nuas. A outra entrou sob meus ombros. Não eram as mãos de minha mãe! Abri os olhos depressa, e o rosto anuviado de Bob apareceu diante de mim. Meu grito foi o som mais agudo que eu já tinha ouvido. E a sensação foi incrível! Toda fúria, aversão e frustração reprimidas dentro de mim exclamaram de dentro de meus pulmões. Cada átomo febril de hostilidade, ciúme e loucura que vinham fervilhando nos últimos oito meses saiu como brasa por minha garganta.

O rosto de Bob era a imagem da confusão. Ele parecia não entender a situação ou por que eu estava gritando. Se tivesse me largado naquele exato momento, tudo teria sido diferente. Em vez disso, ele me apertou mais contra seu corpo, me aconchegando como a um bebê que acorda de um pesadelo.

— Me solta! — gritei, me contorcendo nos braços dele como um animal feroz. Mas ele segurou firme. Os shorts minúsculos entortaram com meus movimentos. Meu traseiro, parcialmente exposto agora, encaixou na curva do braço dele. Minha pele nua ficou pressionada contra a pele de Bob, e eu me senti enojada.

— Sai de perto de mim! — gritei.

Ele se assustou. Até hoje ainda posso ver seus olhos se arregalarem, como se estivesse apavorado com a minha reação. Ele tentou baixar meu corpo de volta para o sofá, enquanto eu não parava de me debater.

E foi então que aconteceu. A mão dele roçou minha virilha quando ele a puxou debaixo do meu corpo.

Mas o quê...? Opa! Finalmente surgia minha oportunidade.

Em um rápido instante, tomei a decisão. Agora eu poderia cumprir a promessa feita a meu pai.

— Tire as mãos de mim, seu maldito pervertido! — Não olhei para Bob. Não queria ver o rosto dele. Não queria ter de decidir se o toque tinha sido intencional ou inocente. Eu me joguei do sofá, tropeçando nas sandálias e raspando o joelho ao aterrissar no assoalho de madeira.

Quando ergui a cabeça, vi o choque nos olhos dele, a dor... E o que decidi que era culpa. Eu tinha tocado em algum ponto sensível, percebi na hora. E me agarrei a ele com todas as forças.

— Seu canalha! Seu doente!

Ouvi o suspiro de minha mãe. Virei-me para ela antes de ter tempo de pensar.

— Manda ele embora daqui! — As lágrimas corriam de meus olhos. Levantei do chão de um pulo e puxei a colcha do assento do sofá para me cobrir.

Os olhos de minha mãe, arregalados e atordoados, viajavam da filha para o namorado. Sua boca estava aberta, e tudo em que eu podia pensar era em um animal acuado, aterrorizado e sem saber o que fazer. Ela questionava a si própria agora, eu tinha certeza disso. Punha em dúvida seu namorado e tudo em que acreditara. Questionava a mim também. Eu sabia. Ótimo. O momento da verdade. Ela que escolhesse entre nós.

Parecia paralisada, incapaz de se mover ou compreender a situação. Eu me senti amolecer por um segundo, mas me controlei depressa. Não podia deixar esfriar. Tinha que fazer daquilo um problema sério. Havia esperado oito meses por essa oportunidade e não iria perdê-la.

— Mamãe! — gritei.

Mas ela ainda continuava imóvel, como se estudasse uma estratégia para o próximo passo.

Fiquei estranhamente calma e respirei fundo.

— Vou chamar a polícia. — Minha voz era tranquila, porém forte, sem a histeria anterior.

Fui para o telefone, tomada por uma sensação estranha, como se estivesse encenando e o diretor tivesse saído do set. Eu estava improvisando, sem ter nenhuma ideia de minha próxima fala ou cena, ou de como a peça terminaria.

Minha mãe voltou a si e me segurou pelo braço.

— Não! — Ela se virou para Bob. — O que aconteceu? O que você fez?

Ah, sim. Finalmente eu tinha vencido. Uma bolha de satisfação emergia de dentro de mim. Iríamos embora daquele lugar detestável. Voltaríamos para a Geórgia, para meu pai. Seríamos uma família outra vez. Mas, tão depressa quanto a bolha cresceu, tornou a murchar. A dúvida me perturbou quando vi a expressão suplicante nos olhos de Bob.

— Nada — disse ele. — Você viu, Suzanne. Meu Deus, eu não fiz nada! — A voz dele estava cheia de desespero. Ele se voltou para mim: — Maninha, desculpa. Você não acha...

Eu não poderia deixá-lo terminar. Não permitiria que ele enfraquecesse minha determinação.

— Cala a boca, seu pedófilo! — Eu me livrei das mãos de minha mãe e corri para o telefone.

Mas não liguei para a polícia. Em vez disso, liguei para o meu pai. Ele chegou no dia seguinte. Depois de meses sendo uma espectadora impotente enquanto minha vida era desmantelada, eu estava dando as cartas agora. Meus pais estavam na mesma cidade, na mesma sala! O poder era inebriante.

Meu pai estava forte outra vez. Usou palavras como "impróprio" e "pedófilo". Mas minha mãe também estava forte agora. Afinal, ela havia testemunhado todo o acontecido. Sabia o que ocorrera, e ele não. E ela contra-atacou com palavras como "manipulador" e "intimidador".

Seis horas mais tarde, eu estava a caminho de Atlanta para começar uma nova vida com meu pai. Eles tinham feito um trato. Ela permitiria que eu fosse com ele e meu pai não prestaria queixa. Minha mãe tinha me vendido.

Quase posso ver aquela menina olhando pela janela do avião enquanto Michigan desaparecia sob as nuvens juntamente com sua mãe... e com sua inocência.

— E é isso — digo a Claudia. — Uma história foi posta em movimento, e a menina de treze anos olhando pela janela do avião não soube mais como a deter. A história era parte fato, parte ficção, mas eu não tinha bem certeza de qual era qual. Sabia que ficaria louca se começasse a me questionar sobre isso. Então decidi apenas que se tratava de um fato e me agarrei a isso como a uma árvore em meio a um tsunami.

21

Claudia e eu entramos no palco pela direta, e o público explode em aplausos. Juntas, sorrimos e acenamos, como uma dupla de concorrentes a Miss Estados Unidos que decidiu dividir a coroa. Não me parece mais que eu esteja fazendo um teste para manter meu emprego, ou que Claudia, enrodilhada no sofá com os dentes à mostra, esteja esperando para dar o bote. Hoje, sua presença como minha colega de palco é reconfortante, não ameaçadora. Tudo porque compartilhamos nossos segredos.

Começamos com as introduções de costume, depois apresentamos Fiona. Fico um pouco para trás e examino a versão mais velha da menina que me atormentou por dois anos. Ela é miúda e ainda tem os cabelos escuros e os olhos verdes muito vivos, aqueles que me cortavam como facas. Mas esses olhos são suaves agora, e ela sorri quando me vê.

Ela atravessa o palco e segura minha mão. Está usando um vestido envelope azul-marinho e sandálias de salto plataforma.

— Desculpa, Hannah — sussurra em meu ouvido. Sem refletir, eu a puxo para um abraço, surpresa com o nó que me sobe pela garganta.

Quando telefonei para o hotel dela ontem à noite, Fiona concordou gentilmente com o que lhe pedi. Senti que ela estava tão aliviada quanto eu por não ter de falar de nossa história no programa de hoje. A conversa foi curta. Não recordamos nossos dias na Academia Bloomfield Hills. A julgar por sua mudança de atitude, imagino que essas lembranças devem ser tão dolorosas para ela quanto para mim, talvez ainda mais.

Claudia e eu nos sentamos em poltronas iguais, de frente para Fiona. Durante vinte minutos, minha colega lança perguntas brilhantes, e Fiona as devolve com respostas espirituosas e interessantes. Eu observo, me sentindo estranhamente desconectada de meu programa, como eu mesma insisti que fosse.

— As pedras foram uma bênção em minha vida — Fiona explica. — É como se eu tivesse devolvido ao universo um pequeno pedaço de mim mesma.

— Como você teve a ideia das Pedras do Perdão?

— A ideia me veio depois de ter ido ao casamento de uma amiga. Eu tinha filmado o brinde aos noivos e esqueci de desligar a câmera. Eu me afastei um pouco e deixei o celular em cima da mesa, sem a menor ideia de que ainda estava filmando. No dia seguinte, assisti ao vídeo. Já ia fechar o arquivo quando ouvi o áudio de minhas amigas. E o que elas diziam não era nada bonito. E quem ia imaginar que, quando uma das amigas sai de perto, as outras podem ficar falando dela, não é?

Risadas emanam da plateia. Eu sorrio. Ela é uma profissional, sem dúvida.

— Nos dois primeiros dias, fiquei irritada e na defensiva. Depois só me senti triste. Profundamente triste. A verdade era dolorida. Eu era metida, presunçosa. Mas, acima de tudo, uma fraude. E tinha sido uma fraude a vida inteira. Naquele casamento, por exemplo, fiz todos acreditarem que era uma advogada de sucesso. Aluguei um Mercedes só para impressionar minhas velhas amigas. Na verdade, meu carro era um Kia de doze anos. Eu odiava meu trabalho. Não passava de uma advogada de porta de cadeia, com um salário que mal cobria as prestações do meu empréstimo estudantil do curso de direito. Morava em uma quitinete decadente e passava a maior parte das noites glamourosamente sozinha vendo seriados na TV e comendo comida congelada.

Mais risadas do público.

— Mas eu tinha muito medo de deixar os outros verem essa pessoa. Ela não era suficientemente boa. Isso é irônico, não é? Tentamos tanto camuflar nossas fraquezas... Não ousamos deixar a parte sensível aparecer. Mas é exatamente essa parte, o ponto delicado da vulnerabilidade, que permite que o amor cresça.

Nossos olhares se encontram brevemente, e sinto um impulso intenso de me mover até o sofá e abraçá-la. Em vez disso, desvio o olhar.

— Eu queria encontrar um jeito de me redimir — diz ela. Penso em Dorothy e em sua compostura e coragem. Bem que eu gostaria de ser feita desse mesmo material. — Claro que eu não poderia saber se as pessoas iriam me perdoar. Tinha, e ainda tenho, um vaso em minha estante cheio de pedrinhas. De alguma maneira, as pedras me inspiravam. Elas serviam de âncora e, ao mesmo tempo, simbolizavam um peso. E simplesmente aconteceu, como mágica. Depois de eu ter mandado as pedras para várias das amigas que estavam no casamento, percebi que tinha mais desculpas a pedir. Então continuei enviando. Cerca de uma semana depois, elas começaram a aparecer de volta na minha caixa de correio, com cartas que comunicavam que eu estava perdoada. O incrível peso do ódio por mim mesma, que eu vinha carregando havia anos, foi ficando cada vez mais leve. Descarregar a culpa é uma coisa poderosa. E as pessoas que perdoavam se sentiam melhor também. Eu sabia que precisava compartilhar essa bênção com os outros.

— E agora você vai promover um encontro no próximo verão — Claudia afirma.

— Isso mesmo. — Fiona suspira, como se fosse uma tarefa imensa. — Escolhemos o Millennium Park, em Chicago, para nossa Primeira Reunião Anual das Pedras do Perdão. Pessoas que as receberam vão se reunir em 9 de agosto, para comemorar sua perda de peso, por assim dizer. — Ela pisca, e o público ri. — Mas é uma iniciativa enorme. Estamos sempre à procura de voluntários. Vocês podem se inscrever em meu site. — Ela olha para a plateia. — Algum candidato?

O público aplaude. Fiona aponta para uma senhora idosa.

— Excelente. Está contratada.

Claudia leva as mãos ao coração.

— Que bênção você é para o universo! Vamos trazê-la de volta ao programa depois da reunião, para que nos conte tudo. Mas agora é hora da minha parte favorita do programa. Vamos abrir para as perguntas.

Sinto os cabelos se eriçarem em minha nuca. Não é o programa dela. Mas foi assim que eu quis. E até aqui está dando certo. Não tive de endossar as pedras, ou Fiona Knowles, e temos apenas mais quinze minutos de programa. Nada que conversamos aqui infringiu a proposta que apresentei à WCHI. James Peters não deve ver nenhum problema nisso.

Como planejado, desço até a plateia com o microfone enquanto Claudia e Fiona permanecem no palco.

O público não está tímido hoje. Mãos se levantam, e Fiona é metralhada de perguntas.

— Não há pedidos de desculpas que é melhor não fazer?

— Talvez — responde ela. — Se for um pedido de desculpas que com certeza vai magoar alguém e não tem nenhum outro propósito a não ser aliviar a própria culpa. Esse é o momento em que você tem que aprender a perdoar a si mesmo.

Penso no pedido de desculpas de Dorothy, sua tentativa equivocada de aliviar a culpa. Mas, na verdade, esse nunca foi o propósito dela. Ela esperava aliviar a culpa de Marilyn.

Passo o microfone para uma morena alta.

— Qual foi a melhor história de redenção que você já ouviu?

Fiona olha para Claudia.

— Você se importa?

Claudia estreita os olhos e balança a cabeça.

— Vá em frente.

Fiona começa a contar a mesma história que Claudia me contara, sobre a viagem a Cancun e a confusão que criou no relacionamento de Lacey e Henry. Observo boquiaberta. Não posso acreditar que Fiona a está expondo desse jeito. Na TV! Olho para Claudia, esperando vê-la encolhida na cadeira, o rosto vermelho de humilhação. Em vez disso, ela se mantém ereta, com a cabeça erguida. Essa mulher claramente é feita de um material mais forte que o meu.

— O casamento de Lacey e Mark terminou depois de dezesseis meses — Fiona conta aos espectadores. — Claudia não conseguia se perdoar pelo que havia feito com o casal. Então fez o que qualquer boa jornalista, e amiga, faria. Procurou Henry.

Espere aí... o quê?

Um suspiro de aprovação coletivo sobe da plateia. Fiona faz um sinal com a cabeça para Claudia.

— Por favor, conte o resto.

Claudia sorri e se levanta.

— Encontrar Henry se tornou minha missão na vida. — Ela desenhou aspas no ar ao pronunciar Henry. — Claro que alterei os nomes para proteger a privacidade deles. — Ela fecha os olhos e levanta uma das mãos, fazendo uma pausa, como se fosse uma artista da Broadway. O público espera, imóvel, pelo clímax da história. — Sete meses atrás, eu finalmente o encontrei. Henry e Lacey vão se casar em setembro! — A voz dela tem o mesmo tom agudo de empolgação que Oprah usaria para anunciar que todos que estão na plateia de seu estúdio acabaram de ganhar um conversível reluzente.

O público explode em aplausos, como se tivesse recebido a chave. Fico paralisada, com o microfone ao lado, tentando clarear a mente. Será que perdi parte da história? Porque tenho certeza de que fui eu quem sugeriu a Claudia que procurasse Henry, e foi ontem mesmo. E tenho certeza de que ela não o encontrou ontem à noite.

Uma mulher de meia-idade, acomodada a três assentos do corredor, levanta a mão. Eu me inclino e passo o microfone para ela.

— Minha pergunta é pra você, Hannah — diz. — Qual é a sua história de redenção?

— Eu… a minha história?

— Sim. Você recebeu uma bolsinha de Pedras do Perdão?

Fico sem ar. Do outro lado do estúdio, meus olhos colidem com os de Claudia. Sua boca está ligeiramente aberta, a mão no peito. Ela está tão espantada quanto eu.

Olho para Fiona. Não, nós havíamos concordado em manter nosso passado em segredo.

Olho para Stuart, na cabine de controle. Ele exibe um sorriso vitorioso. Como ele pôde?

— Humm, bem, sim, eu recebi. Foi uma grande surpresa. — Tento rir, mas soa falso. Subo pelo corredor até uma jovem com uma saia longa preta. — Sua pergunta?

— E então, você mandou sua pedra para alguma outra pessoa?

Que merda. Outra pergunta para mim! Ela me parece conhecida. Sim... é a nova funcionária de TI da emissora, Danielle. Maldito Stuart! Ele plantou pessoas na audiência para uma emboscada. Ou terá sido Claudia?

Uma vez mais, a risada estranha sai de minha garganta.

— Ah, sim... hum, não. Ainda não. Mas vou mandar.

A mulher ao lado de Danielle pega o microfone sem pedir.

— Do que você vai pedir desculpas?

Lanço um olhar furioso para a cabine de controle, fazendo incidir minha ira diretamente sobre Stuart Booker. Ele ergue os ombros, num gesto semelhante ao de uma criança inocente.

— Bom, humm, minha mãe e eu... nós tivemos uma discussão algum tempo atrás...

O que está acontecendo aqui? Estou sendo arrastada para um abismo profundo. Michael vai ficar furioso se eu revelar minha história, uma história que considera tão horrível que não me deixa contar nem mesmo para ele. E, além disso, a história não pertence a mim. Pertence à WCHI. Minha cabeça gira. Viro-me e vejo Claudia a meu lado. Ela envolve minha cintura com um dos braços e retira o microfone de minha mão.

— Hannah é uma das mulheres mais corajosas que conheço. — Ela olha em volta, para o mar de rostos. — Nós conversamos sobre isso ontem mesmo.

— Por favor, Claudia. Não — peço, mas ela ergue a mão para me silenciar.

— Hannah e sua mãe têm um relacionamento muito frágil, como a maioria das mães e filhas. — Ela sorri, e eu vejo um mar de cabeças assentindo. — A Hannah deseja ter um relacionamento melhor com a mãe, mas é complicado. A mãe a abandonou quando ela era criança.

Um audível gemido de compaixão emerge do público. Eu estremeço, pensando que pelo menos minha mãe nunca assistirá àquele programa.

— Foi extremamente doloroso, como podem imaginar. Hannah tem várias cicatrizes emocionais, cicatrizes que talvez nunca se curem.

Não posso acreditar. Ela está virando a história a fim de atrair a simpatia para mim. Ou não? Sinto-me como o bobinho em um jogo de bola, sendo lançada para cá e para lá. Claudia está tentando me salvar ou me afundar?

— Foi um homem, um homem muito desprezível, que sua mãe decidiu que era mais importante que a filha.

— Claudia, não — repito, mas ela segue em frente, e a câmera de Ben fixa-se apenas nela.

— E é por isso que Hannah trabalha com tanto empenho por sua causa, a iniciativa Caminho para a Luz. A maioria de vocês sabe que Hannah Farr é uma apoiadora entusiasta dessa organização que ajuda vítimas de abuso sexual infantil. Ela apresenta seu evento anual de arrecadação de fundos e o baile de Natal. É uma das diretoras do programa. Eu fico encantada por Hannah ter a generosidade de perdoar sua mãe, depois de tudo por que passou. E é exatamente isso que essa mulher incrível está prestes a fazer.

Dirijo um olhar perplexo para Claudia. Como ela pôde fazer isso? Mas o público ronrona e murmura como uma ninhada de gatinhos contentes. Claudia está dizendo exatamente o que querem ouvir. Hannah Farr é uma boa mulher, com um grande coração, uma vítima tão magnânima que está disposta a dar a outra face e perdoar a mamãe malvada.

Claudia passa o microfone para uma jovem latina.

— Hannah, quando você vai enviar a pedra para sua mãe? — a mulher pergunta.

Tento sair da névoa que anuvia minha mente.

— Logo. — Esfrego a mão na nuca, sentindo o suor que se acumulou ali. — Mas não é tão fácil. Não dá para enviar uma pedra assim, do nada. E não tive tempo ainda. Ela mora em Michigan...

— Uma viagem a Michigan, então? — Claudia sugere, com a cabeça inclinada, as sobrancelhas arqueadas.

Sobre o ombro dela, vejo Stuart do lado esquerdo do palco, levantando os braços, incentivando o público a aplaudir. Como instruída, toda a plateia explode em aplausos e assobios. Meu Deus, está todo mundo nesta conspiração?

— Está bem — digo, sentindo o estômago embrulhado. — Eu vou. Vou entregar a pedra para minha mãe.

22

— Você armou para mim — digo, andando de um lado para o outro na sala de Stuart. Estou claramente descontrolada, mas não consigo evitar. — Eu disse para você ficar fora dos meus problemas! Como ousa invadir minha vida pessoal?

— Calma, Farr. Essa é a melhor coisa que já aconteceu para sua carreira, grave minhas palavras. Já temos mais de mil comentários no site. As pessoas estão falando sobre o doce perdão de Hannah Farr, como passamos a chamar.

Será mesmo um doce perdão? Ou uma invenção podre? E o que Michael vai dizer? Qual será a reação de James Peters ao saber disso? Eu estremeço. Nenhum dos dois vai gostar. Nem um pouco.

— Vamos lhe dar uma semana de folga. Vá procurar a sua mãe, diga que a perdoa, se beijem e façam as pazes. O programa vai pagar suas despesas. Ben acompanhará você.

— De jeito nenhum! *Se* eu procurar minha mãe, o que ainda não sei se vai acontecer, vou fazer isso sozinha. Sem câmeras. Sem nem sequer uma foto. Isso é a minha vida, Stuart, não um reality show. Está entendendo?

Ele arqueia as sobrancelhas.

— Então você concorda em ir?

Meus pensamentos voam para minha mãe. Está na hora. Devo isso a ela e a Bob. Mesmo estando furiosa por Stuart ter me manipulado, tenho enfim uma razão para voltar a Harbour Cove. Nem mesmo Michael poderia argumentar contra isso. A história já se tornou pública. Hannah Farr está disposta a perdoar.

E para honrar a privacidade de Michael, a dignidade de minha mãe e minha própria reputação, ninguém saberá os detalhes. Eu serei a única a saber que não será uma viagem para oferecer perdão, mas para buscá-lo.

Solto o ar com força.

— Sim. Eu vou.

Stuart sorri.

— Excelente. E, quando voltar, traremos sua mãe para o programa. Vocês duas poderão contar sua história ao vivo e...

— Nem pense nisso. Você não aprendeu nada com o caso da Dorothy? Eu vou fazer um programa sobre a relação entre mãe e filha. Vou contar sobre o encontro com ela e compartilhar as partes boas. Mas não vou fazer a minha mãe sentar no palco para ser julgada pela cidade de New Orleans inteira. Ponto-final.

— Certo, é justo.

Saio da sala pensando em quem eu estarei protegendo, se minha mãe ou a mim mesma.

• •

Estou voltando irritada para meu camarim quando encontro Jade no corredor, saindo para o almoço. Ela balança a cabeça.

— E então, você finalmente acredita em mim? — ela pergunta. — Eu avisei que a Claudia não passa de uma bruxa conspiradora. Ela está atrás do seu emprego desde o primeiro dia.

— Isso foi armação do Stuart, não da Claudia. — Faço uma breve pausa antes de revelar meu segredo. — Você tem que prometer que não vai contar a ninguém, Jade. — Chego mais perto e baixo a voz: — O noivo da Claudia foi negociado com um time de Miami. Ela não quer meu emprego. Nunca quis.

Jade olha para mim com ar incrédulo.

— Brian Jordan vai para os Dolphins? — Ela emite um som de desprezo. — Está bem. Então ela é só uma bruxa, não uma bruxa conspiradora.

— Acho que ela está mais para insegura. No jornalismo televisivo, isso é um risco. Eu sei bem.

• •

Abro a porta de minha sala e quase colido com Claudia.

— Ah, desculpa — diz ela. — Eu só estava deixando um bilhete. — Ela segura meus braços. — Você está bem, querida?

— Não. Você viu. O Stuart armou para mim.

Ela esfrega as mãos na minha pele.

— Vai dar tudo certo. Você precisa mesmo falar com a sua mãe, Hannah. Sabe disso, não é?

Sinto meus pelos se eriçarem. Quem é ela para me dizer o que preciso fazer? Observo seu rosto oval, os olhos de um azul puro e as sobrancelhas perfeitas. Mas, outra vez, meu olhar é atraído para a minúscula cicatriz, habilmente disfarçada pela maquiagem, e saio da defensiva.

— É que eu esperava fazer isso do meu jeito, não do jeito da WNO.

— Quando você vai? — ela pergunta.

— Não sei. Em uma ou duas semanas. Preciso me planejar primeiro. — Olho para ela. — E como você está se sentindo? Não acreditei quando a Fiona te expôs daquela maneira. Ainda bem que você conseguiu segurar a barra. Mas você percebe que, se por acaso a Lacey vir o episódio, vai ficar sabendo de tudo?

Ela me olha com um ligeiro sorriso, como se estivesse achando graça.

— Hannah, você não acredita que exista mesmo uma Lacey, não é?

Ela pisca para mim e sai da sala.

• •

Fico encarando a porta aberta, atordoada. O que está acontecendo?

Cambaleio até minha mesa e desabo na cadeira. Meu Deus, ela inventou toda aquela história, sabendo que eu abriria meu coração em troca? Mas como ela saberia que eu tinha um segredo?

Meu olhar se dirige ao computador... o computador. Sim, claro... ele estava aberto na manhã em que ela veio testar os repelentes para mosquitos! Eu estava mostrando a proposta a Jade. Claudia deve ter lido depois que me cegou. Apoio a cabeça nas mãos. Como pude ser tão descuidada?

Há um bilhete sobre a minha mesa. Eu o pego.

Hannah,

Só queria que você soubesse que estou feliz por substituí-la enquanto estiver em Michigan. Não se preocupe, querida, o programa estará em boas mãos!

Beijos e abraços,
Claudia

Às vezes, não há maquiagem que possa encobrir nossos defeitos mais feios. Jogo o bilhete no triturador de papel e o vejo virar pequenas serpentinas.

23

Ainda estou desnorteada por causa do programa quando bato a porta de meu apartamento. Jogo a correspondência sobre o balcão da cozinha. Uma das cartas desliza no granito e aterrissa no chão de lajotas. Eu me agacho para pegá-la e vejo o logotipo da vinícola. Fecho os olhos e a aperto contra o coração, saboreando a única alegria do dia por tanto tempo quanto consigo antes de abrir o envelope.

Cara Hannah,

Mesmo com o risco de parecer um garoto impaciente, admito com relutância que corro para a caixa do correio todos os dias na esperança de encontrar uma carta – ou talvez um pão – vinda de você. A visão de sua caligrafia naquele papel cor-de-rosa faz meu coração vibrar.

Soube mais alguma coisa sobre o emprego em Chicago? Parece uma oportunidade incrível, mas devo dizer que meu entusiasmo é em parte egoísta. Você se deu conta de que, desta maneira, estaríamos a apenas cinco horas de distância um do outro, não é?

Estou ansioso por sua próxima visita, quando possível. Está mais quente a cada dia agora, e, exceto pelas montanhas criadas pelos removedores de neve, você ficará feliz em saber que todo aquele branco derreteu. As chances de escorregar em *uma camada de gelo e rasgar seu vestido são consideravelmente menores agora.*

Eu rio e me sento em um banquinho.

Ao amanhecer, quando o sol está saindo e uma névoa sonolenta cobre os vinhedos, tenho um ritual de caminhar pela propriedade. É durante essas primeiras horas do dia, quando estou sozinho com a minha terra, que penso mais em você. Eu a imagino tirando sarro de mim por alguma coisa, como o boné Duck Dynasty de Zach e Izzy que às vezes eu uso, ou a jaqueta de flanela pequena demais que foi do meu pai e eu visto nos dias frios. Ou talvez você pegasse no meu pé por me empenhar tanto em um negócio que, em um ano bom, escapa por pouco de dar prejuízo. Pode me chamar de idiota, mas eu adoro isso aqui. Vivo do jeito que escolhi. Sem patrão. Sem ter que me deslocar para o trabalho. Sem prazos. Bom, talvez com prazos, mas, de modo geral, estou vivendo meus sonhos. Quantas pessoas podem dizer isso?

Minha única queixa, e ela é importante, é não ter uma companhia. Sim, claro, tenho encontros amorosos ocasionalmente. Mas, com exceção de você, não encontrei ninguém que me deixasse acordado à noite, tentando imaginar seu sorriso, ou pensando no que ela estaria fazendo naquele exato momento. Além de você, não há mais ninguém cuja risada eu tente recriar, ou em cujos olhos eu deseje me perder.

Caso você ache que eu trabalho demais, fique tranquila. Tenho completa flexibilidade quatro meses por ano. No ano passado, estive na Itália por um mês; no próximo inverno, vou para a Espanha – embora Chicago também pudesse ser uma boa opção. Só estou dizendo.

Por favor, me avise quando pretende voltar para estes lados. Há um vinicultor que você deixaria muito feliz.

Com carinho,
RJ

PS: Se por acaso resolver desistir do jornalismo, aquela vaga de padeiro ainda está aberta.

• •

É fim do dia; Jade e eu caminhamos pela Jefferson Street, ao encontro de Dorothy e algumas de suas colegas, na Octavia Books, para ouvir Fiona Knowles. Eu me sinto uma fraude, fingindo ser admiradora de Fiona e suas pedras, mas que escolha tenho agora? Fui marcada e revelada.

— Recebi uma carta de RJ hoje — conto a Jade.

Ela se volta para mim.

— Ah, é? O cara da vinícola? O que ele disse?

— Nada… e tudo. Ele é ótimo. Alguém que eu gostaria de conhecer melhor, se fosse uma mulher solteira morando em Michigan.

— De Michigan para Chicago é um salto, por cima do lago, não é? Mantenha suas opções abertas, caso o prefeito continue nesse chove não molha.

— Não. É só uma amizade divertida por correspondência. Não vou nem passar meu e-mail para ele. Seria ultrapassar demais os limites.

—Talvez valha a pena ultrapassar esses limites.

— Para — digo. — Você sabe o que sinto por Michael.

Viramos na Laurel Street.

— A Marilyn vai estar aqui hoje? — Jade pergunta.

— Não. Telefonei hoje para lembrá-la, mas não está interessada. O que não é surpresa, não é? Pedi desculpas de novo pelo desastre de ontem, mas ela me cortou. Nem sequer mencionou a Dorothy.

— Pobre Dorothy. Pelo menos, você vai finalmente fazer as pazes com sua mãe. A Dorothy ficou feliz com isso, não é?

— Sem dúvida. — Sorrio. — Finalmente ela vai me deixar em paz com essa história.

— Ela só quer que você ouça o lado de sua mãe — diz Jade —, antes que seja tarde demais.

— Você está falando comigo ou consigo mesma?

Ela enfia as mãos nos bolsos.

— É, tem razão. Preciso contar a verdade a meu pai sobre a festa de aniversário. Sei disso.

Será que precisa mesmo? Embora eu a tenha incentivado a contar, sinto um frio no estômago. Talvez haja um pouco de exagero nessa exaltação da consciência limpa, especialmente para algo tão trivial quanto uma mentira a respeito de um tapete branco.

— De repente é melhor deixar pra lá, Jade. Por que é tão ruim deixar que ele pense que sua filha é perfeita?

• •

A livraria está lotada, principalmente de mulheres. Será minha imaginação ou as pessoas estão me apontando e sorrindo? Uma mulher do outro lado do ambiente levanta o polegar para mim. Então eu entendo. Elas assistiram ao programa. Acham que sou a filha altruísta e de grande coração que está disposta a perdoar sua horrível mãe.

Jade e eu nos sentamos atrás de Dorothy e Patrick Sullivan. Patrick fala, enquanto Dorothy se mantém em silêncio, com as mãos sobre o colo. Eu toco seu ombro e me inclino.

— Foi muita gentileza sua vir aqui — digo. — Eu não a culparia se não quisesse mais nada com Fiona e suas Pedras do Perdão, depois do que aconteceu ontem.

Ela volta a cabeça e fica de perfil para mim, e vejo círculos escuros sob seus olhos.

— O perdão é uma moda muito boa. Eu ainda acredito nisso. E fico feliz por saber que você finalmente vai tomar uma iniciativa e procurar sua mãe. — Baixa a voz. — Isso compromete sua proposta com a WCHI?

Uma teia de temores cai sobre mim.

— Recebi uma resposta por e-mail do sr. Peters esta tarde.

— Ele ficou bravo por você ter usado a ideia das Pedras do Perdão?

— Não gostou, mas compreendeu. Aquele homem é um príncipe. Ele me pediu para escrever outra proposta, e estou trabalhando nisso. Trata-se da quantidade de água doce que está sendo consumida no uso de fraturamento hidráulico, ou *fracking*, para extração de petróleo. Isso pode afetar os Grandes Lagos.

— Ah, meu Deus. Parece horrível.

— E é — digo, sem ter certeza se Dorothy está falando do fracking ou da proposta em si. O fato é que ambos parecem muito ruins. Temo ter acabado com a minha chance de trabalho em Chicago. Ainda bem que as coisas na WNO parecem que estão melhorando. — Alguma notícia da Marilyn? — pergunto.

— Ainda não.

— Por favor, vamos visitá-la neste fim de semana, ou na semana que vem, antes de eu ir para Michigan. Nós explicaremos outra vez que você...

Dorothy comprime os lábios e meneia a cabeça. Já falamos nisso uma dezena de vezes. Ela quer dar tempo a Marilyn. Mas eu não me conformo de não estar se esforçando. Afinal, não se desiste de quem se ama.

Baixo a cabeça. Quem sou eu para falar? Se não tivesse sido forçada, provavelmente teria desistido de minha mãe para sempre.

— Talvez quando você voltar de Michigan, eu já tenha falado com a Mari.

— Espero que sim.

— Espera que sim? — Ela se vira na cadeira e me lança um olhar zangado. — Esperança não me serve de nada. Esperança é desejar que Mari volte. Fé é saber que ela vai voltar.

• •

Volto a atenção para Fiona quando ela entra. Ela ignora o palanque e se prostra à nossa frente. Nos quarenta minutos seguintes, ela nos delicia com suas histórias espirituosas e ideias aguçadas.

— Quando estamos com vergonha de alguma coisa, temos a escolha de continuar atolados na raiva que sentimos de nós mesmos ou de nos redimir. Essa escolha, na verdade, é bem simples. Queremos levar uma vida clandestina ou uma vida autêntica?

Aperto o ombro de Dorothy. Ela dá um tapinha carinhoso em minha mão.

Enquanto Jade e eu esperamos na fila para ter nossos livros autografados, pelo menos uma dúzia de mulheres vem falar comigo, me dando os parabéns e me desejando boa sorte na viagem para Michigan.

— Que inspiração você é — diz uma morena muito bonita, segurando minha mão. — Tenho tanto orgulho de você, Hannah, por perdoar sua mãe depois de tantos anos.

— Obrigada — respondo, e sinto o rosto corar.

Fiona diz que mantemos segredos por duas razões: para proteger a nós mesmos ou para proteger outras pessoas. É evidente que estou protegendo a mim mesma.

• •

É quase meia-noite quando me sento à mesa, tentando redigir uma carta que pareça amistosa, mas sem tom de flerte.

Caro RJ,

Foi ótimo receber notícias suas, meu amigo. Queria que soubesse que vou estar em Michigan por alguns dias, a partir de segunda-feira, 2 de maio. Pretendo passar pela vinícola e cobrar aquela visita aos vinhedos que você me prometeu.

Caso tenha se esquecido de mim, sou aquela dos palitinhos de pão.

Um abraço,

Jogo a caneta-tinteiro sobre a mesa e leio o que escrevi. *Meu amigo*? Não, ficou péssimo. Mas que tom exatamente estou tentando transmitir? Recosto na cadeira e olho para o teto. Deus, o que há comigo? Por que estou brincando com fogo? Tenho Michael. Não tenho nada que voltar à vinícola. Isso está errado.

Sento-me ereta na cadeira e reviso a carta uma vez mais. Quando a releio, não me parece tão ruim. Na verdade, é bem inocente. Poderia muito bem ter sido escrita a uma amiga que eu tivesse conhecido recentemente.

Antes de dar tempo para uma réplica de meu anjinho do bem, pego a caneta e assino a carta. Coloco o papel em um envelope endereçado, corro para baixo e a enfio na caixa de correio.

Ah, meu Deus! Jesus! O que foi que eu fiz? Limpo as mãos na parte da frente da calça jeans como se estivessem sujas. Senhor, me ajude. Sou tão ruim quanto meu ex-noivo, Jackson Rousseau.

Bem, nem tanto.

Pelo menos, ainda não...

24

Estou de legging, botas e um suéter comprido da North Face quando saio do aeroporto, puxando a mala de rodinhas atrás de mim. Hoje, em vez da rajada de vento glacial que me atingiu no mês passado, o tempo em Michigan parece quase tropical. Tiro a blusa, procuro os óculos escuros na bolsa e caminho para a locadora de veículos.

Devo estar em Harbour Cove por volta das três da tarde, com tempo de sobra para encontrar o chalé que aluguei antes de escurecer. Como na última vez, vou esperar até amanhã de manhã para visitar minha mãe. Preciso vê-la sozinha.

Em minha imaginação, ela será compreensiva. Poderá até me dizer que se sente tão incerta sobre aquela noite quanto eu, o que aliviaria completamente minha culpa. Mas, mesmo em minhas fantasias mais loucas sobre a reunião familiar, é impossível me imaginar recebendo o perdão de Bob.

No estacionamento do aeroporto, sento-me ao volante do Ford Taurus alugado e ligo para Michael.

— Oi — digo, como sempre surpresa por ele atender. — Bom dia.

— Bom dia. — Não consigo decidir se está cansado, ou ainda bravo. Opto por estar cansado.

— Acabei de pousar. Está um belo dia ensolarado e quente. — Prendo o cinto de segurança e ajusto os espelhos. — O que você tem programado para hoje?

— Reuniões infinitas.

— Reuniões de campanha outra vez? — Embora Michael não tenha anunciado oficialmente sua candidatura ao Senado, passa boa parte do tempo rodeado de consultores políticos e grandes doadores, estudando estratégias para ganhar as eleições.

— Não — responde, como se a ideia fosse absurda. — Eu tenho uma cidade para administrar. Tenho obrigações para com meus eleitores.

— Claro — digo, tentando ignorar o tom irritado. — Algo importante?

— Vou jantar com Mack DeForio hoje e com a nova supervisora de escolas.

O chefe de polícia e a mulher que conheci no evento de arrecadação de fundos, aquela com a postura perfeita.

— Jennifer Lawson — digo, me espantando comigo mesma. Como consigo lembrar o nome dela? — Bem, espero que seja produtivo.

Um silêncio se segue e não sei bem como rompê-lo. Ele não vai perguntar o que estou fazendo porque já sabe. E está muito bravo com isso. Quando dei a Michael a notícia de minha viagem, explicando a confissão ao vivo que haviam armado para mim, foi quase como se ele não acreditasse em minha história. E agora, com essa conversa tensa, eu me pergunto se ele algum dia vai confiar em mim outra vez.

— Michael, eu sei que você está bravo. Juro que vou fazer tudo dar certo. Ninguém vai saber os detalhes.

— Você quer dizer que ninguém vai descobrir que o prefeito de New Orleans tem uma namorada que mentiu, acusando um homem de pedófilo? — Ouço-o suspirar e o imagino sacudindo a cabeça. — Meu Deus, Hannah, o que você tem na cabeça? Você é o nome e a cara da Caminho para a Luz. E, por associação, eu também. As pessoas não perdoam atos como esse. Você está pondo em risco cada gota de confiança que aquelas vítimas, e seus espectadores, têm em você.

Sinto um arrepio, apesar da temperatura de mais de vinte graus. Eles nunca mais confiarão *nele*, é isso que ele realmente quer dizer. E o que mais me entristece é que essa ambição fabricada e desmedida é o que mais importa para Michael. Não minha relação com minha mãe. Não a possibilidade de que eu possa realmente ficar em paz com meu passado. O importante é sua carreira política.

— Eu disse que ninguém nunca vai saber. — E então, antes de ter tempo de refletir, acrescento: — Até parece que você nunca disse nada que não fosse verdade.

Há um silêncio ensurdecedor do outro lado. Fui longe demais.

— Estou com pressa — ele fala. — Tenha um bom dia.

E desliga sem dar tchau.

• •

Meu estômago dá uma pirueta quando vejo a placa da Merlot de la Mitaine. *Meu Deus, será que tenho doze anos de idade?*

Li uma vez que as mulheres nunca deveriam parar de ter interesses amorosos. Mesmo as mais velhas e casadas deveriam manter flertes bem-humorados, de tempos em tempos. O artigo afirmava que brincadeiras amorosas proporcionam uma maneira inocente de afiar nossas manhas femininas, de nos mantermos em dia na arte da sedução. Fazer isso na verdade melhoraria o relacionamento atual, dizia a autora.

Então, se eu fosse uma mestra na manipulação, poderia afirmar que, pelo bem de Michael e de nosso relacionamento, eu deveria visitar a vinícola esta tarde.

Mas não sou nenhuma mestra nessa arte. E não quero ser.

Dorothy sempre foi minha referência. E, quando lhe contei sobre RJ e nossas cartas, sua resposta foi o equivalente a "If you liked it, then you should have put a ring on it",* da Beyoncé:

— Você não tem nenhuma razão para não ver este homem. Até que esteja realmente comprometida num relacionamento, está livre para falar com quem quiser.

Mas é exatamente esse o problema. Acho que estou em um relacionamento que inclui compromisso. Só não tenho certeza se Michael concorda.

Abro a janela e respiro o ar de Michigan, me perguntando se é apenas a minha imaginação, ou se realmente o ar aqui é mais puro.

Uma seta indicando a entrada aponta para a esquerda, e eu tomo o longo caminho sinuoso com uma sensação de expectativa que não experimen-

---

* "Se você gostava, devia ter colocado uma aliança."

tava há anos. Qual será a reação de RJ quando me vir? Não sei se ele já recebeu a carta, ou se minha visita será uma completa surpresa. Será que ele vai me reconhecer de imediato? Um único olhar inicial vai me dizer tudo que preciso saber sobre seus sentimentos — ou sobre a falta deles — em relação a mim. Piso no acelerador.

Há uma dúzia de carros no estacionamento hoje. Um jovem casal sai da loja, cada qual com uma sacola de papel com o logotipo de duplo M da vinícola.

Ajeito o cabelo antes de entrar. Há uma mulher de meia-idade atrás da caixa registradora, mas ela está ocupada com uma compra e não me vê.

Do outro lado da passagem em arco, ouço conversas e risadas e uma música de fundo suave. Espio a sala de degustação adjacente. Ao contrário da última vez, agora há umas quinze pessoas aglomeradas em volta do balcão em forma de U, conversando, rindo e experimentando vinhos.

Respiro fundo. Seja o que Deus quiser.

Passo pelo arco com um pacote de palitos de pão em uma das mãos e um par de botas amarelas na outra. Eu o vejo primeiro. Ele está atrás do balcão, conversando com três moças enquanto lhes serve vinho em taças. Diminuo o passo. Isso foi um erro. Um erro enorme. RJ está trabalhando. Vou constrangê-lo — e a mim mesma —, com meus palitos de pão e essas botas. Por que fui trazê-las até aqui?

Vejo-o rir de algo que disse uma das moças. Sinto-me enjoada. Ele está fazendo seu joguinho. Sou uma idiota, achando que poderia ter sido especial. Ontem posso ter sido eu sentada sob seu holofote, mas hoje ele está flertando com essas moças bonitas. E amanhã? Quem poderá saber?

Estou imóvel no meio da sala, a meio caminho entre a entrada e o balcão, tentando decidir se sigo em frente ou saio de fininho, quando ele ergue a cabeça. Nossos olhares colidem.

Tudo fica nublado. Ouço meu nome. Vejo-o baixar a garrafa, quase derrubando uma taça. Percebo as três mulheres no balcão se virando para me olhar com uma expressão de curiosidade. Então RJ vem a meu encontro. Seu olhar continua fixo no meu, e, embora esteja meneando a cabeça, sei que não está me censurando. Seus olhos brilham, e percebo uma mancha de rubor em seu rosto.

E em um instante, estou em seus braços. As botas me escapam das mãos. Sinto a maciez de sua camisa contra meu rosto e inalo seu cheiro puro de linho.

— Garota sulista — sussurra em meu ouvido.

Não consigo falar. Em toda a minha vida, nunca vou esquecer essa recepção.

• •

A Merlot de la Mitaine é a distração perfeita da tarefa que tenho à frente. Tento não me estressar com o encontro de amanhã com minha mãe e me concentrar na atmosfera leve e animada do lugar.

O bar de degustação de vinhos de RJ é uma mistura de tudo; ciclistas se sentam ao lado de universitários nerds. Seja por causa do vinho ou da personalidade receptiva de RJ, os clientes parecem baixar a guarda e abandonar qualquer disfarce. Duas horas voam enquanto fico ali sentada, bebendo vinho e batendo papo com os clientes que vêm e vão. RJ enche de elogios meus palitos de pão e os passa para outras pessoas no bar, me dando total crédito. Observo enquanto ele se dirige a clientes regulares pelo nome e pergunta aos novos clientes de onde são e o que os traz àquele lugar. RJ é quem devia ter um programa de entrevistas. É charmoso, sim, mas não de uma maneira calculada. É mais um tipo de simpatia que valida suas ações, que transmite uma impressão de *gosto sinceramente de você*. Eu o observo envolver lentamente um homem de aparência taciturna na conversa que está tendo com duas freiras do Canadá. Depois que RJ consuma sua magia, o sr. Cara Feia já está pagando a conta das freiras e combinando um encontro com elas para jantar.

O único intervalo que RJ faz é às quatro e meia, quando Zach e Izzy chegam, arrastando as mochilas, como na última vez. RJ acena para eles quando os vê entrar na sala e, em seguida, faz um sinal chamando Don, um dos atendentes, para substituí-lo no balcão.

Eu me pego sorrindo quando RJ e as crianças se abraçam e trocam soquinhos carinhosos. Como antes, ele as ajuda a se acomodar a uma mesa, antes de desaparecer para buscar o lanche delas.

Esse cara é mesmo de verdade? E qual seria exatamente seu vínculo com essas crianças ou com a mãe delas? Ninguém pode ser tão generoso assim. Ou terei sido eu quem se tornou muito cética?

Às seis da tarde, o lugar começa a esvaziar, e é Don quem agora entretém os seis clientes que ainda estão no bar. Estou sentada na mesa dos fundos, ajudando Izzy com a lição de matemática, quando ela solta um grito:

— Mamãe!

Eu me viro e vejo Maddie caminhando em direção a nossa mesa. Ela está vestida de preto da cabeça aos pés. Imagino que seja uma exigência de seu trabalho. Ela diminui o passo quando me vê. Por um instante, acho que está brava, que talvez tenha mesmo alguma coisa com RJ. Mas logo sua expressão se suaviza em um sorriso.

— Oi! Eu me lembro de você. — E aponta uma unha roxa para mim. — Que bom que está de volta. Senti algo entre vocês dois.

Claro que se trata de uma ideia boba de Maddie. Mesmo assim, me sinto como uma adolescente que acabou de ouvir a amiga lhe dizer que um menino de quem ela gosta também gosta dela.

• •

RJ e eu nos postamos do lado de fora da casa, acenando para as crianças quando vão embora. A vista hoje é tão diferente daquele dia enevoado de quatro semanas atrás... Os galhos das cerejeiras estão cheios de botões, e a grama nova, de um verde fresco, reveste o pomar.

— É muito bonito aqui — digo. E realmente é. A cor da grama contrasta com os ramos vermelhos das cerejeiras e com o azul da água, mais além.

— A capital mundial da cereja — RJ comenta.

— É mesmo?

— O efeito do lago nesta península... e naquela ali — ele se aproxima de mim e aponta para outra porção de terra, do outro lado da baía — cria um microclima perfeito para o cultivo de cerejas. E também para as uvas viníferas, usadas na produção de vinhos.

Indico o que parece uma estante no meio do pomar, com cada gaveta pintada de um belo tom pastel.

— O que é aquilo?

— Uma de minhas colmeias — ele conta. — Um único acre de cerejas precisa de cerca de cento e quarenta mil abelhas. Mais algumas semanas, e elas estarão dançando em volta das flores, fazendo seu trabalho mágico. — E aponta para as árvores. — E todos aqueles botões que você vê, logo se transformarão em grandes flores brancas. A certa distância, elas assumem a tonalidade dos ramos vermelhos ou do verde das folhas, então, quando você passa de carro pela península, pode jurar que está vendo pomares de rosas e verde. É uma vista espetacular contra o fundo azul do lago. Você precisa ver.

— Talvez eu veja um dia. — Consulto o relógio. — Mas agora tenho de ir.

— De jeito nenhum. Vou levá-la para jantar. Já fiz uma reserva.

25

Uma mulher melhor teria dito não. Mesmo uma medíocre, teria sentido alguma culpa. Mas, quando RJ sugere que jantemos em seu restaurante favorito, hesito apenas o suficiente para deixar uma mensagem rápida para Michael.

— Oi, sou eu — digo no banheiro, enquanto enfio um chocolate na boca. —Você deve estar na reunião com Jennifer e DeForio. Só queria avisar que vou sair para jantar. Parei em uma vinícola e agora vou comer alguma coisa com o proprietário. Ligo para você mais tarde.

Sei que estou arrumando desculpas e que provavelmente queimarei no inferno, mas me convenço de que ainda estou dentro dos limites do que é certo. Sim, talvez eu esteja oscilando um pouco sobre a fronteira, mas pelo menos ainda tenho um pé de apoio firme sobre o lado bom.

• •

Sentamos a uma mesa próxima à janela, com vista para a Grand Traverse Bay, comendo mexilhões no vapor, atum grelhado e vieiras ao molho de uísque. Mas poderia ser um hambúrguer de uma lanchonete qualquer. Não faria diferença. Ainda teria sido o melhor encontro da minha vida. Quer dizer, se fosse de fato um encontro, o que não é.

Ele me serve uma taça de vinho.

— O burgundy branco é feito de chardonnay. É o complemento perfeito para o molho à base de manteiga destes mexilhões. — Ela balança a cabeça. — Desculpe. Eu pareço esnobe. Você é de New Orleans. Sabe mais de comida e vinho que eu.

— Sim, bastante — respondo.

Ele me encara.

— É mesmo? É uma expert em comida?

— Não — digo, tentando manter a seriedade. — Estava me referindo à parte sobre parecer esnobe.

Ele perde um pouco o rumo até entender que estou brincando. Começo a rir, e ele me acompanha.

— Ah, você me pegou. Mas eu exagerei mesmo. Desculpe.

— De jeito nenhum. Você não tem ideia de como eu queria uma aula sobre burgundy branco.

Ele sorri e levanta a taça.

— Ao burgundy branco e a rostos vermelhos. E a visitas inesperadas.

Enquanto tomamos nosso vinho, eu pergunto sobre Zach e Izzy, as crianças que aparecem todos os dias depois da escola.

— A visita deles é tão vantajosa para mim quanto para eles. Os dois lados ganham.

— Ah, é? — digo, mas não entendo. Eis um homem de bom coração, disso não há dúvida.

— Nos verões, eles são de grande ajuda. O Zach tem jeito com as abelhas. Ele diz que as enfeitiça, e não posso discordar. Estou fermentando mel, fazendo experiências com uma bebida antiga chamada hidromel. Se vender bem, os lucros vão para um fundo de reserva para a faculdade de Zach.

— E o que a Izzy faz?

— A Izzy ajuda com... — Ele para, como se estivesse tentando pensar em algo. — Ajuda na cozinha.

Eu rio.

— Ah, claro, uma menina de cinco anos deve ser uma grande ajuda na cozinha. Você não me engana, RJ. Ela mais dá trabalho do que colabora. Você simplesmente os adora. Admita isso.

Ele gargalha e balança a cabeça.

— Eles são muito especiais. A Maddie fica sobrecarregada criando os dois sozinha. Ela não é sempre a mais responsável das pessoas, mas é jovem e está fazendo o melhor que pode.

— Tenho certeza de que você está fazendo uma grande diferença na vida deles. Quem é o pai?

Uma nuvem passa pelo rosto de RJ.

— Ele morreu. Faz quase dois anos.

— Estava doente?

RJ inspira fundo.

— Sim. Estava. É uma história triste.

Quero perguntar mais, mas a expressão sombria nos olhos de RJ me avisa que o assunto está encerrado.

Passamos a hora seguinte falando de nossas paixões: para ele, produzir vinhos e cozinhar; para mim, assar pães. Conversamos sobre nossas maiores realizações e decepções. Sem entrar em detalhes, eu lhe conto sobre minha mãe.

— Foi uma relação difícil desde a adolescência, e estou finalmente entendendo que grande parte da culpa foi minha. Espero conseguir algum tipo de tratado de paz agora.

— Boa sorte. Por uma perspectiva egoísta, espero que vocês duas se tornem inseparáveis.

Meu coração acelera e eu aperto o guardanapo no colo.

— Fale sobre sua maior decepção.

Ele me fala de seu casamento, das coisas boas e ruins.

— O problema é que não tínhamos os mesmos sonhos. Staci ficou furiosa quando eu disse que queria sair da E&J. E eu fiquei surpreso por ela não saber que sempre quis ter minha própria vinícola. Sinceramente, não a culpo por não querer mudar toda a sua vida. E a verdade é que provavelmente eu ainda estaria casado e preso naquela rotina empresarial, se não fosse o chefe dela, Allen. Eles se casaram em novembro passado.

— Ah, não. Sinto muito.

— Fazer o quê? — Ele levanta as mãos. — Ela está feliz, Allen está feliz. Nós nunca nos encaixamos muito bem. Vejo isso agora.

— Entendo. — Fico espantada ao me ouvir contar a história de Jack e nosso encontro em Chicago, e como me senti quando soube que ele ia se casar. — Foi um choque. Ele me disse que não era o homem certo para mim, mas, naquele momento, quando me dei conta de que ele ia se casar e ter um bebê, entrei em pânico. Quer dizer, e se eu tivesse cometido um erro? E se eu devesse ter dado outra chance a ele? Mas era tarde demais. Aquela porta estava fechada e trancada.

— E então, o que você acha? Ele era o homem certo?

— Não. Não era. O Jack é uma ótima pessoa. Mas ele me falou algo que nunca vou esquecer. Ele disse: "Nunca se desiste de quem se ama".

RJ parece refletir sobre isso.

— Acho que ele tem razão. Se você quisesse esse relacionamento, teria dado um jeito de mantê-lo. Há outra pessoa para você por aí, eu aposto.

Sinto meu rosto esquentar. *Sim, eu aposto que há. E aposto que o nome dele é Michael Payne. E aposto que não deveria estar gostando tanto assim desta companhia.*

Ele segura as mãos sobre a mesa e se inclina para a frente.

— Certo, que tal esta para um assunto clichê de primeiro encontro? Diga uma das coisas que estão na lista do que você deseja na vida.

Sorrio e mergulho um pedaço de pão francês no molho de vinho.

— Essa é fácil. Uma casa na árvore.

Ele ri.

— Uma casa na árvore? Eu achava que essa fantasia acabava por volta dos sete anos de idade.

Gosto do jeito como ele brinca comigo e de como nossa conversa voa do sério para o bobo.

— Não para mim. Quero minha própria casa na árvore, com uma escada e uma corda. Terá vista para a água e será grande o bastante para uma poltrona, uma estante de livros e uma mesa para o meu café, que é tudo que preciso para ficar feliz. O resto do mundo pode desaparecer.

— Muito bom. Então é como uma casa na árvore particular. Deixe-me adivinhar, você terá uma placa na porta dizendo ENTRADA PROIBIDA PARA MENINOS.

— Talvez — digo, fazendo o joguinho da sedução. — A menos que você saiba a senha secreta.

Sinto os olhos dele sobre mim. É tão intenso que tenho que desviar o olhar. Ele baixa a voz e se inclina um pouco mais, de modo que seu rosto fica a centímetros do meu.

— E qual é a senha secreta?

Meu coração dispara e levanto a taça de vinho. Minha mão treme, e eu a abaixo de novo. Olho para o outro lado da mesa, fitando os olhos de alguém de quem eu não poderia gostar tanto quanto gosto.

— Eu tenho namorado, RJ.

26

RJ arqueia as sobrancelhas, e o escuto inspirar fundo. Mas ele se recupera rapidamente.

— Senha interessante. Eu estava pensando em algo como duas batidas fortes e três rápidas. "Eu tenho namorado, RJ." Acho que essa vou lembrar.

Eu gemo.

— Olha, desculpe. Eu ficava me dizendo que não tinha problema, que você é um cara legal, um amigo, uma pessoa com quem eu gostaria de jantar, fosse homem ou mulher. — Baixo os olhos para o guardanapo. — Mas a verdade é que estou gostando demais disso. E está errado. — Eu me forço a olhar para ele. — E está me deixando assustada.

Ele estende a mão sobre a mesa e toca meu braço.

— Ei, tudo bem. Você vai para casa e vai contar a esse rapaz que conheceu outra pessoa. Avisa que vai deixá-lo por um cara que mal conhece, um sujeito que é um ótimo partido e mora nas colinas de Michigan. Diga que resolveu entrar em um relacionamento a distância, porque, bom, é só um pulinho, apenas mil novecentos e quarenta e cinco vírgula um quilômetros, afinal. — Ele inclina a cabeça. — Sim, essa é a distância correta da sua porta até a minha. O que significa que, sim, eu pensei nisso.

Seus olhos são tão ternos que sinto vontade de abraçá-lo. Mas não tenho certeza se posso lhe oferecer conforto agora. Parece que somos um casal de adolescentes que se apaixonou em um acampamento de verão e, por causa de famílias, escolas e cidades diferentes, está prestes a se separar. E já estou sofrendo.

• •

É meia-noite quando voltamos à vinícola. Ainda nem apareci no chalé que aluguei.

— Você está bem para dirigir? — ele pergunta.

— Estou. — Bebi só meia taça de vinho durante o jantar, duas horas atrás. — Obrigada por tudo.

Nossos olhares se encontram e, antes que eu dê por mim, estou em seus braços. Eu me recosto nele e sinto o calor de seu peito e o toque gentil de sua mão afagando meu cabelo. Tento gravar este momento na memória — o peso do rosto dele apoiado em minha cabeça, o calor de sua respiração em minha orelha. Fecho os olhos, desejando que o mundo desapareça.

RJ beija minha cabeça e se afasta. Ficamos olhando um para o outro até que, por fim, eu me forço a desviar o olhar.

— Preciso ir — digo, com o coração agitado e despedaçado ao mesmo tempo. — Tenho um dia cheio amanhã.

— Desculpe — ele responde, pondo as mãos nos bolsos. — Eu me deixei levar um pouco.

Quero dizer a ele que está tudo bem, que também me deixei levar. Quero voltar àquele lugar junto a seu peito e sentir seus braços em torno de mim a noite toda. Mas isso é errado. Eu nunca me perdoaria.

— Eu vou ver você de novo? — ele pergunta.

Ergo os ombros, vencida pela situação sem saída.

— Não sei.

— Imagino que telefonar para você esteja fora de questão.

— Sinceramente? Eu adoraria. Mas não faço as coisas desse jeito. Estou muito envolvida com o Michael. — É a primeira vez que digo o nome dele, e RJ enrijece.

— Espero que o Michael saiba quem ele conquistou.

Levo a mão à garganta e concordo com a cabeça. Eu também espero. Mas não tenho mais certeza. Desde que parei por acaso nesta pequena vinícola de RJ, no mês passado, tenho dúvidas quanto a Michael.

Ele olha para mim e sorri, mas seus olhos estão tristes.

— Quando você decidir dar um chute nele, quero ser o primeiro da sua agenda, está ouvindo?

Tento sorrir.

— Com certeza. — Mas estamos sonhando. Mesmo que eu estivesse desimpedida, não há como termos algo além de uma aventura ocasional. Nossas carreiras matariam qualquer chance de permanência. E, mais do que qualquer coisa, eu quero permanência.

• •

Acordo na manhã seguinte no chalé, e meu olhar é atraído de imediato para a janela do chão ao teto com vista para a baía. O sol está surgindo no horizonte, tingindo o céu de tons de rosa e laranja. Admiro a baía, envolta em um cobertor de neblina, e faço uma oração silenciosa por causa do dia que terei pela frente.

Vou para a sala de estar e examino a lareira de pedra e as estantes embutidas. Este é, definitivamente, o meu tipo de casa.

Eu adoraria mostrar este lugar para RJ, talvez convidá-lo para jantar aqui. Mas claro que não posso. Uma vez mais, sinto uma pontada de tristeza. Como é possível sentir uma ligação tão forte com alguém que mal conheço? Será porque Michael tem parecido tão distante ultimamente? Eu odiaria pensar que sou uma dessas mulheres que precisam de um homem em quem se escorar, mas talvez seja isso. A distância de Michael está me deixando vulnerável.

Preparo uma xícara de café e o tomo na varanda, na frente de meu computador. Está mais frio do que eu havia imaginado, mas a beleza da paisagem é tão cativante que me recuso a sair dali. Fecho melhor o roupão sobre o peito e dobro os pés descalços sob as pernas. Admiro a vista majestosa, pensando em RJ e em como foi bom estar com ele.

Solto um gemido. Isso é loucura! Abro o computador e me conecto à internet. James Peters aparece em minha caixa de entrada.

Prendo a respiração enquanto espero a mensagem abrir.

Hannah,

Obrigado por sua proposta sobre fraturamento hidráulico e os Grandes Lagos. Fique tranquila, você ainda está na disputa pela posição. Pretendemos tomar uma decisão em um ou dois dias.

Atenciosamente,

James

Solto o ar. Ótimo. Ainda tenho uma chance. E se, por acaso, conseguir o emprego, não terei que me preocupar em como me virar para produzir o programa que eu havia proposto. Não quero ver minha mãe na televisão em Chicago tanto quanto não quero vê-la em New Orleans.

Estou lendo um e-mail de Jade quando o celular toca. Dou uma olhada nele. Michael. Em vez de sorrir, suspiro, me preparando para mais uma conversa tensa. Só mais alguns dias e estaremos de volta ao normal. Pelo menos, é o que digo a mim mesma.

— Bom dia — atendo com mais alegria do que sinto.

— Como está indo em Michigan?

— Bem. Estou sentada na varanda olhando para a Grand Traverse Bay. A vista é como um cartão-postal.

— É mesmo?

— Eu sei que é estranho. Não me lembrava de ser assim.

— Você falou com ela? — A voz dele é rápida. Não quer ouvir sobre minhas lembranças. Só quer saber que fiz as pazes com minha mãe e estou voltando para casa.

— Vou lá daqui a pouco. Estou calculando o tempo para ela ainda estar em casa e Bob já ter saído para o trabalho.

— O que fez a noite passada? Eu tentei ligar.

Meu coração acelera.

— Fui a um ótimo restaurante francês — respondo, falando a verdade.

— Ah, claro. Recebi sua mensagem. Com o dono de uma vinícola. — Ele ri. — Eu não teria coragem de confessar isso.

Ele está rindo de RJ. Controlo minha irritação.

— Ele faz um vinho excelente. Você ficaria surpreso. E a vinícola é linda. Toda a área é espetacular.

— Bem, não se apaixone pelo lugar — diz Michael. — Quero você de volta este fim de semana. Temos o evento de arrecadação de fundos para o parque da cidade na sexta à noite, lembra?

Mais um evento de arrecadação de fundos. Mais conversa fiada e promessas vazias. Mais apertos de mão e tapinhas no ombro. Por mais que me esforce, não consigo demonstrar nenhum entusiasmo.

— Sim — digo. — Estarei lá. Claro que estarei lá. — Faço uma pausa muito breve antes de acrescentar: — Só gostaria que alguém me apoiasse também.

As palavras me escapam antes que eu tenha tempo de evitá-las. Espero e, do outro lado da linha, não ouço nada além de uns bons dez segundos de silêncio.

— Eu deveria entender o que isso significa? — ele pergunta, com a voz gelada.

Meu coração está aos pulos.

— Vou fazer algo hoje que está me deixando muito aflita, Michael. Você nem ao menos me desejou boa sorte.

— Deixei bem claro que acho isso um erro, essa história de revirar o passado. Aconselhei você a não fazer isso, mas você não quis escutar. Só continuou seguindo em frente a todo vapor. Então talvez sua definição de "apoiar" seja diferente da minha.

Não vou permitir que ele me manipule.

— Escuta, eu sei que você não aprova o que estou fazendo, mas preciso que confie em mim. Não vou fazer nada que nos prejudique... se é que existe um "nós". — Não sei se porque estou a quase dois mil quilômetros de distância ou porque passei a última noite com um homem que achei muito interessante, eu me sinto corajosa hoje, como se o pêndulo do poder tivesse mudado de lado. — Às vezes, me pergunto se vamos mesmo nos casar um dia. Estou com trinta e quatro anos, Michael. Não tenho todo o tempo do mundo.

Meu coração parece que vai explodir no peito, e eu espero. Meu Deus, o que eu fiz?

Ele pigarreia, do jeito que costuma fazer antes de uma declaração política importante.

— Você está nervosa. Eu entendo. Mas, sim, em resposta a sua pergunta, existe um "nós". Pelo menos *eu* acho que sim. Deixei isso claro desde o primeiro dia. Quero esperar até a Abby terminar o colégio antes de pensar em me casar de novo.

— Ela se forma na próxima primavera. Não é cedo demais para fazer planos. Podemos conversar sobre isso?

— Meu Deus, Hannah. O que deu em você? Sim, podemos conversar sobre isso quando você voltar. — Ele ri, mas é a mesma risada forçada que usa com seus adversários em debates políticos. — Agora preciso correr. Tenha cuidado hoje. — Ele faz uma pausa. — E, a propósito, boa sorte.

27

Não consigo tomar nenhuma decisão esta manhã. Cada escolha, de joias a cabelo, parece crucial. Legging ou saia? Cabelo enrolado ou liso? Batom ou brilho? Colar ou sem?

— Merda — digo em voz alta, quando deixo cair meu estojo de blush. Ele ricocheteia nos ladrilhos, rachando o espelho e espalhando pó cor-de-rosa pelo chão. Minhas mãos tremem enquanto recolho os pedaços.

E se esperei tempo demais? Talvez minha mãe não tenha mais aqueles sentimentos de amor que ligam mãe e filha. Talvez tenha se esquecido de mim e ficado do lado de Bob. Ele pode ter feito lavagem cerebral nela.

Claro que Bob me odeia. Um medo espesso e desolador me toma, e imagino uma dúzia de cenários possíveis, nenhum deles bom. Será que ele vai gritar comigo? Ousaria me bater? Não, não me recordo dele como um homem violento. Na verdade, não me lembro de ele ter levantado a voz alguma vez. A memória mais viva dele é do meu depoimento depois de tê-lo chamado de pedófilo. É a lembrança atormentadora de um rosto contorcido de perplexidade.

Às oito e meia, passo de carro em frente à casa uma vez mais, em missão de reconhecimento. Minhas mãos estão úmidas de transpiração e seguro o volante com força. Esperava ver minha mãe do lado de fora de novo hoje. Sozinha. Então poderia caminhar até ela, dizer que sinto muito por tudo e acabar com aquilo. Mas o carro marrom está solitário na entrada da casa. Não há ninguém na entrada esta manhã.

Reduzo a velocidade. Acho que vejo movimento do lado de dentro da janela. Será que ela está lá? E se eu tocar a campainha e Bob atender? Ele me reconheceria? Será que eu poderia dizer que estava com o endereço errado e ir embora sem ninguém me ver? Talvez deva esperar até que ela volte para casa esta tarde.

Não. Preciso fazer isso. Já é terça-feira. Não tenho muito tempo.

Estaciono de novo e saio do carro, mas desta vez sigo pela entrada da casa em vez de me esgueirar pelo mato. A entrada de carro não é pavimentada como a rua, e as pedrinhas soltas se movimentam sob meus sapatos sem salto. Pergunto-me como minha mãe lida com o terreno pedregoso. No mesmo instante, a cena volta à minha cabeça, aquela cena final no carro alugado de meu pai, naquela mesma entrada. Ele engatou a ré, e o carro recuou. Mamãe correu atrás do veículo, como um cachorro atrás do dono. Tínhamos chegado ao final da entrada quando eu a vi escorregar nos pedregulhos soltos. Ela caiu de joelhos, soluçando. Meu pai viu também, sei que viu. Quando atingimos a rua, ele pisou com força no acelerador. Virei em meu banco e fiquei olhando, horrorizada, enquanto pequenas pedrinhas voavam sobre ela, lançadas pelos pneus do carro. Virei para a frente outra vez. Não conseguia olhar mais. Em vez disso, adicionei mais uma camada de aço ao meu coração.

Levo a mão à cabeça. Pare com essas lembranças. Por favor!

O degrau de concreto cede quando dou o primeiro passo em direção à varanda. Seguro a grade de ferro. De perto, a casa de estrutura de madeira parece pior que vista da rua. A pintura cinza está descascando e a porta de tela está se desprendendo das dobradiças. Por que Bob não conserta isso? E por que pus este colar? Ele provavelmente vale mais que o chalé inteiro. Depois de todos aqueles anos sentindo raiva, é estranho me sentir protetora em relação à minha mãe.

Vozes e risadas baixas passam pela porta fechada. Reconheço a voz de Al Roker em *Today*. Uma visão de minha mãe me vem à mente. Ela inclinada para o espelho do banheiro, enquanto o *Today* soa alto na sala de estar, para que possa escutar enquanto aplica maquiagem. Eu me pergunto agora se o amor dela pelos programas matutinos na tevê influenciou minha trajetória profissional. Será que eu esperava que, um dia, ela me ouvisse?

Ou será que, como desconfio, escolhi uma carreira em que eu pudesse fazer as perguntas, e não responder a elas?

Respiro fundo, depois mais uma vez. Pigarreio, arrumo o lenço no pescoço para esconder o colar de diamantes e safiras e toco a campainha.

• •

Ela está de avental azul e calça preta. E é miúda. Tão miúda... Os cabelos, antes seu maior destaque, são de um marrom opaco de aparência quebradiça. Em volta da boca, há um ninho de linhas e rugas, e círculos escuros pairam sob os olhos. É a expressão abatida de uma mulher de cinquenta e quatro anos que teve uma vida sofrida. Levo a mão à boca.

— Olá — diz ela, abrindo a porta de tela. Quero repreendê-la, dizer que está sendo ingênua, que nunca se abre a porta a um estranho. Ela sorri para mim, e vejo manchas em seus dentes, antes tão bonitos. Examino seu rosto à procura de traços conhecidos e os encontro nos olhos azul-claros. A delicadeza ainda está ali, junto com algo mais. Tristeza.

Abro a boca para falar, mas minha garganta se fecha. Em vez disso, apenas a encaro, enquanto observo seus olhos e sua mente registrarem minha identidade.

Um gemido tão primal quanto o lamento de um animal sai de sua garganta. Ela avança para a varanda e deixa a porta bater atrás de si. Seu corpo miúdo quase me derruba quando ela colide comigo com toda a força.

— Minha menina — ela chora. — Minha linda menina.

É como se vinte anos se dissolvessem de imediato, e somos apenas mãe e filha, envoltas no amor mais fundamental e instintivo.

Ela me puxa para o peito e me embala. Ela cheira a patchuli.

— Hannah — diz ela. — Hannah, minha querida Hannah! — Balançamos para frente e para trás como uma biruta ao vento. Por fim, ela recua e beija meu rosto, minha testa e a ponta do meu nariz, exatamente como lembro que fazia antes de eu sair para a escola, a cada manhã. Soluça agora e, a cada um ou dois segundos, recua um pouco para olhar para mim, como se tivesse medo de estar sonhando com aquele momento. Se eu cheguei a duvidar do amor dela, essa ideia se dissipou por completo.

— Mamãe — digo, com a voz trêmula.

Ela cobre a boca com a mão.

— Você está aqui. Você está mesmo aqui. Não posso acreditar. Não consigo acreditar.

Ela me segura pela mão e me puxa para a porta. Eu não me movo. Lá dentro, ouço o som alto da televisão. Minha cabeça gira. Minhas pernas são postes de concreto, imobilizadas no lugar. Volto-me e olho para meu carro. Posso ir embora agora. Posso pedir perdão e ir embora. Não preciso entrar de novo naquele lugar, o lugar onde jurei que nunca mais poria os pés. O lugar que meu pai me proibiu de visitar.

— Eu não vou ficar — digo. — Você precisa trabalhar. Posso voltar mais tarde.

— Não. Por favor. Vou telefonar e pedir que me substituam. — Ela puxa minha mão, mas eu resisto.

— Ele... ele está aqui? — pergunto, com a voz vacilante.

Ela morde o lábio.

— Não. Só chega às três horas. Somos só nós duas agora.

Só nós. Mãe e filha. Sem Bob. Do jeito que eu queria que fosse. No passado e hoje.

Com a mão presa na dela, eu entro. O cheiro de fumaça de madeira e óleo de limão me leva de volta ao verão de 1993. Respiro profundamente, na esperança de acalmar as batidas frenéticas de meu coração.

A sala de estar é apertada, mas impecável. Em um canto, vejo o velho fogão a lenha. É um alívio perceber que o sofá marrom não está mais lá. Ele foi substituído por um grande sofá modular bege, aveludado, que parece engolir o pequeno aposento.

Minha mãe comenta todas as mudanças enquanto passamos pela sala até a minúscula cozinha.

— Bob construiu estes armários novos uns dez anos atrás.

Passo a mão pelo belo móvel de carvalho. Eles mantiveram o mesmo piso de vinil, de quadrados e retângulos imitando lajotas de cerâmica, e os balcões de fórmica branca.

Ela puxa uma cadeira da mesa de carvalho, e eu me sento. Ela se acomoda de frente para mim, segurando minhas duas mãos.

— Vou fazer chá — diz ela. — Ou café. Talvez você prefira café.

— Pode ser qualquer um dos dois.

— Está bem. Mas primeiro quero olhar para você. — Ela me examina, como se seus olhos estivessem me absorvendo. — Como você está linda.

Os olhos dela brilham e ela estende o braço, a fim de acariciar meus cabelos. Agora me ocorre o quanto roubei dela, tantos momentos mãe e filha. A mulher que adorava arrumar os cabelos e as unhas e fazer maquiagem teria amado ensinar o que sabia para a filha. Bailes de escola, voltas para casa, formaturas. Tudo isso havia sido tirado de suas mãos, quase como se eu tivesse morrido. Ou talvez até pior. Em vez de deixá-la por acidente ou doença, eu a deixara por escolha.

— Desculpa, mamãe. — As palavras saem aos jorros de minha boca. — Eu vim até aqui para lhe dizer isso.

Ela hesita, e, quando fala, cada palavra é medida, como se tivesse medo de que uma sílaba errada pudesse arruinar toda a confissão.

— Você... está pedindo desculpas pelo que fez com Bob?

— Eu... — Ensaiei a frase durante semanas, mas ela ainda fica presa em minha garganta. — Eu não tenho certeza...

Ela assente, me incentivando a continuar, sem jamais tirar os olhos de mim. Há uma ferocidade naquele olhar, como se estivesse esperando, contra qualquer esperança, que eu lhe transmitisse a mensagem que está desesperada por ouvir.

— Não tenho certeza do que realmente aconteceu naquela noite.

Ouço um suspiro. Ela põe a mão na garganta e concorda com a cabeça.

— Obrigada — diz, com a voz sufocada. — Obrigada.

• •

Terminamos o chá e então saímos para caminhar no jardim. E, pela primeira vez, me ocorre que meu amor pelas flores vem da paixão de minha mãe. Ela mostra cada planta e flor, cada uma com um propósito especial, plantada pensando em mim.

— Este é o salgueiro-chorão que plantei no ano em que você foi embora. Veja como cresceu. — Minha mãe fita a árvore, com os ramos se inclinando sobre o lago como os cabelos de Rapunzel. Eu a imagino cavando o buraco e colocando a arvorezinha delgada na terra, tentando substituir sua filha.

— Estes lilases sempre me lembram de sua primeira apresentação de balé. Eu levei um buquê de lilases para você naquele dia, no Gloria Rose's Studio. Você disse que eles tinham cheiro de algodão-doce.

— Eu lembro — falo, me recordando da garotinha aflita espiando pela cortina do palco e se perguntando por que seus pais não estavam na plateia. — Eu estava em pânico. Achei que vocês não viessem. Você e papai tinham brigado.

É estranho que essa lembrança tenha me encontrado depois de tantos anos. Aquela apresentação de balé foi muito antes de nos mudarmos para Detroit. E eu tinha me convencido de que eles nunca haviam brigado até Bob aparecer.

— Sim, isso mesmo.

— Desculpe perguntar, mas por que vocês estavam brigando?

— Isso não importa, querida.

Por alguma razão, eu acho que importa.

— Conte para mim, mamãe. Por favor. Sou adulta agora.

Ela ri.

— É mesmo. Já se deu conta de que tem hoje a mesma idade que eu tinha quando você foi embora?

Você foi embora. Ela não diz isso em tom acusatório, mas as palavras rasgam minha alma. Ela era tão jovem quando a deixei. E a vida que vim a ter depois é tão imensamente diferente da dela, na época e agora.

— Você e o papai se casaram muito cedo. Vocês me diziam que não puderam esperar.

— Eu estava desesperada para sair de Schuylkill County. — Ela pega uma folha em um pé de campainhas, a enrola entre os dedos e inspira o perfume. — Seu pai ia ser transferido para Saint Louis. Ele queria alguém para ir junto.

Inclino a cabeça, intrigada.

— Você fala como se tivesse sido um casamento de conveniência.

— Ele não estava acostumado com viagens, naquela época. Nenhum de nós estava. Foi assustador deixar Pittsburgh. Acho que foi bom para ele que eu fosse junto.

— Mas vocês se amavam.

Ela ergue os ombros.

— Mesmo naquela época, quando estávamos felizes e apaixonados, eu sabia que nunca seria suficiente para ele.

Estendo a mão e tiro um fio de cabelo solto de seu avental.

— Como assim? Você era muito bonita. — Eu me corrijo. — Você é muito bonita. Claro que era suficiente para ele.

Os olhos dela se anuviam de leve.

— Não, querida. Mas tudo bem.

— Por que você diz isso? O papai era louco por você.

Ela olha para o lago.

— Eu não era nada de especial. A escola sempre foi difícil para mim. Deixei muito a desejar.

Meu coração dói por ela. Papai costumava corrigir sua gramática ruim e lhe comprar livros sobre o uso adequado da língua. "Você fala como uma filha de mineiro de carvão", dizia, o que, obviamente, ela era mesmo. "Não pegue esses vícios de linguagem horríveis", ele falava para mim. "Pessoas inteligentes não dizem..." E completava a frase com alguma expressão fora do padrão usada por mamãe. Ela ria e fazia um gesto com a mão, para que ele deixasse disso, mas me lembro de uma vez ter visto o lábio dela tremer antes de virar o rosto. Eu me aproximei e a envolvi com meus pequenos braços. Eu disse que ela era a pessoa mais inteligente do mundo.

— Seu avô me fazia ficar em casa para olhar as crianças quando minha mãe tinha que sair para um trabalho de limpeza. — Ela baixa os olhos para seu avental. — Dá para acreditar? Também sou faxineira agora.

Percebo que ela está constrangida. De repente, ali está sua filha, com roupas de grife e diploma universitário, e ela fica envergonhada. Sinto uma onda de amor tão intensa que mal consigo falar. Quero lhe dizer que está tudo bem. Que sou apenas uma menina que precisa da mãe. Mas não encontro jeito. Em vez disso, tento aliviar o clima.

— Aposto que você é a melhor de toda a equipe. Sempre foi tão exigente com limpeza. — Vejo-a rir e me volto para ela. — Mas, no fim, você foi suficiente. Foi você que encontrou outra pessoa, não o papai. Ele ficou arrasado.

Ela desvia o olhar.

— Não é verdade? — pergunto, sentindo o pulso acelerar.

Seu olhar encontra o meu, e ela não diz nada. Eu já adivinhei a resposta, mas, mesmo assim, tenho que perguntar.

— O papai era fiel, não era, mamãe?

— Ah, querida, não era culpa dele.

Levo a mão à cabeça.

— Não! Por que você não me contou?

— Era assim mesmo com atletas profissionais... ainda deve ser. Eu sabia disso quando me casei com ele. Só achei... — Ela ri, uma risada curta e triste. — Eu achei que ele podia mudar. Eu era jovem e boba. Achei que ser bonita era suficiente para segurar seu pai. Mas sempre havia alguém mais jovem, mais bonita e, ah, muito mais divertida.

Penso em Claudia e em minhas próprias inseguranças.

— Devia ser horrível sentir que tinha que ser perfeita.

Ela prende uma mecha de cabelo atrás da orelha.

— Os jogadores conseguiam a mulher que quisessem.

Minha raiva aumenta.

— Quantas?

Ela aponta para uma moita de roseiras, ainda a um mês da floração.

— Você sempre adorou rosas. Engraçado, elas nunca foram minhas favoritas. Prefiro estas. — Ela mostra um canteiro de narcisos.

— Quantas mulheres, mamãe? — repito.

Ela meneia a cabeça.

— Hannah, para. Por favor. Deixa quieto... quer dizer, não importa. Não dá para pôr a culpa nele. A maioria dos atletas fazia isso. As meninas estavam ali na mão para eles.

Meu coração se aperta por aquela mulher jovem de jeans justo, desesperada para se manter jovem e bonita, mas sempre sentindo que não era suficientemente boa. Imagino como ela amaldiçoava o tempo, a cada ano que passava.

— Não me admira que você não fosse feliz. Por que nunca me contou isso? Eu teria entendido.

— "Honra teu pai" — ela diz baixinho, citando a Bíblia. — Eu não tinha que te contar na época, e não tenho nada que contar agora.

Tenho vontade de gritar! Mas isso teria explicado tanta coisa! Todos aqueles anos em que eu a havia demonizado... e meu pai me deixara fazer isso. Se ao menos soubesse o que ela havia enfrentado, eu teria entendido melhor.

— Eu tinha a sensação de que um dia você ia descobrir sozinha, quando fosse mais velha e fôssemos mais melhores amigas que mãe e filha. — Ela sorri para mim, e eu vejo todos os sonhos perdidos naqueles olhos azul-claros. Ela se agacha e colhe um dente-de-leão. — Seu pai vivia atrás de amor. Precisava disso como de água. Ele só não conseguia dar em troca.

Quero lhe dizer que ela está errada, que meu pai era um homem amoroso. Mas, logo abaixo da superfície, sinto a verdade borbulhando. E sei que ela está certa.

Vejo-a sacudir uma erva para soltar o solo preso nas raízes e sinto meu próprio "solo" se desprendendo de mim. Tudo a que me agarrei com tanta força, todas as verdades em que acreditava, se despedaçam. Talvez meu pai tenha mesmo me manipulado. Talvez ele tenha envenenado meus sentimentos de propósito, para me manter afastada de minha mãe. "Talvez a verdade dele", como dissera Dorothy, "não fosse a verdade".

Ela joga a erva atrás de uma moita.

— Você foi a única exceção. Eu realmente acredito que ele amava você, Hannah Marie.

— O melhor que pôde — digo, sabendo que era um amor egoísta, mas que era tudo o que ele era capaz de oferecer. Um pensamento me ocorre. — Você me enviou cartas, mamãe?

Ela se volta para mim com uma expressão de surpresa.

— Todo primeiro dia de cada mês — responde. — Sem falhar nenhum. Parei de escrever quando uma foi devolvida com um bilhete avisando que John tinha morrido. Ela me disse para parar de escrever.

Ela? Sinto uma onda de tontura.

— De quem era o bilhete?

— Uma moça chamada Julia.

Ponho as mãos na cabeça.

— Não. Não a Julia. — Mas, mesmo enquanto tento negar, sei que é verdade. Como eu, Julia foi mais uma das facilitadoras de meu pai. Ela demonstrava seu amor, protegendo-o. Como posso ficar zangada se eu não era diferente? — Gostaria que você tivesse mandado as cartas diretamente para mim.

Ela me olha como se a ideia fosse ridícula.

— Você nunca me deu seu endereço. Depois que foi embora para Atlanta, eu pedi várias vezes. Até que seu pai me disse que eu podia mandar as cartas para ele. Ele prometeu que te entregaria.

E ela acreditou nele. Como eu.

— Como pôde me deixar ir embora? — As palavras saem de meus lábios sem querer.

Ela dá um passo para trás e olha para as mãos.

— O advogado de seu pai me convenceu que seria melhor para todos nós, inclusive para você. Você seria obrigada a testemunhar, e Bob poderia passar anos na prisão.

Então fora isso. Ela enfrentou sua própria escolha de Sofia. Provavelmente, também abriu mão de sua parte no acordo de divórcio.

Ela me segura pelos braços.

— Você tem que acreditar em mim, Hannah. Eu amo você. Achei que estava fazendo o que era melhor. Sinceramente. — Ele desvia o olhar e chuta a terra com a ponta do sapato. — Fui tão burra. Pensei que você voltaria quando fizesse dezesseis anos e pudesse decidir por si mesma. Quando seu pai me disse que você não queria me ver nunca mais, quase fiquei louca.

Sinto-me tonta enquanto luto para entender as ações egoístas de meu pai, e as minhas. Por que ele manteve minha mãe afastada de mim? Será que achava que estava ajudando? Ou seu espírito competitivo desejava vingança? Será que sua necessidade de castigar minha mãe era tão profunda que ele ignorou o fato de estar me castigando também? Sinto a raiva por minha mãe que eu vinha carregando se derramar e criar um formato totalmente novo, desta vez por meu pai. E, mais uma vez, estou impregnada de ódio e amargura.

Levanto os olhos para o céu. Não! Vim de tão longe para me livrar da raiva que eu carregava... Tenho duas escolhas: deixar que ela me sufoque outra vez ou que se desprenda de mim.

As palavras de Fiona tomam forma em minha mente: "Mantemos segredos por duas razões: para proteger a nós mesmos ou para proteger outras pessoas".

Meu pai estava me protegendo, ou pelo menos achava que estava. Sim. Escolherei acreditar nisso. Porque a outra opção, de que ele estava protegendo a si mesmo, é uma ideia muito pesada.

Pouso a mão nas costas dela.

— Não chore, mamãe. Está tudo bem agora. Você fez o que achou que era melhor. E eu também. — Engulo em seco. — E o papai também.

Minha mãe enxuga os olhos e se volta para a estrada de terra, inclinando a cabeça na direção norte. Eu também escuto. O ronco distante de um motor.

— O Bob está chegando.

28

Uma corrente elétrica percorre minha coluna. O momento que evitei durante toda a vida adulta chegou.

— Preciso ir.

— Não. Fique.

— Vou ficar no carro. Você pode explicar por que estou aqui. Se ele quiser que eu vá embora, eu vou.

Minha mãe ajeita o cabelo e então busca nos bolsos e retira um batom.

— Não — diz, com os lábios em um tom de rosa-escuro agora. Ela recoloca o batom no bolso. — O Bob não vai se lembrar de você.

Fico surpresa com o comentário. Minha mãe nem tenta amenizar a ideia. Ele se esqueceu totalmente de mim. Para Bob, estou morta.

Um micro-ônibus não muito maior que uma van faz a curva em direção à casa. Então minha mãe é faxineira e Bob é motorista de ônibus. Um motorista que não se lembra da filha da esposa.

O veículo verde e branco estaciona na entrada de carros. Minha mãe fica em pé ao lado do veículo, esperando as portas se abrirem. Quando isso acontece, o motorista aparece: um rapaz esguio de pouco mais de vinte anos com o braço tatuado.

Fico confusa por um momento. Quem é esse homem? Certamente, não é Bob. Vejo alguém do lado do motorista. Um idoso arcado e frágil, segurando o cotovelo do rapaz tatuado.

Minha mãe avança e beija o rosto do velho.

— Oi, querido.

Minha mão voa para a garganta e solto um ruído de susto. Bob? Não. Não pode ser.

Minha mãe agradece ao motorista e oferece a mão a Bob. Ele a segura e sorri. Não sei se é sua postura arcada, ou a osteoporose, mas parece ter encolhido uns quinze centímetros. Procuro alguma semelhança, algum sinal do trabalhador de construção musculoso, de ombros largos e riso aberto. Mas tudo o que vejo é um homem frágil vestido em uma camisa verde-clara, com uma mancha roxa na frente, agarrado à mão de minha mãe como um menino de cinco anos.

Em questão de segundos, meu cérebro faz suposições. Ele sofreu um acidente. Ele está doente.

— Você é bonita — ele diz para minha mãe, como se nunca a tivesse visto. Nota que estou ali e sorri. — Oi — diz, quase cantarolando o cumprimento.

— Bob, você se lembra da Hannah, minha filha?

Bob ri.

— Você é bonita.

Lentamente, eu me movo para perto dele. Ele parece um duende agora, com um rosto pequeno e liso e orelhas enormes, que dão a impressão de ter sido pregadas nas laterais da cabeça como as de um sr. Batata. Está de tênis branco e calças de moletom, presas com um cinto de couro marrom que acentua a barriga inchada.

Todo o meu medo desaparece e, em seu lugar, sinto pena, tristeza e vergonha. Minhas mãos caem ao lado do corpo.

— Oi, Bob.

Ele olha de minha mãe para mim.

— Oi — ele responde e sorri.

Minha mãe põe um braço em minha cintura.

— Bob, esta é minha filha. — Seu tom de voz é gentil, porém decidido, como se estivesse falando com uma criança. — Esta é a Hannah. Ela veio nos visitar.

— Você é bonita.

Em um instante, sei qual é o diagnóstico: Alzheimer.

• •

Bob está sentado à mesa da cozinha, montando um jogo infantil de encaixe, enquanto minha mãe e eu preparamos o jantar. Eu o vejo examinar um carro de bombeiro de madeira, passando os dedos pelas bordas, tentando encontrar a qual dos cinco furos ele pertence.

— Está indo bem, querido? — mamãe pergunta de novo e pega uma embalagem plástica no freezer. — Torrada com alho feita em casa — ela lhe diz. — Você adora isso, não é, meu amor?

Estou espantada com seus modos alegres, com a dignidade natural com que trata o marido. Não sinto nenhuma amargura, nenhuma impaciência ou raiva. Ela parece quase eufórica por eu estar aqui, e isso ao mesmo tempo me agrada e me dói. Eu deveria ter voltado há vinte anos.

Ela me toca a cada um ou dois minutos, como se para confirmar que estou realmente ali. Prepara espaguete, porque lembra que era meu prato favorito. Tempera carne moída e cebolas e mistura com molho de tomate pronto tirado de um frasco. O queijo parmesão vem de um recipiente verde, em vez de ser ralado na hora. O único traço culinário que compartilhamos é nosso amor por pão feito em casa.

Uma vez mais, penso em como minha vida é diferente da dela. Quem eu teria sido se tivesse ficado com minha mãe? Estaria morando aqui no norte de Michigan, preparando espaguete enlatado para a família? E a pergunta mais importante: minha vida é melhor por ter ido embora, ou é pior?

Nosso jantar parece saído de um fast-food. Enquanto tentamos conversar, Bob interrompe, repetindo de novo e de novo as mesmas frases: "Quem é ela? Você é bonita. Vou pescar de manhã".

— Ele não pesca há anos — ela me diz. — Todd põe aquele velho barco na água para ele todos os anos, mas só fica ali parado. Preciso vendê-lo.

Conversamos sobre os anos que se passaram. Minha mãe me conta que eles se mudaram para o norte depois que Bob perdeu o emprego de professor.

— Foi outro golpe — diz ela. — Deixar o ensino foi difícil, mas, uau, deixar a atividade de treinador quase acabou com ele.

Não quero fazer a pergunta que está me queimando, mas preciso.

— A minha... situação... teve alguma coisa a ver com a perda do emprego?

Minha mãe limpa a boca com um guardanapo, depois alimenta Bob com uma garfada de espaguete.

— A sra. Jacobs... lembra dela? Ela morava na casa ao lado.

— Lembro — digo, recordando a velha implicante que uma vez ouvi chamar minha mãe de "exibida".

— Ela ficou sabendo do caso.

O caso. Ela está falando do incidente. Da acusação. Da minha acusação.

— Quem contou para ela? — pergunto. — O... incidente... aconteceu aqui, a quinhentos quilômetros de Bloomfield Hills. Como ela ficou sabendo?

Minha mãe limpa a boca de Bob, depois segura um copo de leite junto a seus lábios. Ela não responde à minha pergunta.

— Papai... — digo em voz alta. Meu pai deve ter contado à sra. Jacobs sobre minha acusação. Ele sabia da fama de fofoqueira dela. Sabia que ela não conseguiria guardar segredo. E, claro, foi exatamente por isso que lhe contou. Mais um lance de sua vingança. — Ah, não — gemo, sentindo todo o peso da vergonha, percebendo as ondas de danos que derivaram daquela única acusação. — E ela o denunciou?

Minha mãe se inclina e toca meu braço.

— De certa maneira, isso nos libertou, querida. Saímos de Detroit e viemos para cá. Para começar de novo.

— Por que o Bob não lecionou aqui?

— O setor de construção estava em alta na época. Ainda está.

— Mas ele adorava ensinar.

Ela desvia o olhar.

— A vida é feita de trocas, meu bem. Era muito arriscado. Se alguém fizesse alguma queixa contra ele, estaria exposto.

Tremor secundário. Danos colaterais. Seja qual for o nome, fora um desastre, e era resultado de minha acusação. Empurro o prato, incapaz de continuar comendo.

• •

Aquela noite, nos sentamos na varanda dos fundos. Eu me acomodo em uma cadeira de plástico, e minha mãe conduz Bob para a cadeira de balanço. O ar de primavera está frio, e ela pega casacos para todos nós. Põe um cobertor sobre os ombros de Bob.

— Está aquecido assim, querido?

— Ah, sim.

— Esta varanda é seu lugar favorito, não é, meu bem?

— Ah, sim.

Eu observo, emocionada com o carinho com que minha mãe cuida da sombra de pessoa que chama de marido. E isso está exigindo muito dela, posso perceber. Penso em meu pai quando tinha cinquenta e quatro anos. Ele viajava pelo mundo, jogava golfe cinco dias por semana. Tinha saúde, dinheiro e Julia. Não é justo. Minha mãe deveria estar viajando e aproveitando a vida. Em vez disso, está presa a um homem que às vezes a reconhece, às vezes não.

— Quem é ela? — Bob pergunta pela enésima vez, apontando para mim.

Minha mãe começa a explicar, mas eu interrompo.

— Deixe que eu falo, mamãe. — Eu me levanto e respiro fundo. — Viajei quase dois mil quilômetros para pedir desculpas. Não era assim que eu pretendia que fosse, mas preciso fazer isso.

— Querida, isso não é necessário.

Eu a ignoro e vou até a cadeira de balanço da varanda. Bob desliza para abrir espaço, batendo a mão no banco a seu lado. Eu me sento.

Deveria segurar-lhe a mão. Deveria lhe fazer um afago nas costas ou no braço, algo para lhe mostrar que sou uma aliada. Eu me odeio por isso, mas não consigo. Mesmo agora, em seu estado comprometido, a ideia de tocá-lo é muito perturbadora. Será que é uma reação instintiva? Fecho os olhos. Não! Não posso continuar tendo dúvidas esta noite. O toque de Bob, por mais intencional que tenha parecido, foi acidental. Ponto. Fim da história. Todo o meu relacionamento com minha mãe depende dessa verdade. E eu aprenderei a acreditar nela. Sei que farei isso.

— Quem é ela?

Respiro fundo.

— Sou a Hannah, Bob. Filha da Suzanne. Você se lembra de mim?

Ele assente e sorri.

— Ah, sim. — Mas não lembra. Sei que não lembra.

Por fim, junto coragem para pegar a mão dele. Ela é fria, com grandes veias saltadas serpenteando sobre ossos e sob manchas senis. Mas é macia. Ele aperta minha mão e meu coração dói.

— Eu machuquei você uma vez — digo, e sinto meu nariz esquentar de vergonha.

— Você é bonita.

— Não — falo. — Não sou bonita. Eu acusei você de uma coisa. Algo muito ruim.

Ele está olhando para o bosque, mas sua mão ainda está na minha.

— Escuta — digo, com os dentes cerrados. Por alguma razão, o tom de minha voz se torna irritado.

Ele vira para mim, com uma expressão de criança que foi repreendida. Lágrimas inundam meus olhos, e pisco para tentar afastá-las. Ele fica me olhando, surpreso.

— Quero lhe pedir desculpas. — Minha voz é rouca, trêmula.

Minha mãe se aproxima e pousa a mão em minhas costas.

— Shhh. Isso não é necessário, querida.

— Eu acusei você de me tocar — digo. Lágrimas escorrem pelo meu rosto agora. Não tento mais ser estoica. — Estava errada quando fiz aquilo. Não tinha nenhuma prova. Eu não queria...

Ele levanta a mão livre, toca meu rosto e acompanha a trajetória de uma lágrima com o dedo. Eu o deixo fazer isso.

— Ela está chorando — diz, olhando para mamãe. — Quem é ela?

Engulo em seco e enxugo os olhos.

— Alguém muito pequena — respondo com doçura. Começo a me levantar, mas ele está segurando minha mão com firmeza.

— Você é bonita.

Olho para o homem, a imagem da inocência.

— Você me perdoa? — pergunto. Sei que não é justo. Ele não é capaz de oferecer perdão. Mesmo assim, tenho de perguntar. Quero ouvir. Eu preciso ouvir. Volto-me para ele. — Por favor, Bob, me perdoe. Você me perdoa? Por favor?

Ele sorri.

— Ah, sim.

Cubro a boca com a mão e concordo com um gesto de cabeça, incapaz de falar. Lentamente, abro os braços e puxo seu corpo frágil para junto do meu. Ele me abraça, como se o toque humano fosse instintivo, o último vestígio de nossa humanidade.

Sinto a mão de minha mãe em minhas costas.

— Nós perdoamos você, querida.

Fecho os olhos e deixo as palavras me envolverem. Há tanta cura nestas quatro palavras.

29

Minha mãe me convida para passar a noite, mas não aceito. Em vez disso, volto para meu belo chalé alugado me sentindo culpada. A filha privilegiada pode se afastar da casinha modesta e de um homem tomado pela demência, mas minha mãe não tem como escapar. Pensamentos sobre o dia rodopiam em minha cabeça. Fiz algum progresso? Se fiz, por que me sinto tão horrível? Aquela única acusação, feita vinte anos atrás, produziu um efeito dominó. A vida de minha mãe e a de Bob foram alteradas para sempre por causa de minhas ações. Eles nunca poderão ter a reputação dele de volta.

Meu coração começa a se acelerar e a respiração sai em lufadas irregulares. Paro no acostamento da estrada. O colar de diamantes e safiras me sufoca, e eu tento abri-lo. Solto-o do pescoço e o guardo na bolsa. Preciso falar com Michael. Preciso que alguém me diga que minha atitude foi a de uma menina de treze anos. Que eu não pretendia arruinar a vida deles.

Digito rapidamente o número de Michael. Ouço o recado da caixa postal. Desligo sem deixar mensagem. Quem estou tentando enganar? Ele não quer ouvir minha história. Fecho os olhos e me esforço para respirar, até conseguir dirigir outra vez.

Três quilômetros adiante, passo pela placa indicando a Merlot de la Mitaine. Sem pensar, viro na entrada e vou até o estacionamento. A tensão se alivia, e massageio a nuca. Há meia dúzia de carros estacionados, e o lugar está iluminado. Sinto uma súbita urgência de ver RJ. Quero lhe contar sobre hoje. Quero sentir seus braços ao meu redor, me confortando, dizendo que vai ficar tudo bem. E, além disso, preciso de uma taça de vinho.

Fecho o carro e corro para a entrada do lugar. Pouco antes de chegar à porta, eu paro. O que estou fazendo? Isso não é justo. Contei a RJ que tenho namorado. Agora, de repente, venho atrás dele porque preciso de atenção? Que patético. Será que sou igual a meu pai, carente de amor, mas incapaz de oferecê-lo? Que uso as pessoas para meus próprios objetivos?

Viro e corro de volta para o carro. Vou embora depressa, antes que RJ saiba que estive ali.

• •

Volto até a casa de minha mãe na manhã seguinte. Ela fez um café da manhã com panquecas e salsichas para me receber, algo que não como há anos. Bob está sentado na sala de estar, folheando um velho catálogo da Sears. Do balcão da cozinha, minha mãe me observa enquanto como.

— Mais suco? — pergunta.

— Não, obrigada. As panquecas estão deliciosas — digo, levando-a a acrescentar mais uma pilha ao meu prato.

Quando terminamos de lavar a louça, já passa das dez horas. Meu voo sai às seis e planejei chegar cedo ao aeroporto, telefonar para Michael e checar os e-mails.

Mas o dia está glorioso. Um dia para pescar.

Entro na sala e encontro Bob adormecido na poltrona, com o catálogo muito manuseado no colo. Pego o material e o coloco sobre uma mesinha. Quando faço isso, vejo que está aberto na seção de roupas íntimas de meninas. Um arrepio me percorre. Será que ele...? Olho-o adormecido, com a boca ligeiramente aberta, a pele flácida. É só uma criança, digo a mim mesma. Não é diferente de um menino. E rezo a Deus para isso ser verdade.

• •

Seguro o cotovelo de Bob e ele saltita pela grama em direção ao lago. Traz na mão sua velha caixa de equipamentos vermelha, a mesma de que me lembro quando era menina. Está trancada, como sempre.

— Vou pescar — diz ele.

— Sem pescaria hoje — respondo. — Mas vamos dar um passeio de barco.

Acomodo Bob no banco de metal do barco e minha mãe prende o colete salva-vidas laranja em seu peito. Ele mantém a caixa no colo e põe a mão sobre ela como se fosse seu brinquedo preferido. As dobradiças estão enferrujadas agora e a corrosão consome o velho cadeado.

Franzo a testa, me perguntando por que um cadeado em uma caixa de equipamentos de pesca. Todo o conteúdo não pode valer muito mais do que cinquenta dólares. Há duas chaves penduradas no chaveiro do barco. Imagino que a pequena seja a da caixa.

— O que você guarda nesta caixa, Bob?— pergunto, e dou uma batidinha na tampa de metal. — Iscas de pesca? Boias?

— Ah, sim — diz ele, mas seus olhos fitam a distância.

Há nuvens grandes se movendo no céu, brincando de esconde-esconde com o sol. A água é uma folha de papel-celofane hoje, e conto pelo menos uma dúzia de outros barcos de pesca.

— Parece um dia bom para pescar — comento. — Está vendo todos os seus velhos colegas?

— Ah, sim.

Encho o tanque de gasolina e, em seguida, aciono a bomba. É estranho como tudo parece retornar à memória. E eu mal estava ouvindo no dia em que Bob me mostrou como ligar o barco.

Puxo a cordinha para dar a partida, mas, toda vez que tento, o motor engasga e não pega. Meu braço dói, mas não vou desistir. Devo a Bob este passeio de barco. Aciono a bomba outra vez, e finalmente o motor funciona.

Partimos, e o motor tosse e sopra fumaça. O cheiro conhecido de combustível se mistura ao perfume penetrante do lago. Sento-me, segurando a manivela do motor e direcionando a pequena embarcação para o centro do lago. Minha mãe está ao lado de Bob, gritando acima do ruído do motor para que ele se sente. Ele quer ficar em pé. É como uma criança em um parque, atordoado de alegria e empolgação.

Ele dá risadas, sorri, levanta a cabeça em direção ao sol e respira o aroma úmido do lago. Minha mãe também ri, e eu sorrio diante da felicidade deles. Giro a manivela do motor, e seguimos para oeste. Uma onda quebra na proa do barco, molhando-nos com gotas de água fria. Bob solta uma exclamação de entusiasmo e bate palmas.

— Vou pescar — diz outra vez.

Deslizamos pela água por uns quarenta e cinco minutos antes de minha mãe notar que alguns centímetros de água se acumularam no fundo do barco. Direciono-o de volta para a margem e o amarro no ancoradouro. Bob segura a mão de minha mãe, e nós três subimos a colina gramada em direção à casa.

Passamos pela velha trave de equilíbrio e, em um impulso, eu subo nela.

— Você fez esta trave para mim, Bob. Obrigada. Eu devia ter dito isso anos atrás. Adorei. — Caminho depressa sobre a madeira estreita, rindo enquanto tento me equilibrar, com os braços estendidos.

Bob estende a mão para mim. Saio da trave com um pulinho desajeitado e o fito por sobre o ombro.

— Obrigada, Bob.

Ele sorri para mim e balança a cabeça.

— Trave da maninha.

• •

Nossa despedida é uma mistura de alegria e tristeza. Desta vez, é temporária. Minha mãe e eu sabemos o quanto perdemos e quanto tempo temos de compensar.

— Até o mês que vem — ela me diz, enquanto me puxa para seus braços e eu a ouço sussurrar. — Eu te amo.

Dou um passo para trás e olho dentro dos olhos azuis, brilhantes de lágrimas.

— Eu te amo, mamãe.

Deixo Harbour Cove para trás, com as emoções à flor da pele. Sim, é maravilhoso ter mãe outra vez, mas será que um dia vou me perdoar pelo que a fiz passar? E Bob também. Como seria a vida deles se eu não tivesse me apressado a tirar conclusões erradas?

Depois de alguns quilômetros, estaciono em uma parada para descanso e ligo para Michael.

— Oi, amor.

— Oi — Michael responde. — Onde você está?

— Saindo de Harbour Cove, a caminho do aeroporto.

— Tudo bem?

— Sim. Vir para cá foi a decisão certa. Prometi a minha mãe que vou voltar em um ou dois meses. É surreal ter mãe outra vez.

— Então está tudo em ordem?

O que ele quer saber é se vou revelar algum segredo ao vivo na televisão. Apesar da insistência de Stuart, nem mencionei o programa para minha mãe. Ela viria, se soubesse que Stuart a queria no palco comigo. Mas não permitirei que seja um acessório para minha história inventada. Todo o meu público, assim como Stuart e Priscille, acreditam que viajei até Harbour Cove para oferecer perdão, não para buscá-lo. E preciso contar exatamente isso a eles.

— Está — respondo. — Não precisa se preocupar. Não vou revelar nenhum segredo horrível.

Escuto o tom irônico em minha voz e imagino que ele também tenha notado.

30

É quase meia-noite quando o avião pousa, na quinta-feira. Ligo o celular quando chego às esteiras de bagagens e vejo duas ligações perdidas, ambas com código de área três um dois. Chicago. Minhas mãos se atrapalham para acessar os e-mails, e me contenho para não me animar demais.

Cara Hannah,

Parabéns. Você é a finalista para apresentar *Good Morning, Chicago*. A última etapa será uma entrevista com Joseph Winslow, proprietário da emissora.
Veja o arquivo anexo para os detalhes do pacote de remuneração que montamos. Por favor, entre em contato para me informar quando seria conveniente conversarmos.

Atenciosamente,
James Peters

Abro o anexo e admiro boquiaberta a cifra no fim da página. E todos aqueles zeros. Impossível! Eu ficaria rica! E estaria mais perto de minha mãe e...

RJ passa rapidamente pela minha cabeça. Eu afasto o pensamento. Ele é só um cara legal, um cara que mal conheço, que apareceu quando eu me sentia vulnerável.

Leio o e-mail mais três vezes antes de guardar o celular. Enquanto faço isso, a ideia me ocorre. Todo o propósito da entrevista em Chicago era de que eu pudesse passar fins de semana com Michael e possivelmente trabalhar num lugar mais próximo de Washington, quando ele for para lá. Que mudança de rumo estranha foi essa? Meus únicos pensamentos após receber a proposta foram de que eu estaria mais perto de minha mãe e de RJ.

• •

Jade entra no camarim, na sexta-feira de manhã, cinco minutos adiantada.

— Bem-vinda de volta — diz, e me entrega um bolinho da Community Coffee.

— Obrigada! — Fecho meus e-mails e levanto da mesa. — Está de bom humor hoje. Teve sorte ontem à noite ou o quê? Por favor, diga que não tem nada a ver com o Marcus.

Ela me lança um olhar de "eu, hein?".

— O Babacão-Mor não prova mais deste docinho aqui. Se eu tivesse ido para a cama com alguém, estaria servindo taças de champanhe, não bolinhos de amoras. Mas tenho coisas para contar. — Ela vai até o armário e guarda a bolsa. — Primeiro, me fale da viagem. Como foi com a sua mãe?

Balanço a cabeça e sorrio.

— Maravilhoso... e terrível. — Conto a Jade sobre minha mãe e Bob e nossos dois dias juntos. — Estou tão envergonhada. Eu acabei com a vida dela.

Ela me segura pelos braços.

— Ei, você completou a primeira etapa. Pediu desculpas. Agora precisa completar a segunda. Perdoar a si mesma, Hannabelle.

— Vou tentar. Mas não é tão fácil. Eu preciso de algo maior, uma penitência ou coisa assim para compensar o que fiz.

— Ah, acho que você já cumpriu sua penitência. Ficou sem sua mãe por muitos anos.

Assinto com a cabeça, mas por dentro sei que não, isso não é o bastante.

Jade indica a cadeira de maquiagem.

— Sente-se.

Eu me instalo na cadeira e descrevo os belos vinhedos. Ela arqueia as sobrancelhas quando lhe conto sobre minha noite com RJ.

— Você gosta desse cara.

— Sim. Mas amo o Michael. — Desvio o olhar e pego a correspondência sobre o balcão. — Chega de falar de mim. O que aconteceu desde que viajei? Como está seu pai?

Ela desdobra um avental preto e me encara pelo espelho.

— Eu finalmente contei a ele.

Faço a cadeira girar para poder vê-la de frente.

— Como foi?

— Estávamos no sofá, vendo um velho álbum de fotografias. Ele estava falando do passado. É sempre o passado agora, nunca o futuro. Havia uma foto dele comigo na entrada de nossa casa antiga, em La Salle. Foi Natalie quem tirou. Nós estávamos lavando o carro e começamos uma guerra de água. — Ela sorri. — Parece que foi hoje. Minha mãe ficou furiosa com a bagunça dentro de casa, depois. Ficamos ensopados.

— Que lembrança deliciosa — digo.

— É mesmo. Então ele e eu estávamos lembrando essas coisas e, do nada, ele olhou para mim e disse: "Jade, minha querida, você foi uma filha maravilhosa". Foi quando eu finalmente me dei conta de que o estava perdendo. E ele sabia disso também. — Ela deixa o pente sobre a bancada. — Eu tinha que contar a verdade. Fui direto até minha bolsa e encontrei o saquinho das pedras. Aí sentei outra vez no sofá e pus uma Pedra do Perdão na mão dele. "Eu menti para você, papai", falei. "Todos esses anos eu menti. A Erica Williams estava bebendo naquela noite da minha festa de aniversário." Ele me devolveu a pedra. Meu coração se partiu. Achei que a estava recusando. Mas ele pôs a mão em meu rosto e sorriu. "Querida, eu sei. Eu sempre soube."

Estendo o braço e aperto a mão de Jade.

— Todo esse tempo, ele esteve esperando que eu confiasse nele. Agora sei que o amor dele é suficientemente forte para suportar o peso de minhas fraquezas. Sempre foi.

• •

Na quarta-feira seguinte, o estúdio está lotado. Conforme prometido, é hora do *The Hannah Farr Show* parte dois, em que sou tanto apresentadora como convidada. Embora divida o palco com Claudia outra vez, ao lado de um grupo de mães e filhas que se reencontraram, fui anunciada como a atração principal. Stuart veiculou propagandas durante toda a semana anterior, promovendo o muito esperado episódio em que Hannah Farr revela tudo sobre o reencontro entre mãe e filha. Claro que não tenho a menor intenção de revelar tudo, mas Stuart não precisa saber disso.

Já estamos há vinte minutos no ar e me sinto uma fraude. Estou sendo proclamada como a filha amorosa que perdoou tudo. Falamos sobre a importância da relação entre mãe e filha, e Claudia lança perguntas a mim e às outras convidadas sobre como foi nosso reencontro. Falo de como minha mãe escolheu Bob em vez de mim, tentando manter a história vaga, a fim de não acusá-la de me abandonar realmente. Mas é evidente que é isso que o público entende.

Solto um suspiro de alívio quando abro para perguntas. Só mais vinte minutos. Está quase acabando.

Uma mulher de meia-idade agarra minha mão.

— Hannah, eu admiro tanto você. Minha mãe abandonou meus irmãos e a mim. Nunca pude perdoá-la. Como você encontrou forças para perdoar sua mãe?

Meu coração dispara.

— Obrigada. Não sei se mereço sua admiração. Minha amiga Dorothy insistiu muito no fato de que eu precisava fazer as pazes com ela. E minha amiga estava certa.

— Mas, Hannah, sua mãe a abandonou.

Não, quero dizer. Fui eu que a abandonei.

— Embora a gente não se falasse havia dezesseis anos, nunca senti que ela tivesse realmente me abandonado. Sempre soube que ela me amava.

— Ela amava você? — A mulher sacode a cabeça. — Então tem um jeito estranho de demonstrar. Mas abençoado seja seu coração por acreditar nisso.

A mulher volta a sentar e outra espectadora levanta a mão.

— É tão difícil para nós, mães, entender a sua mãe. Imagino que, se ela tivesse a coragem de vir aqui hoje, seríamos muito duras com ela. É por isso que ela não veio?

— Não, de jeito nenhum. Fui eu que preferi que ela não viesse. Sei que minha mãe teria vindo, se eu pedisse.

— Você é minha heroína, Hannah. Apesar da falta de orientação materna, você se tornou uma mulher admirável. E muito bem-sucedida também. Não sei se já pensou nos motivos de sua mãe. É possível que ela esteja tentando consertar a situação porque agora você é uma celebridade, uma mulher de recursos, digamos assim?

Eu me forço a manter o sorriso. Mamãe está sendo pintada como uma bruxa egoísta, fria e oportunista. Como ousam? Meu sangue ferve, e lembro a mim mesma que é por minha culpa que essas mulheres estão sendo hostis em relação a ela. Eu a apresentei como a parte que agiu mal. E agora fiquei sendo a vítima amorosa e generosa. Depois de tudo o que aprendi nos últimos dois meses, eu me vejo como uma fraude maior do que nunca.

A mulher continua:

— A gente sempre ouve histórias de reencontros com celebridades em que o pai ou a mãe que abandonou o filho tem segundas intenções...

Não posso permitir que mamãe seja o alvo de todas estas acusações. Preciso esclarecer a questão. As palavras de Fiona passam pela minha cabeça: "A escolha, na verdade, é bem simples: queremos levar uma vida clandestina ou uma vida autêntica?"

Eu me viro para a mulher. Sua testa está franzida e as pálpebras, pesadas, como se mal pudesse conter a dor que sente por mim. Encaro seus olhos solidários.

— A verdade é que...

A câmera dá um zoom para pegar um close. Mordo o lábio. Devo fazer isso? Será que consigo?

— A verdade é que... — Meu coração martela dentro do peito, e ouço a velha voz da dúvida novamente, questionando aquela noite e o toque de Bob. Eu a silencio. — A verdade é que era eu quem precisava ser perdoada, não a minha mãe.

Ouço uma ressonância de murmúrios pela plateia.

— Ah, querida, a culpa não é sua — a mulher me diz.

— É, sim.

Viro e caminho de volta para o palco. Eu me sento no sofá ao lado de outra dupla de mãe e filha. Olhando direto para a câmera, começo a falar. E dessa vez falo a verdade... ou, pelo menos, o que acho que é a verdade.

— Tenho uma confissão a fazer. Não sou a vítima nessa história. Minha mãe é. Fiz uma acusação, mais de vinte anos atrás, que arruinou a vida de um homem. E, ao fazer isso, arruinei a vida dela também.

De minha posição no palco, vejo o rosto da mulher se modificar, refazendo-se em espanto, depois em horror, conforme os detalhes de minha vida fluem de meus lábios, nos quinze minutos seguintes.

— Então, como estão vendo, eu era uma menina que decidiu que minha verdade era a verdade. Fui egoísta e muito apressada em fazer julgamentos, e, no fim, aquela única decisão levou a consequências que meu coração adolescente jamais poderia ter imaginado. Depois de adulta, mesmo com mais discernimento, continuei a perpetuar minha história. Era muito mais fácil acreditar na minha verdade do que examiná-la atentamente, para descobrir o que realmente aconteceu. Se Bob aceitou minha pedra? Não. Não de fato. Era tarde demais. Ele sofre de demência. Nunca entenderá minha confissão, nem sentirá o gosto da reparação. — Meus olhos marejam e pisco para afastar as lágrimas. Não posso buscar compaixão. — Mas, mesmo assim, eu me sinto grata pelas Pedras do Perdão. Elas me levaram de volta à minha mãe e, igualmente importante, a meu verdadeiro eu.

Enxugo os olhos com os nós dos dedos. O estúdio está em silêncio mortal. Pelo canto do olho, vejo Stuart levantando os braços freneticamente. Ele quer que aplaudam? Meu Deus, Stuart. Não mereço uma ovação. Não sou a heroína nesta história. Sou a vilã.

— Mas você nunca pagou por sua mentira.

Eu me viro e vejo Claudia. Ela esteve tão quieta que quase esqueci que está apresentando o programa comigo. As palavras "sua mentira" marcam minha alma. Na verdade, nunca chamei minha decisão de mentira, porque até hoje não tenho certeza.

Ela inclina a cabeça, esperando por minha resposta. Sinto-me tentada a lhe dizer que sim, que paguei, como Jade insistiu. Perdi minha mãe e todos os anos que poderia ter passado com ela. Mas esta é a Hannah de sempre, agarrando-se a um fio de justificativa moral.

— Você está certa — digo. — Não paguei.

31

Stuart agarra meu braço quando saio do palco, mas eu me solto. Não quero os cumprimentos dele. Não quero ouvir como fui inteligente por finalmente me abrir com as fãs, que os índices de audiência vão subir às nuvens e que essa é a melhor coisa que eu poderia ter feito pela minha carreira. A ideia de me beneficiar com esse episódio me dá nojo. Não planejei a confissão e certamente não fiz isso para melhorar a audiência.

A caminho de casa, tenho que parar a intervalos de poucos quilômetros para enxugar os olhos. Não consigo parar de chorar. É como se minha confissão ao vivo finalmente tivesse rompido o dique. Estou nua, sem fingimentos. Estou finalmente livre para sentir vergonha, culpa, dor e arrependimento. Sou dona do meu erro terrível agora, e essa sensação é ao mesmo tempo excruciante e libertadora.

Entro no estacionamento de uma loja de conveniência e telefono para Michael. Sou atendida pela caixa postal e me lembro de que ele está em Baton Rouge até sexta-feira.

— Sou eu. Contei a verdade, Michael. Não pretendia, mas tive que fazer isso. Por favor, compreenda.

• •

Nesta noite, estou jantando comida comprada em meu terraço quando Jade toca o interfone.

— Pode subir — digo.

Pego outra taça de vinho e lhe preparo um prato de feijão e arroz.

— Achei que talvez você tivesse saído com Michael — diz ela. — Já que é quarta-feira.

— Não. Ele foi se encontrar com uns doadores importantes em Baton Rouge. Você sabe, golfe...martínis… coisas de garotos. Vou vê-lo no fim de semana.

— Onde está a Pentelhabby?

Reprimo um sorriso.

— Com a avó.

Jade arqueia as sobrancelhas.

— É engraçado como ele consegue achar tempo livre quando precisa de alguma coisa.

Meu telefone toca. Código de área três-um-dois. Solto um gritinho.

—Meu Deus! É de Chicago. — Eu me levanto. — Preciso atender esta ligação.

— Respire fundo! E diga a eles que você não vai sem um acordo muito vantajoso para sua assistente favorita.

— Alô — digo, enquanto passo pelas portas duplas. Dou uma rápida olhada para Jade. Ela faz sinal de positivo com o polegar, e eu cruzo os dedos.

— Hannah, é o sr. Peters.

— Oi, James… sr. Peters.

— Você pode imaginar que fiquei bastante surpreso ao ver seu programa hoje.

Sorrio.

— O senhor assistiu ao programa?

— Minha irmã me avisou. Ela me mandou um vídeo no YouTube.

— Que gentileza dela. É evidente que minha percepção das coisas mudou desde que ofereci a ideia, semanas atrás. Eu realmente achava que era eu quem deveria receber um pedido de desculpas dela. Mas então ouvi a história de minha mãe. Não tinha intenção de confessar nada hoje, mas pareceu errado deixar que ela levasse toda a culpa.

Ele hesita.

— Mas, Hannah, você apresentou esta proposta como sua ideia original.

— Sim, certo.

— De acordo com Stuart Booker, a ideia foi dele e de sua colega apresentadora.

Sinto o ar ser sugado da sala. Desabo em uma cadeira.

— Não. Isso não é verdade. Esta nova âncora, Claudia, anda atrás de meu emprego desde que... — Percebo o drama em meu discurso, a mesquinhez e o jogo de culpa. Não é o momento de acusar. Preciso manter a posição de superioridade. — Sinto muito, sr. Peters. Foi um mal-entendido. Eu posso explicar.

— Eu também sinto muito. Joseph Winslow cancelou sua entrevista. Você não está mais na disputa pela posição. Boa sorte, Hannah. E não se preocupe. Não contei nada a Stuart.

• •

Volto para a varanda, com uma estranha sensação de desorientação.

Jade ergue sua taça de vinho.

— Podemos fazer um brinde à nova apresentadora do *Good Morning, Chicago*?

Afundo na cadeira.

— Perdi o emprego. Eles não me querem. Viram o programa de hoje e acham que eu roubei a ideia de Claudia.

— Ah, que merda. — Sinto a mão de Jade em minhas costas. — O que você falou para ele?

Sacudo a cabeça.

— Não ia adiantar nada me defender. Eu me sinto uma fraude. Pelo menos ele não contou a Stuart sobre a entrevista. Não posso me dar o luxo de perder este emprego também.

Jade faz uma careta.

— O que foi? — pergunto.

— Eu não queria aumentar seus problemas, minha linda, mas há mais notícias ruins.

Olho para ela.

— O quê?

— A emissora foi inundada de e-mails, tuítes e telefonemas a tarde inteira. As pessoas estão acusando você de... bem... de ser uma enganação.

Minha cabeça gira. Michael estava certo. As pessoas adoram ver uma celebridade, mesmo uma pequena como eu, cair em desgraça. Continuo olhando para Jade, com a mão sobre a boca.

— Stuart e Priscille querem falar com você logo cedo amanhã. Eu disse a Stuart que ia te encontrar esta noite. Achei que você preferiria ouvir a notícia de mim.

— Mas que maravilha. Foram Stuart e Priscille que começaram essa campanha para eu me abrir!

Ela acaricia minha mão.

— Eu sei, Hannabelle. Eu sei. — Jade respira fundo. — E, já que comecei, tenho mais uma notícia. Sabe o noivo de Claudia, Brian Jordan?

— Sim, o que tem?

— Ele acabou de renovar o contrato por mais dois anos com o Saints. Ouvi esta tarde na ESPN.

Fico boquiaberta.

— Mas não pode ser. Ele está sendo negociado com a equipe de Miami. A Claudia me contou.

— Ele não vai a lugar nenhum, minha linda. Nem a Claudia.

• •

Chego ao escritório de Priscille na manhã seguinte, conforme as instruções.

— Bom dia — digo atrás dela, e entro no escritório.

— Feche a porta — ela responde, sem parar de digitar no computador. Stuart está sentado de frente para a mesa dela e me oferece um cumprimento tenso com a cabeça. Eu me sento ao lado dele.

Depois de mais um minuto de batidas no teclado, Priscille vira sua cadeira, a fim de nos dar sua total atenção.

— Temos um problema, Hannah. — Ela joga o *Times-Picayune* sobre a mesa. Um artigo de Brian Moss ocupa a primeira página. A manchete é "A encenação de Hannah Farr".

Fecho os olhos.

— Ah, meu Deus. Sinto muito. Vou explicar para o meu público o que...

— De jeito nenhum — Priscille interrompe. — Vamos seguir em frente. Nada de explicações, nada de desculpas. Em uma ou duas semanas, este escândalo estará esquecido.

— Não fale sobre isso com ninguém — Stuart acrescenta. — Nem com a imprensa, nem com seus amigos. Estamos em modo de controle de danos.

— Entendi — digo.

••

Minhas mãos estão tremendo quando saio do escritório de Priscille. A caminho de meu camarim, ando com a cabeça baixa, checando o celular. Duas mensagens de texto e três chamadas perdidas. Todas de Michael.

Me liga. Logo.

Merda. Ele leu o jornal.

Fecho a porta do escritório e digito seu número, certa de que ele atenderá esta ligação.

Exato...

— Ah, Michael — digo, a voz trêmula. — Você deve ter ouvido. Estou sendo trucidada pelas minhas fãs.

— O que você fez, Hannah? Tudo aquilo pelo que trabalhamos pode ser destruído agora.

Mordo o lábio.

— Escuta, não é exatamente o Apocalipse. Stuart e Priscille sugerem que eu fique na moita por um tempo. As coisas devem esfriar em uma ou duas semanas.

— É fácil para você dizer isso — ele responde. — E eu? Não posso ficar na moita.

Eu me assusto com o tom irônico dele, mas o que eu esperava? Sempre soube que este problema o atingia mais do que a mim.

— Desculpe, Michael. Eu não pretendia que isso...

— Você estava avisada, Hannah. Eu disse que isso ia acontecer. Você não me ouviu.

E ele tem razão. Realmente me avisou. E, apesar da ira de Michael, e de meus espectadores, tomei a decisão certa. De jeito nenhum poderia ficar sentada ali e ser aclamada como uma filha generosa e compassiva quando toda aquela confusão tinha sido criada por mim.

— Vou ver você este fim de semana?

Ele demora uma fração de segundo a mais, e sei que está pesando as opções.

— Sim — responde. — Vejo você amanhã.

— Está bem. Sexta-feira, então.

Desligo o telefone e apoio os cotovelos na mesa. Finalmente acabei com as mentiras, depois de vinte anos. Então por que me sinto tão suja?

• •

O público no estúdio é pequeno hoje. Talvez seja minha imaginação, mas aqueles que vieram parecem reservados e quase hostis.

O convidado é um cirurgião-plástico cuja especialidade é remoção de tatuagens. Ele compara uma tatuagem a uma marca autoinfligida. O termo marca me faz pensar em Michael. Será que eu manchei mesmo a imagem dele? Não, de jeito nenhum. As pessoas de New Orleans confiam nele. Se Michael lhes mostrar que é capaz de perdoar minha transgressão adolescente, o amarão mais do que nunca.

Quando o programa termina e desço à plateia para a habitual conversa final, a maioria dos presentes se levanta e sai do estúdio, sem nada além de um aceno ou um sorriso rápido.

— O que acharam do dr. Jones? — pergunto, com uma voz anormalmente alegre.

Do corredor central, uma mulher se volta para mim. Há algo familiar nela. Sim, já a vi antes. Mas onde?

Ela está quase na saída quando grita em minha direção:

— Você nos perdeu, Hannah Farr! Eu só vim hoje porque já tinha comprado os ingressos. Você é uma decepção.

Levo a mão ao pescoço, com dificuldade para respirar. Vejo-a sacudir a cabeça, depois me dá as costas e sai do estúdio.

Lembro-me dela agora. É a mulher que pegou minha mão naquela noite no Broussard, com Michael e Abby. “Sou uma enorme fã sua, Hannah”, a mulher dissera, segurando meu braço. “Você me faz sorrir todas as manhãs.”

Perdi a chance. Deveria ter perguntado ao cirurgião como me livrar de minha nova tatuagem: a que mostra uma mulher com duas caras.

32

Pelo resto do dia, tento me convencer de que essa Revolta contra Hannah logo ficará para trás. Mesmo contra minha opinião, faço como Priscille e Stuart mandaram e não respondo a nenhuma das postagens ou e-mails desagradáveis. À meia-noite de quinta-feira, paro de ler as mensagens no Twitter. Os insultos são demais para mim.

Estou voltando depressa ao camarim, depois do programa sem graça da sexta-feira, quando o celular apita. Uma mensagem de texto de Priscille:

Reunião na sala de conferências agora.

Sinto um peso no coração. Isso não pode ser bom.

• •

A sala austera desperta quando acendo as luzes. Este espaço que geralmente borbulha de energia e ideias compartilhadas parece sinistro hoje, como se eu estivesse entrando em uma sala de interrogatório, à espera da chegada de um policial grosseiro que me colocará contra a parede. Eu me sento e checo meu iPhone. Finalmente, ouço os saltos de Priscille no corredor. Corrijo a postura. Onde estão os passos de Stuart? Ele sempre é incluído em nossas reuniões. Mais uma onda de medo me invade.

— Obrigada por vir, Hannah. — Priscille me dirige um sorriso tenso, depois fecha a porta e senta-se a meu lado. Não traz com ela bloco de notas, nem computador, nem mesmo sua sempre presente caneca de café.

Aperto as mãos trêmulas e forço um sorriso.

— Tudo bem. Como você está? O programa foi excelente hoje, não ach...

— Tenho más notícias. — Ela me interrompe.

Meu estômago gela. Este escândalo não será esquecido. Estou em apuros. Em grandes apuros.

— Eu sinto muito mesmo, Priscille. Vou pedir desculpas para o meu público. Posso me sair bem melhor explicando o que aconteceu. Eu era criança na época. Se eles...

Ela levanta a mão e fecha os olhos. Sinto as ferroadas de lágrimas e pisco furiosamente.

— Por favor. Por favor, só me dê um tempo.

— Tivemos uma reunião de emergência do Conselho às seis da manhã. Tentei defender você, mas no fim tive que acabar concordando. Você vai ter que sair.

Fico olhando para ela, com a visão desfocada e borrada.

— Eu os convenci a chamar a situação de "licença por prazo indeterminado". Assim vai ser mais fácil quando você se candidatar a novas posições. Ser demitida é difícil de explicar.

A faca penetra mais fundo.

— Não. Por favor! — Eu a seguro pelos braços. — Depois de todos estes anos. Um único erro...

— Não é assim que vemos. Você era o rosto, a voz das mulheres da Louisiana. Sua reputação era impecável. Todos admirávamos sua dedicação ao projeto Caminho para a Luz. Você fez inúmeros programas sobre abuso sexual, pedofilia, estupro, incesto. Mas esse, aspas, único erro, como você chama, nega tudo. E a pior parte é que você mesma armou isso, Hannah. Fez todo um show enfatizando a própria bondade, falando do homem desprezível, da mãe que a abandonou... Se não tivesse se mostrado tão cheia de julgamentos morais, falando de sua generosidade e disposição de perdoar, tenho certeza de que hoje seria mais popular do que nunca.

— Mas não fui eu, foi a Claudia. Foi ela quem disse que eu tinha sido abandonada. Foi a Claudia quem falou do homem desprezível e de minha generosidade e disposição de perdoar. Ela armou para mim! — Eu me levanto e aponto para o monitor de televisão. — Pegue a gravação do programa com Fiona. Veja por si mesma!

Se expressões pudessem falar, a de Priscille diria, "Ah, garota, sua história patética soa a desespero".

Desabo de novo na cadeira e escondo o rosto nas mãos. Claudia arquitetou como uma mestra todos os acontecimentos. Como ela fez isso? Se não a odiasse, eu a reverenciaria.

— Seja como for — Priscille diz —, suas reviravoltas soam a hipocrisia. E hipocrisia, minha cara, é algo que as pessoas não conseguem perdoar. A Claudia concordou em assumir seu lugar até encontrarmos uma substituição.

Eu me esforço para respirar. Claro que ela concordou. De algum lugar nas profundezas de minha confusão e desespero, um pensamento sobe à superfície. Talvez seja isso. Talvez eu, finalmente, esteja recebendo a humilhação e a bofetada que mereço — minha retribuição.

Priscille fala sobre o pagamento de indenização e as opções para a continuidade do plano médico, mas nada se fixa em minha cabeça. Minha mente está atordoada. Nunca fui demitida, nem mesmo daquele trabalho temporário no Popeyes Chicken, quando misturei os refrigerantes comum e diet. Mas agora, aos trinta e quatro anos, fui posta para fora, levei um pé na bunda, fui mandada embora. Passei de celebridade local a infame desempregada.

Eu me curvo na cadeira e seguro a cabeça. Sinto a mão de Priscille em minhas costas.

— Você vai ficar bem — diz. Então a ouço empurrar sua cadeira para trás.

Puxo o ar, em uma respiração trêmula e espasmódica. Volto a respirar assim.

— Q-quando é meu último programa?

Ouço o rangido da porta se abrindo.

— Foi hoje — Priscille responde, e fecha a porta.

••

Bato a porta de minha sala e me jogo no sofá. Ignoro a batida à porta e não me dou o trabalho de levantar os olhos quando ouço os passos de alguém se aproximando.

— Oi — diz Jade, e sua voz carinhosa é como pomada em minhas queimaduras. Ela afaga em círculos as minhas costas.

Finalmente me sento.

— Estou de licença. Por tempo indefinido. Ou, em termos mais claros, fui demitida.

— Você vai ficar bem — ela me diz. — Agora poderá passar um tempo com sua mãe. Tornar-se uma conhecedora de vinhos de Michigan.

Não consigo nem sorrir.

— O que vou dizer a Michael?

— Você vai confiar em si mesma — ela responde, olhando com firmeza em meus olhos. — Pela primeira vez na vida, você vai fazer o que acha que é melhor. Não o que seu pai queria. Não o que é melhor para a carreira do seu homem. Você vai fazer o que é melhor para Hannah Farr.

Esfrego as unhas no rosto.

— É, porque a última vez em que confiei em mim mesma saiu tudo tão bem, né?

• •

Levo vinte minutos para esvaziar a sala. Jade me ajuda a recolher apenas o que importa; o resto eles podem jogar no lixo. Pego meio dúzia de prêmios que estavam afixados à parede. Jade embrulha em papel toalha fotografias emolduradas de mim e Michael, além de uma foto de meu pai. Removo um punhado de itens de minha mesa e reúno os arquivos pessoais. Jade fecha a caixa com uma fita adesiva. Missão cumprida. Chega de lágrimas, chega de recordações sentimentais. Isto é, até que eu tente me despedir de Jade...

Ficamos olhando uma para a outra, sem palavras, e então ela abre os braços para mim. Entro em seu abraço e pouso a cabeça em seu ombro.

— Vou sentir falta de ver este rosto todas as manhãs — diz ela.

— Prometa que vamos continuar amigas.

Ela dá um tapinha em minhas costas e sussurra:

— Para sempre e um pouco mais.

— Está acabado para mim. Ninguém nesta área jamais vai me contratar.

— Não seja boba — Jade retruca. — Você é Hannah Farr.

Dou um passo para trás e enxugo os olhos na manga da blusa.

— A hipócrita que arruinou a vida da mãe. — Pego um lenço de papel e assoo o nariz. — Jade, a questão é que eu mereço isso. Sinto que esse golpe talvez possa finalmente equilibrar os pratos da balança.

— Foi por isso que você fez, não é?

Não sei se isso é verdade. Será que, como Dorothy, eu sentia a necessidade de uma flagelação pública? Não, sou muito reservada para isso. Só sei que o mal que produzi era grande demais para ser redimido por uma Pedra do Perdão.

Olho para a cadeira de maquiagem.

— Será bem mais fácil deixar Claudia pronta para o meu programa... o programa dela.

— É. Vai ser moleza deixar o rosto bonito. Mas vai dar trabalho tentar esconder as marcas escuras do coração dela. — Ela me dá um abraço com força e sussurra: — Tenho um repelente de vespas aqui e estou louca para ver a Claudia cheirar. — Sorri e me entrega a caixa de papelão. — Falo com você mais tarde — diz, e me manda um beijo. — Fique esperta.

• •

Caminho lentamente pelo corredor em direção ao elevador, rezando para ninguém me ver. Aperto o botão para descer e balanço a caixa sobre o quadril, como uma criança irrequieta. *Por favor, só me tire daqui.*

As portas do elevador se abrem, e eu desço para o saguão. Estou quase nas portas duplas de vidro quando ouço um dos cinco monitores de televisão na parede do saguão. Está sintonizado no jornal da WNO, como sempre. Passo por ele. Depois paro. Então volto atrás.

Na tela, vejo Michael subindo os degraus da prefeitura. Ele está de volta de Baton Rouge. Veste meu terno cinza preferido e uma gravata azul-clara que comprei para ele na Rubensteins. Carmen Matthews, uma repórter da WNO, enfia um microfone na frente dele. Noto a ruga reveladora na testa de Michael e sinto um arrepio na nuca.

— Somos bons amigos há mais de um ano — diz ele. — Ela é uma pessoa muito decente.

Meu coração bate acelerado. Estão falando de mim? Eu sou a boa amiga, a pessoa decente a que ele se refere?

— Então o senhor sabe sobre o passado dela, que ela acusou falsamente um homem de estupro?

O susto me deixa boquiaberta.

Michael franze as sobrancelhas.

— Não me parece que tenha havido nenhuma denúncia formal.

— Mas ela caluniou um homem. Ele perdeu o emprego por causa dela. O senhor tinha conhecimento disso?

Olho fixamente para a tela. Vamos lá, Michael, diga a ela. Use o poder de seu discurso. Ele pode mudar tudo. Diga a ela, e à cidade de New Orleans, que venho sofrendo com isso há anos, que, contra os seus conselhos, insisti em abrir o jogo, embora não tenha certeza se estava mesmo errada! Por favor, diga a eles que não sou um monstro, que eu era só uma criança.

Ele olha para a repórter.

— Eu sabia que ela havia brigado com a mãe. Mas, não, não tinha ideia de que tinha inventado essa falsa alegação.

Mentiroso. Maldito mentiroso. Não foi uma falsa alegação! Era a minha verdade, e você sabe como isso vem me atormentando.

— Que impacto isso tem sobre seu relacionamento futuro?

Michael parece autoconfiante e seguro, como sempre. Mas eu o conheço. Vejo o modo como os lábios estão crispados, a cabeça inclinada. Está pesando rapidamente, mas com cuidado, as consequências de suas opções, antes de escolher as palavras.

— Dou muito valor à sinceridade. Sem dúvida, houve uma quebra de confiança.

Meu mundo escurece.

— Imbecil. Seu imbecil covarde.

— Hannah Farr é muito minha amiga. Você nos viu juntos em eventos sociais e de arrecadação de fundos. Mas estou sabendo desses detalhes do passado de Hannah junto com todo mundo. — Ele levanta um dedo e fala deliberadamente, pronunciando bem cada palavra: — Quero deixar algo bem claro: o que ela fez ou deixou de fazer no passado é responsabilidade dela, não minha.

A caixa de papelão desliza de meu quadril e desaba no chão.

33

Cambaleio para fora do prédio, com toda a minha carreira enfiada dentro de uma caixa de papelão. As nuvens no alto giram e se agitam. Dobro a esquina da St. Philip Street e colido com uma rajada de vento. Mas não dou meia-volta. Em vez disso, baixo o rosto, desafiando o vento, apreciando a falta de ar momentânea. Então lembro que há pessoas que se cortam em desespero, simplesmente para se sentir vivas. E, pela primeira vez, quase entendo. O vazio é pior que a dor.

É hora do almoço, e os profissionais bem-vestidos de New Orleans, juntamente com as usuais multidões de turistas, estão saindo para comer sob guarda-chuvas pretos. Eles vão se encontrar com clientes, fazer network, desfrutar a cidade, coisas que fiz ontem mesmo.

O céu começa a despejar sua água quando me dirijo para leste, e as gotas pesadas de chuva caem sobre a caixa incômoda. Por que é que resolvi vir de bonde hoje? Devia ter percebido que seria demitida. Devia ter vindo de carro. Vejo um táxi vindo em minha direção, mas não posso levantar o braço, com medo de derrubar a maldita caixa. O táxi passa, lançando respingos de lama em meu casaco cáqui.

— Imbecil!

Penso em Michael, o verdadeiro imbecil, e espumo de raiva. Como ele pôde ter me traído desse jeito? Meus braços doem. Calculo rapidamente a caminhada: mais doze quarteirões até a parada do bonde, mais um quarteirão depois que eu descer dele. Tudo isso carregando esta maldita caixa, como se eu fosse uma andarilha.

Do outro lado da rua, logo entrando no Louis Armstrong Park, avisto uma lata de lixo. Antes de ter tempo de refletir, saio da calçada e aterrisso até o tornozelo em uma poça. A caixa se desequilibra, e estou fazendo um malabarismo para segurá-la quando um Mercedes dobra a esquina e quase me atropela.

— Merda! — Apoio a caixa encharcada no quadril e consigo atravessar a rua em um trote desengonçado.

O parque parece melancólico e abandonado hoje, do mesmo jeito que eu me sinto. Afixado a uma cerca de madeira, logo acima da lata de lixo, vejo um aviso me comunicando que é ilegal descartar itens pessoais ali. Ser presa não seria o coroamento perfeito para o meu dia? Equilibro a caixa molhada na borda da lata de lixo e reviro o conteúdo. A chuva escorre em cascatas de meus cabelos e cílios. Tento afastar a água do rosto com o ombro, mas novas gotas reaparecem instantaneamente. Meus dedos passam por pastas e pesos de papel, prêmios emoldurados e calendários de mesa, e, por fim, pousam em algo duro e liso. Sim! Eu o puxo de dentro da caixa e removo o envoltório de papel. Olho para a foto em que Michael e eu estamos velejando no Pontchartrain Lake, sorrindo para a câmera como o casal feliz que achei que fôssemos. Livro-me dela, atirando-a no cavernoso tanque de metal, e sinto um prazer enorme quando ela atinge o fundo, emitindo o som de vidro quebrado.

Por fim, encontro a fotografia que estava procurando, onde estamos meu pai e eu, tirada no Prêmio da Associação de Críticos, poucos meses antes de ele morrer. Ele voara de Los Angeles para me acompanhar. Examino o retrato, enquanto gotas se acumulam sobre o vidro. Sim, o nariz dele está vermelho e os olhos vidrados. Sim, ele tinha bebido demais e fez papel de bobo. Mas é meu pai. Eu o amo. O homem mais forte, e mais perdido, que já conheci. E por mais disfuncional que fosse seu jeito de amar, ele me amava, sua egoisticamente generosa filha.

Minhas lágrimas salgadas se misturam com a chuva. Coloco a foto dentro da bolsa e procuro um último item na caixa, minha caneta-tinteiro Caran d'Ache, de edição limitada, aquela que Michael me deu de presente quando meu programa ficou em segundo lugar na Premiação de Imprensa da Louisiana. Na época em que todos achavam que eu era a jovem e dinâmica estrela em ascensão.

Guardo a caneta no bolso do casaco e despejo o resto do conteúdo na lata de lixo, juntamente com a caixa de papelão.

— Boa viagem — digo. A tampa cai com um som estridente de metal.

Mais leve agora, continuo pela Rampart Street. À minha frente, vejo um casal de adolescentes. O garoto, de cabelos escuros, segura um guarda-chuva preto sobre eles com uma das mãos e enfia a outra no bolso de trás do jeans apertado da namorada. Eu me pergunto como ele conseguirá tirá-la de lá. Deve doer, espremido naquele quadradinho minúsculo, o brim cortando seus dedos roliços. Será que eles não percebem como estão ridículos, com aquela mãozona dele apertando o traseiro dela? Mas que importa para eles? São jovens e acham que estão apaixonados. Ela não sabe que vai chegar um momento em que ele vai traí-la. Passará por um monitor de tevê e o ouvirá tirar o corpo fora, como se ela não fosse mais do que um eletrodoméstico com defeito.

Acelero o passo e sigo o casal pela Canal Street. Um sem-teto está sentado na calçada de concreto molhada, diante de uma farmácia Walgreens. Há um plástico cobrindo suas pernas. Ele olha o casal a minha frente e levanta um copo de isopor sujo.

— Deus os abençoe — diz, estendendo o copo.

— Que porra é essa? — o garoto fala enquanto passa. — Até meu cachorro sabe que não deve sair de casa na chuva.

A menina ri e dá um soquinho no braço dele.

— Você é tão mau!

— Deus a abençoe — o homem repete ao me ver passar, com o copo sujo estendido.

Faço um cumprimento rápido com a cabeça e volto a atenção para o elegante Ritz-Carlton, do outro lado da rua. Já estou quase no ponto do bonde quando paro. Viro de repente, colidindo com uma mulher de dreadlocks.

— Desculpe — digo.

Desvio por entre corpos, como um peixe desesperado para subir rio acima. Movo-me depressa e, acidentalmente, piso na parte de trás do tênis de alguém. A moça me xinga, mas não me importo. Preciso alcançar aquele homem. Estou a meio quarteirão de distância quando nossos olhares se encontram. Reduzo o passo.

Seus olhos se arredondam à medida que me aproximo, como se ele tivesse medo de mim. Será que pensa que estou voltando para humilhá-lo? Será que a crueldade se tornou rotina para ele?

Paro ao lado dele e me agacho. Os olhos são remelentos e, de perto, vejo migalhas na barba desgrenhada. Tiro a caneta-tinteiro do bolso do casaco e a coloco em seu copo.

— Leve isso a uma loja de penhores — digo. — É ouro cor-de-rosa, dezoito quilates. Não aceite menos de três mil por ela.

Eu me levanto, sem esperar resposta, e me misturo novamente ao fluxo anônimo de pessoas.

34

Passa das sete quando o interfone toca. Embora venha ensaiando este momento a tarde inteira, meu coração dá um pulo. Abro para Michael subir e fico em pé ao lado da porta aberta, com as mãos nos quadris. O que ele pode dizer para justificar o que fez? Nada! Eu me recuso a deixar que me manipule. Não vou permitir que tente me enrolar no meio de toda essa humilhação.

Ouço o ruído do elevador e vejo as portas se abrirem. Em vez de Michael, é Jade quem sai, usando calça de ginástica e um moletom de capuz cor-de-rosa.

— Oi! — digo, sentindo um sorriso sincero iluminar meu rosto pela primeira vez no dia.

Ela me dá um abraço. Os cabelos escuros estão presos em um rabo de cavalo e nem um pingo de maquiagem mascara a pele lisa, cor de caramelo. Ela carrega uma sacola de supermercado.

— O Marcus apareceu para assistir a um jogo de beisebol com Devon. Achei que você ia gostar de companhia. — Levanta o pacote. — Sorvete de caramelo salgado.

— Eu adoro você — digo, e a puxo para dentro do apartamento.

Antes que eu tenha tempo de lhe contar que estou de saída, o interfone toca outra vez.

— É o Michael — digo, liberando a porta para ele subir. — Combinamos de sair para jantar. — Conto-lhe rapidamente sobre o noticiário.

— Ele é um sacana. Percebi isso uns oito meses atrás, quando parou de falar de vocês no tempo futuro.

— É mesmo? Por que não me disse nada?

— Uma garota tem que descobrir essas coisas por si mesma. Assim como eu tenho que tomar minhas próprias decisões sobre o Marcus.

Respiro fundo. Ela tem razão. Não posso lhe dizer o que fazer da vida, por mais que minha opinião seja forte. Só posso rezar para que ela tome a decisão certa para ela e Devon.

Ela põe o sorvete no freezer.

— Vou deixar aqui para você.

— Não vá embora — peço. — Fique por aqui enquanto eu estiver fora. Confie em mim, não vou chegar tarde.

— Tem certeza de que não se importa? Eu queria mesmo evitar o Babacão-Mor esta noite. Ele anda pondo pressão total em cima de mim.

Sorrio.

— Faço questão. Fique à vontade. O controle remoto está na mesinha de centro e o computador está no quarto.

— Obrigada. Vou me esconder lá até você sair. Boa sorte.

Ela segue para o corredor, entra no quarto e fecha a porta. Enquanto isso, me reposiciono diante da porta aberta, como antes. Desta vez, quando o elevador para, quem sai é Michael, ainda usando o terno cinza e a gravata azul-clara. Droga. Como ele consegue parecer tão perfeito mesmo depois da tempestade de hoje? Levo a mão ao cabelo, ciente de que já deveria ter retocado os reflexos há duas semanas. Sinto-o sem forma e pegajoso, a combinação infeliz dos cremes para pentear e a chuva que tomei.

Ele me vê e sorri, mas mantenho meu olhar gelado. Estou prestes a me voltar para a sala quando outra pessoa sai do elevador. O que é isso? Olho para Michael, boquiaberta, mas ele não me encara. O covarde trouxe a filha de dezessete anos como escudo.

— Achei que poderíamos pedir o jantar aqui mesmo — diz Michael. — O tempo está horrível lá fora.

Aperto a boca e o fito furiosamente, mas ele continua sem olhar para mim.

— Quero sair hoje — respondo, sentindo o coração trepidando no peito. — A menos, claro, que você não queira ser visto comigo.

Ele me lança um sorriso nervoso, depois se volta para Abby, como para garantir que eu tenha percebido a presença dela.

Franzo a testa para ele e saio de lado, vendo Abby caminhar para meu apartamento com a atenção fixa no celular enquanto digita. Passa pela porta diante de mim sem nem me cumprimentar.

— Oi, Abby — digo. O que tenho vontade de falar é: *Largue essa porcaria de telefone, me cumprimente, depois peça licença e fique esperando no saguão pelas próximas duas horas, para eu poder dizer tudo o que estou pensando para o seu pai.*

— Oi — ela murmura, passando direto para a minha cozinha. Finalmente tira os olhos do celular ao avistar o pão crocante de maçã que fiz mais cedo. Vejo os olhos dela brilharem por uma fração de segundo antes de ela perceber que está admirando algo criado por mim. Ela volta a digitar.

— Quer um pedaço? — pergunto, deliberadamente ignorando Michael, que está olhando meus vinhos em busca de uma garrafa de tinto, como se esta noite fosse apenas mais um encontro casual. — Ainda está quente.

Ela examina o pão e dá de ombros.

— Pode ser.

Ela diz isso como se estivesse me fazendo um favor, e fico tentada a lhe dizer que não se preocupe, que não ligo a mínima se ela quer ou não meu pão, ou a minha amizade. Mas isso não é verdade. E tenho certeza de que ela sabe que não é.

Eu me volto para pegar a manteiga. Atrás de mim, ouço uma gaveta se abrir. Quando pego a embalagem e volto ao balcão, Abby já arrancou um pedaço do pão, usando uma faca de manteiga sem corte. Droga! Minha obra de arte retangular agora está rasgada e torta.

Abby me observa, e posso jurar que está esperando uma reação.

— Manteiga? — pergunto, com falsa animação, segurando o prato na frente dela. Ela mergulha a faca no meio da barra, espalha o creme no pão, mastiga e engole com uma expressão indiferente.

Esforço-me para controlar a respiração. *Ela é só uma criança*, repito para mim mesma.

Abro uma garrafa de água mineral e lhe entrego, com seu canudo em espiral preferido. Michael abre um shiraz australiano. Por uma fração de segundo, penso em RJ e no que eu daria para compartilhar uma garrafa de vinho com ele esta noite. Ou será que ele também ficaria horrorizado com minha confissão?

Nós três passamos para a sala de estar. Do lado de fora, uma sombra preta e azulada tomou conta do céu, e a chuva bate em minha vidraça.

Em vez de me sentar com Michael no sofá, eu me acomodo em uma poltrona e cruzo os braços sobre o peito. Abby senta-se no tapete, as costas apoiadas na mesinha de centro. Vira para trás e larga a garrafa de água sobre minha mesa de mogno, ignorando o descanso de copos bem à vista. Depois de limpar as mãos engorduradas de manteiga no tapete, pega o controle remoto e percorre os canais da tevê, decidindo-se, por fim, por um reality show em uma casa cheia de modelos.

Olho para a tela da televisão sem de fato ver nada, com a raiva crescendo a cada minuto que passa. Preciso desabafar. Preciso dizer a Michael como estou magoada pela resposta dele à repórter, como me sinto traída. Por fim, não consigo mais aguentar. Viro a poltrona para ficar de frente para ele.

— Como você pôde? — pergunto, fazendo um esforço para manter a voz estável e baixa.

Ele indica a filha com um gesto de cabeça, como para me lembrar de que não estamos sozinhos. Será que pensa mesmo que esqueci? Minha pressão sobe e me recuso a desviar o olhar.

— Por quê? — insisto.

Ele sacode a cabeça e sussurra.

— Fiquei sem saída.

— O cacete — digo em voz alta. Abby se vira. Eu olho para ela de cara feia até que se volte de novo para a TV, zangada demais para me preocupar se estou sendo boazinha ou não.

Michael bate as mãos nas coxas.

— Que tal pedirmos o jantar, meninas? Estou morrendo de fome.

— Não — digo, ao mesmo tempo em que Abby concorda.

Michael franze a testa para mim, hesita um momento, depois acrescenta:

— Está bem, então. Abby, vamos indo.

Fico olhando, abismada, enquanto os dois se levantam e se movem em uníssono em direção ao hall de entrada. Estão indo embora. Não. Ele não pode ir. Ele me deve uma merda de uma explicação!

— Por que você não me defendeu, Michael? — digo, correndo atrás dele pela cozinha.

Ele chega ao balcão e vira para trás, com o primeiro indício de hostilidade cintilando nos olhos.

— Vamos conversar sobre isso depois, Hannah.

Seu tom paternal me enfurece. Atrás dele, avisto Abby. A mensagem em seu sorrisinho é clara: *Você perdeu.*

Ah, mas não mesmo. Esta briga está só esquentando, garotinha.

— Não — respondo a Michael. — Vamos conversar sobre isso agora. Eu preciso de respostas. Preciso saber por que você me jogou na fogueira, por que fingiu que não sabia sobre o meu passado, por que agiu como se eu não fosse nada além de uma amiga.

— Humm, talvez porque seja isso que você é — Abby murmura.

Eu me viro para ela, com a adrenalina correndo pelas veias. Antes de ter tempo de abrir a boca, Michael intervém:

— Querida, você poderia descer até o saguão, por favor? Eu encontro você lá em um minuto.

Um minuto? Ele está me dando sessenta malditos segundos para desabafar? Vai se ferrar.

No momento em que Abby sai e bate a porta, Michael se põe diante de mim.

— Nunca mais fale assim comigo na frente da minha filha!

Cerro os dentes, louca de vontade de soltar o verbo sobre a filha desrespeitosa, egoísta e mal-educada que ele tem, mas não posso deixar que ele me desvie do assunto. Finjo não me afetar com sua atípica explosão de raiva.

— Responda à minha pergunta, Michael — digo, lutando para permanecer calma, apesar do ritmo acelerado de meu coração. — Eu passo por uma televisão esta manhã e ouço você dizendo para a cidade inteira que sou sua amiga, que preciso ser responsabilizada pelos meus erros. Nenhuma tentativa de apagar o fogo? Não, você só jogou mais lenha na fogueira!

Ele passa a mão pelo rosto e solta um suspiro.

— É uma situação complicada. Se eu me candidatar ao Senado...

— Que se dane o Senado! Eu sou sua namorada, droga. Você sabe como foi humilhante ouvir você me chamar de "uma pessoa decente"? Uma "boa amiga"?

Ele ergue os ombros.

— Não é nada pessoal, meu bem.

— Pois deveria ser! Você poderia ter me salvado, Michael. Tem poder para isso. Por que não o usou?

Ele mexe na abotoadura.

— A decisão não era só minha. Bill Patton tinha opiniões fortes a respeito.

Eu abro a boca, surpresa.

— O quê? Você perguntou a seu chefe de campanha como deveria reagir?

— Meu bem — ele diz, e estende a mão para tocar meu braço. Eu me afasto.

— Não me toque!

— Escuta, Hannah. O Bill me ligou uma hora depois que o programa foi ao ar. Ele sabia que teríamos de lidar com isso. — Ele me segura pelos braços e me olha de frente. — Eu disse para você não remexer o passado, não disse? Sabia que sua vida ia virar um inferno por isso. E agora você está me culpando por não te proteger.

Desvio os olhos. É verdade. Ele tem razão. Ele me avisou e eu não ouvi. Como Michael previra, minhas ações puseram a carreira de ambos em risco. Solto o ar e, com ele, os últimos vestígios de minha raiva.

— O que eu faço agora? Não tenho emprego. Todos nesta cidade me odeiam.

Ele afrouxa a pressão das mãos e acaricia meus braços.

— Mas, em outros lugares, você é uma mercadoria valiosa. Vai ficar inundada de oportunidades, anote o que estou dizendo. Fique na moita por enquanto. Em seis meses, um ano, a cidade já terá esquecido tudo sobre esse escândalo. E eu também.

Meu coração começa a amolecer. Ele está cuidando de mim.

— Venha aqui, amor — ele sussurra e abre os braços.

Espero uns bons cinco segundos antes de aceitá-los. Sei que não deveria ter cedido tão facilmente. Mas quero apenas me sentir amada. Minha cabeça se apoia no peito dele.

— Ah, querida, você vai ficar bem. — Ele acaricia minha nuca. — Vai ficar mais do que bem. Vai superar tudo isso, tenho certeza. E, pense, não terá mais o Stuart para enfrentar. — Ele se inclina para trás e me olha com um sorriso sexy brincando nos lábios. — Ou sua nêmesis, Claudia Campbell.

Reprimo um sorriso e recuo. Não posso deixar que ele me manipule.

— Perdi meu plano de saúde. O que eles ofereceram custa uma fortuna.

— É por pouco tempo. Melhor engolir e pagar.

— Com o quê? Estou desempregada. Não tenho salário. — Nós dois sabemos que não é bem verdade. Desde a morte de meu pai, tenho bastante dinheiro. Felizmente, Michael tem tato suficiente para não mencionar isso agora.

Ele concorda num gesto de cabeça, pensativo.

— Não se preocupe. Sei que não é muito, mas vou pagar seu seguro. — Ele segura meu rosto e beija minha testa. — Isso eu posso fazer por você.

Meu coração vacila. Não. Não é só *isso* que ele pode fazer por mim. Há mais uma coisa que poderia fazer. Algo maior e muito mais significativo.

Uma voz dentro de mim grita, *Agora! Diga agora!*

Dou um passo para trás e me forço a olhar diretamente nos olhos azuis dele.

— Você poderia se casar comigo, Michael. Então eu faria parte do seu seguro.

As mãos dele tombam ao lado do corpo, e ele ri, um riso espasmódico e nervoso.

— É, não posso dizer que não seja verdade. E, se eu fosse uma pessoa dada a agir por impulso, talvez simplesmente aceitasse sua proposta. — Toca com o dedo indicador a ponta de meu nariz. — Sorte a sua que eu não tomo decisões sob pressão.

— Pressão? Nós estamos juntos há quase dois anos! Lembra o último verão, quando estávamos em Santa Barbara? Você disse que era só questão de tempo. Prometeu que, um dia, eu seria sua esposa. — Sinto as lágrimas prestes a escorrer e pisco para afastá-las. Eu me recuso a ficar emotiva. Preciso seguir em frente antes de perder a coragem. — Quando, Michael? Quando você vai cumprir sua promessa?

O ar entre nós fica tenso. Ele mordisca o interior da boca, olhando para o chão de ladrilhos. Respira fundo. E bem quando acho que está prestes a falar, ouço a porta se abrir.

— Vamos, papai. Vamos embora.

Merda! Abby não poderia ter chegado em hora pior. O rosto de Michael se enche de alívio quando ela entra na cozinha. Ele sorri para a filha salvadora e alisa seus cabelos loiros.

— Vamos, querida.

Todo afeto some de seu rosto quando se volta para mim.

— Ligo para você mais tarde — diz, e caminha para a porta.

Minha visão se embaça. Ele está indo embora? Mas eu ainda não estou mais perto das respostas do que estava antes.

— Volte lá para baixo, Abby — digo.

Abby gira sobre os calcanhares, com a cabeça inclinada.

— Como é?

Passo na frente de Michael e vou até a porta.

— Vá. Por favor — repito, com o coração aos pulos enquanto abro a porta. — Seu pai e eu ainda não terminamos nossa conversa.

Ela olha para o pai, esperando uma contestação, ou talvez proteção. Ele hesita por um instante e então pousa a mão no ombro de Abby.

— Agora não é o momento — ele me diz, com a voz muito baixa. — Eu disse que ligo para você mais tarde.

Faz um sinal para Abby, e ela segue em direção à porta.

— Agora *é* o momento — falo com a voz forte e firme, o que não é habitual. É como se alguém tivesse se apossado de meu corpo, alguém capaz, determinado e autoconfiante. — Você quer se casar comigo, Michael?

Abby emite um muxoxo de desprezo e murmura alguma coisa sobre eu não ter amor-próprio. Michael me lança um olhar irritado, e seu rosto é a expressão do desprezo. Ele dá uma batidinha no ombro de Abby.

— Vamos, querida. Vamos embora.

Eles passam na minha frente, saindo de meu apartamento. Eu deveria deixá-los ir. Já disse o suficiente. Mas não consigo. A flecha já saiu do arco. Vou atrás deles, com a voz mais alta e aguda agora.

— Qual é o problema, Michael? Por que não pode me responder?

Ele não olha para trás. De algum lugar atrás de mim, ouço uma porta se abrir. Ou é a sra. Peterson ou Jade, e imagino duas reações muito diferentes. A velha senhora estará balançando a cabeça e reprovando minha explosão. Mas Jade? Ela estará me estimulando e fazendo uma dancinha feliz. Canalizo a energia dela e sigo Michael até o elevador.

— Um simples sim ou não — falo. — Apenas me responda.

Abby aperta o botão.

— Alguém está precisando tomar seu remedinho...

— Fica quieta, Abby.

Ela pega o celular, sem dúvida para mandar uma mensagem sobre aquela cena para as amigas. Em uma fração de segundo, decido partir para o tudo ou nada.

— Quer algo para fofocar, querida? Pois eu vou lhe dar uma coisa que vai valer a pena. — Agarro a manga do terno do pai dela. — Você pretende se casar comigo um dia, Michael? Ou será que só gosta do sexo?

Abby arregala os olhos. O olhar de Michael é cortante, um gelo azulado, seco como aço. Um músculo de sua mandíbula se tensiona, mas não diz nada. Não precisa. A porta do elevador se abre. Abby e Michael entram.

Fico parada diante do elevador aberto, com a respiração espasmódica e irregular. O que eu fiz? Será que devo entrar com eles? Devo tentar voltar atrás? Implorar perdão? Agir como se tivesse sido uma brincadeira?

Michael aperta o botão.

— Então é isso? Você está indo embora?

Ele olha através de mim, como se eu fosse invisível. As portas do elevador começam a se fechar.

— Seu maldito covarde — digo. — Já vai tarde.

Logo antes de as portas se juntarem, avisto o rosto de Abby. Ela está sorrindo, como se tivesse vencido a disputa. Minha raiva cresce, atingindo o pico. Eu a deixo fluir, intensa e forte, a última cena culminante de uma ópera.

— E isso vale para você também, sua pirralha!

35

— Vamos lá, lindinha, desembucha. Preciso dos detalhes. — Jade senta sobre o balcão da cozinha enquanto eu ando em círculos, batendo o punho na testa.

— Droga, droga! Merda! Não posso acreditar que fiz isso. No intervalo de quarenta e oito horas, joguei fora dois empregos e um namorado. Adeus, superconforto. Olá, superdesastre.

Pego uma garrafa de vinho aberta no balcão e puxo outra taça do armário.

— Foi como se eu estivesse... fora de controle. Não conseguia parar de apunhalar e golpear.

— Eu sei. Eu ouvi. Não estava acreditando que era você, Hannabelle. Tive que dar uma espiada, testemunhar com meus próprios olhos. Você foi fantástica!

Sinto minha raiva se dissipando, enquanto a humilhação e o desgosto em relação a mim mesma assumem rapidamente o lugar. Cubro o rosto com as mãos.

— O que foi que eu fiz, Jade? Estraguei tudo. O Michael nunca mais vai falar comigo. — Sou tomada de pânico no mesmo instante. Pego o celular e digito freneticamente uma mensagem para ele. Antes que eu tenha tempo de enviar, Jade pula do balcão e tira o telefone das minhas mãos.

— Para com isso! Menina, você seguiu seus instintos, e seus instintos estavam certos. Você anda insatisfeita há meses. Confie em mim, se ele quiser você, vai voltar.

— Não. Ultrapassei os limites. Preciso me explicar. Devo um pedido de desculpas a ele. E a Abby também. Como pude dizer aquelas coisas na frente da Abby? — Fecho os olhos, tentando conter uma onda de náusea.

Jade me segura pelos ombros.

— Você está culpando a vítima, exatamente como me acusa de fazer. Vá com calma, Hannah. Já estava mais do que na hora de vocês terem essa conversa. Você tinha todo o direito de querer respostas.

— Mas o jeito como fiz foi totalmente errado. Você devia ter ouvido o modo como falei com a Abby.

— Ah, eu ouvi muito bem. Aquela pentelhinha estava precisando de um tapa na cara há muito tempo, assim como o pai dela. Então pare com essa história de culpa.

Estico o braço para pegar o telefone, mas ela o deixa cair dentro de seu moletom.

— Não vou deixar você ter uma recaída.Seu discurso não foi dos melhores. Concordo. Mas a questão é que finalmente resolveu pôr os pingos nos is. Você teve a coragem de perguntar a ele o que estava desesperada para saber.

Suspiro.

— E recebi a resposta que mais temia.

Ela sorri e fala baixinho:

—Você pôs a casa abaixo, lindinha.

— O quê?

— Pôs a casa abaixo — repete. — Entrou com tudo, como um serial killer que arrasa com tudo antes de apontar a arma para si. Você passou do ponto sem volta.

— Que ótimo. Então agora estou sendo comparada a um serial killer. — Eu me apoio na geladeira e massageio a testa. — Mas tem uma coisa que você disse e é verdade. Eu realmente apontei a arma para mim.

Ela se aproxima, as pupilas negro-azuladas focadas como um laser.

— As pessoas põem a casa abaixo por uma razão, Hannabelle. É um movimento calculado. Querem garantir que não haja volta.

Enrijeço o corpo. É verdade que eu estava frustrada com o relacionamento, mas não estava pronta para cortar os vínculos. Ou estava?

— Você acha que eu *queria* arruinar meu relacionamento?

Os cantos da boca de Jade se curvam em um sorriso.

— Você está diferente desde que voltou de Michigan. — Ela ajeita um cacho despenteado em meus cabelos. — Olhe para você. Parece que tirou férias da Terra da Perfeição.

Coloco a mecha atrás da orelha.

— Talvez agora não seja o melhor momento para você me dizer que estou horrível.

— Está tudo bem — ela me tranquiliza. — Você tem sua mãe agora, e ela te ama. — Jade sorri para mim. — E aquele cara da vinícola... JR... RJ... sei lá. Seus olhos se alegram quando você fala dele.

Sacudo a cabeça.

— Não vai dar em nada. Sim, ele pareceu uma ótima pessoa. Mas eu mal o conheço. E ele não me conhece. Ficaria tão decepcionado quanto os outros se soubesse a fraude que eu era.

— *Era*. Essa é a palavra. Não é mais. E, se ele é tão decente quanto você diz, não vai se importar com o que a Hannah de treze anos fez.

— Não adianta. Ele está a quase dois mil quilômetros de distância.

Ela levanta as mãos e olha em volta.

— Quase dois mil quilômetros de distância do quê?

36

São três horas da manhã quando pulo da cama, com o coração batendo como um tambor. Abro a porta balcão e colido com uma parede de calor de vinte e sete graus e uma umidade na casa dos noventa por cento. Cambaleio para o terraço e inspiro o ar, mas é como respirar pudim. Minha camisola gruda no peito, e eu me seguro à grade da varanda, tentando estabilizar os batimentos erráticos de meu coração. Estou tendo um ataque cardíaco. Não consigo respirar! Deus, me ajude.

Isso vai passar. Sempre passa.

Faz seis dias que apresentei meu último programa e, desde então, não dormi nem uma noite inteira. Fiona e suas malditas pedras! Despi minha armadura e, em vez da aceitação que ela prometeu, fui rejeitada. Por Michael. Por meu público. Por meus patrões.

Quero voltar à vida que tinha uma semana atrás. Sei que ela não era perfeita, mas era muito mais fácil do que este lugar solitário de incertezas. Estou em negação, percebo isso. Em minhas fantasias, imagino Michael telefonando — ou, melhor ainda, surgindo à porta — para pedir desculpas. Ele me diz que estava errado e que respeita minha decisão de confessar. Ou, em uma versão muito íntima, guardada no fundo de minha alma, ele me diz que pensou bem, que me ama e quer se casar comigo.

Mas então eu lembro. Pus a casa abaixo.

Penso em Dorothy e na confusão que eu causei na vida dela. Malditas pedras!

Sem um momento para reconsiderar, voo para dentro do apartamento e pego o celular. Remexo a gaveta da escrivaninha até encontrar o cartão de visita que estou procurando.

Minhas mãos tremem enquanto digito os números. Não me importo que seja tarde da noite. Ela está em sua turnê chique, ganhando milhões.

"Aqui é Fiona Knowles. Por favor, deixe seu recado."

Toda raiva e tristeza represadas descem sobre mim e, uma vez mais, sou a menina da Academia Bloomfield. Exceto que, desta vez, encontrei minha voz. Seguro o telefone com tanta força que as unhas chegam a machucar a palma da mão.

— É Hannah Farr. Eu estava pensando, Fiona, você acredita mesmo nestas pedras? Porque eu acho que elas são um lixo. Perdi meu emprego, meu namorado, minhas fãs. Minha amiga querida perdeu sua amiga da vida inteira. E você está aí, promovendo essa corrente do perdão como se fosse uma poção mágica que pode varrer todos os pecados e tristezas. E isso é conversa fiada. Não acontece. Às vezes, um "me desculpe" não é suficiente. — Comprimo o telefone, com plena consciência de que estou pondo outra casa abaixo. — Aquilo que você me fez no colégio? Não foi só a mim que machucou.

Cerro os olhos.

— Você destruiu minha família.

Ela não vai saber do que estou falando, mas é verdade. Fiona Knowles devastou meu mundo. Duas vezes.

• •

Fico deitada no banco de ferro da varanda, olhando para o céu, até que os primeiros tons de vermelho surjam a leste. Então pego o telefone e ligo para minha mãe.

— Bom dia, meu amor.

Minha garganta se fecha momentaneamente, como sempre acontece quando falo com ela agora.

— Oi, mamãe. Como estão as coisas?

— Sabe aquele resfriado que contei? O Bob não consegue se livrar dele. Mas está de bom humor. Ficou muito bem no centro para idosos ontem. E, na noite passada, comeu um cachorro-quente inteiro.

— Fico contente por ele estar melhorando. — Eu me repreendo em silêncio. Não quero lhe dar falsas esperanças. Ele pode se recuperar desse resfriado, mas sua mente só vai deteriorar.

— E você, querida? As coisas estão melhores?

Fecho os olhos.

— Não. Essa noite liguei para Fiona Knowles e deixei um recado irritado na caixa postal dela. Estou me sentindo péssima por isso agora.

— Você está com a cabeça cheia. Não está sendo você mesma.

— Quer saber? O triste é que acho que finalmente sou eu mesma. E, mesmo assim, continuo decepcionando.

— Ah, querida, vai se sentir melhor quando voltar a trabalhar. Tenho certeza que é só uma questão de tempo até a WNO te chamar de volta da licença.

Certo. E Michael vai largar a política e se casar comigo e teremos uma dúzia de filhos. Suspiro, lembrando que esse é o jeito dela, sempre tentando ser positiva.

— Obrigada, mamãe, mas isso não vai acontecer. Lembre-se de que eu lhe disse que só estão chamando de licença. Na verdade, fui demitida.

— Precisa de dinheiro até encontrar outro emprego? Eu posso...

— Não. De jeito nenhum. Mas obrigada. — Sinto um aperto no peito. Minha mãe, que limpa casas, está me oferecendo dinheiro. Ela não sabe que eu poderia ficar desempregada por uma década, ou mais, antes de meu dinheiro acabar, graças à herança de meu pai... e ao acordo de divórcio esperto que ele fez anos atrás, quando deixou sua ex-esposa sem um tostão.

— Quero que você lembre — diz ela — que, se as coisas não derem certo, você sempre pode vir para casa.

Casa. A casa dela. A oferta é feita com cuidado, como se estivesse convidando um garoto para sair e tivesse medo de ele dizer não. Aperto a testa e meneio a cabeça.

— Obrigada, mamãe.

— Eu adoraria — diz. — Mas sei como você se sente sobre este lugar.

Eu a imagino agora, em sua cozinha impecável, com os gabinetes de carvalho feitos à mão. Na sala ao lado, Bob está sentado na poltrona reclinável, trabalhando em seu jogo de encaixe. O lugar cheira a madeira, desinfetante de limão e café da manhã. Ela provavelmente está olhando pela janela da cozinha para um par de gansos no lago. Talvez veja Tracy, sua vizinha, pendurando lençóis no varal. Elas acenam uma para a outra e, mais tarde, Tracy vai vir com o bebê para se sentar e conversar um pouco.

Comparo isso a meu pequeno mundo, aqui neste belo apartamento que não me faz ter uma noite de sono, onde a única foto de família é a de meu pai, que não está mais vivo.

Como fui arrogante ao julgar a vida dela.

— Eu estava errada — digo. — Você tem uma boa casa, mamãe, uma boa vida.

— Acho que sim. Graças à minha estrela da sorte, especialmente agora que tenho você.

Que lição ela é. Passo a mão pelo pescoço.

— Preciso deixar você ir para o trabalho. Obrigada por... — Eu começo a enunciar *lição* que acaba de me dar, mas, ao contrário de meu pai, ela não me deu nenhuma. — Obrigada por estar presente. Sério.

— Quando precisar, querida. Dia ou noite.

Desligo o telefone. Dirijo-me à mesa e pego o calendário. Exceto por uma consulta no dentista daqui a três semanas, todos os espaços estão vazios. Como Jade sugeriu naquela noite, o que é que me prende aqui?

37

Sexta-feira à tarde, o Paris Parker Salon está movimentado, cheio de meninas bonitas. É o Début des Jeunes Filles de la Nouvelle Orléans, o baile de debutantes de sessenta e cinco jovens. Esta noite, elas serão apresentadas à alta sociedade. Relacionamentos vão se formar e, um dia, se transformarão em noivados e, mais tarde, em casamentos elegantes. É assim que funciona em New Orleans: dinheiro antigo se junta com dinheiro antigo. Eu me acomodo na recepção, fingindo ler um artigo na *Cosmopolitan*, "Vinte dicas para parecer dez anos mais jovem". Mas, durante todo o tempo, espio por sobre a revista, esperando que Marilyn chegue.

Como muitas mulheres sulistas de sua geração, Marilyn tem um horário fixo, uma vez por semana, para lavar e pentear os cabelos. Mas estou começando a achar que talvez ela tenha cancelado hoje.

Volto para o artigo da revista. Onde estava? Ah, sim: "Dica 9. Disfarce as rugas do pescoço com um lenço".

Levanto os olhos quando ouço a porta se abrir, mas é só mais uma jovem bonita. Percorro o salão com o olhar. Belas jovens cheias de esperança sorriem para espelhos, cheias de sonhos e possibilidades. Sinto-me, de repente, muito velha. Será que perdi minha oportunidade, minha entrada na vida social? A cada ano, mais um lote de mulheres surge no cenário dos namoros, mais jovens, mais viçosas e mais excitantes. Como alguém de trinta e poucos anos poderá competir?

Levo um susto quando vejo Abby no meio do salão. Droga! Ela está de pé ao lado de uma cadeira de cabeleireiro, com mais duas meninas, esperando enquanto uma ruiva é penteada. A amiga de Abby deve ser uma das debutantes. Meu coração acelera. Abby ri de algo que a cabeleireira diz, depois olha para mim, como se soubesse que eu a estava observando.

Eu me encolho por dentro, relembrando a cena horrorosa que fiz quando Michael e eu terminamos. Eu a chamei de pirralha! No que eu estava pensando? Consigo levantar a mão e sorrir antes de esconder o rosto na revista. Um momento depois, ouço uma voz à minha frente:

— Oi, Hannah.

Um surto de pânico me percorre. Será que Abby vai fazer uma cena? Será que vai acabar comigo na frente de todo o salão?

Espio por cima da revista.

— Oi, Abby.

— Vai cortar o cabelo? — ela pergunta.

Durante todo o tempo em que estive com o pai dela, acho que Abby nunca me fez uma pergunta pessoal. O que estará tramando? Deixo a revista de lado e me levanto, para ficarmos no mesmo nível. Se ela começar a gritar obscenidades para mim, posso fazer uma saída rápida.

— Não, estou esperando uma amiga. — Indico o salão. — Parece que vocês estão se divertindo.

— É. Temporada de debutantes. É uma loucura. Mas já estou fora disso.

Concordo com a cabeça, e um silêncio incômodo se instala entre nós.

— Abby — digo, apertando a alça da bolsa. — Desculpe pelo que eu disse na sexta-feira passada. Eu estava errada. Você tem todo o direito de me odiar.

Ela levanta os ombros.

— Quer saber? Pela primeira vez, eu gostei de você.

Fico olhando para ela, atordoada, certa de que está sendo sarcástica.

— Você finalmente se impôs. É que... eu sei que você é inteligente e tudo mais... mas nunca entendi como você não se tocava.

Fico esperando, ainda sem "me tocar".

Ela me encara.

— Hannah, meu pai nunca se casaria com você.

Minha cabeça pende para trás, sentindo o golpe daquela verdade.

— É tão evidente. O capital político dele é mais alto como viúvo e pai solteiro do que seria como homem casado.

Deixo as palavras assentarem. Penso no modo como a mídia se refere a Michael. *Prefeito Payne, pai solteiro. Prefeito Payne, viúvo.* Status praticamente incorporado a seu título.

— Os eleitores adoram essa bobagem — Abby diz. — Tantas vezes eu tive vontade de estrangular você, como naquela noite, no Broussard, quando o rapaz pediu a moça em casamento e você ficou ali sentada, cheia de lágrimas nos olhos. Não conseguia acreditar que você pudesse ser tão burra.

Ela não está se mostrando má. Pela primeira vez, está realmente me tratando como se se importasse. E o que ela me diz tem sentido. Um pai viúvo e devotado, que perdeu a esposa em um acidente trágico. Essa é a marca de Michael. Eu devia ter percebido, a marca significa tudo para ele.

Esfrego a mão na testa.

— Eu me sinto uma idiota — digo, sem nenhum fingimento ou desejo de impressionar. — Não acredito que nunca percebi isso.

— Mas você compensou na semana passada. Foi incrível, com um golpe atrás do outro. Claro que meu pai ficou irritadíssimo, mas eu pensei comigo mesma: *Uau, até que enfim esta mulher mostra algum amor-próprio.*

O celular dela emite um som, e Abby volta a atenção para ele.

— Bom, a gente se vê por aí.

— Até mais, Abby. E obrigada.

Ela se afasta, depois olha para mim de novo.

— Ei, sabe aquele pão que você faz, especialmente o de maçã com a casca crocante? Você devia abrir uma padaria ou coisa assim. Sério mesmo.

• •

Meu sorriso desaparece quando Marilyn entra no salão. Ela está usando uma saia de linho cor-de-rosa e blusa de algodão, com um suéter amarelo-claro sobre os ombros. Para junto à mesa da recepção, e a atendente ruiva sorri.

— Olá, sra. Armstrong. Vou avisar a Kari que a senhora chegou. Aceita um chá?

— Obrigada, Lindsay. — Ela se volta para a área de espera e para quando me vê. — Hannah — diz, com a voz fria.

Eu me levanto para cumprimentá-la, esfregando a Pedra do Perdão em uma das mãos.

— Oi, Marilyn. Vim aqui para falar com você. É só um minuto. Podemos nos sentar?

Ela solta o ar ruidosamente, impaciente.

— Acho que não tenho muita escolha, não é?

Eu seguro sua mão e nos sentamos lado a lado. Digo-lhe, uma vez mais, como fui burra em deixar que ela e Dorothy fossem ao programa. E então entrego a ela uma Pedra do Perdão.

— Fui egoísta. E errei. Você não sabia no que estava se metendo.

— Exatamente. Você me enganou, e é por isso que estou tão brava com você. — Ela olha para a pedra em sua mão. — Mas o lugar não teria importado. Onde quer que Dorothy fizesse a confissão, a verdade é que teria sido devastador de qualquer maneira.

— Foi uma decisão terrível — digo.

— Foi, assim como a sua de transmitir sua confissão ao vivo. Eu vi que você sofreu consequências sérias com isso. Fiquei triste pelo que aconteceu com você, Hannah.

Como posso explicar que Dorothy e eu compartilhamos o mesmo sentimento? Nós merecemos as consequências que sofremos.

— Vou passar um tempo em Michigan. Por isso vim aqui. A Dorothy vai precisar de uma amiga.

Marilyn levanta os olhos.

— Como ela está? — ela pergunta em um sussurro.

— Triste. Sozinha. Sofrendo. Sente muito a sua falta.

— Mesmo que eu pudesse perdoar, nunca poderia esquecer.

— Essa velha história de perdoar e esquecer é uma grande asneira, se quer saber. Desculpe meu jeito de falar, Marilyn, mas você não vai esquecer o erro de Dorothy. Seria impossível. E eu garanto que a Dorothy também não vai esquecer. — Seguro uma das mãos dela e a aperto, como se pudesse implantar fisicamente a mensagem: — Eu não sou a Fiona Knowles, mas acredito que o perdão é ainda mais doce quando concedido com uma memória viva, quando se tem plena consciência da dor que a outra pessoa causou e, mesmo assim, se escolhe perdoar. Isso não é mais generoso do que tapar os olhos ou fingir que o mal nunca aconteceu?

Uma loira bonita de vestido preto se aproxima.

— Sra. Armstrong? A Kari está pronta para atendê-la.

Marilyn dá uma batidinha em minha mão.

— Agradeço por ter vindo, Hannah. Mas não posso fazer promessas. Estou sofrendo também.

Eu a vejo se afastar, triste por pensar que dois corações partidos produziram um buraco em vez de uma emenda.

38

Quarta-feira de manhã, estou descalça na cozinha, amassando pão, quando o interfone toca. Limpo as mãos. Quem está vindo me visitar em um dia útil pela manhã? Achei que fosse a única desempregada em New Orleans.

Pressiono o botão do interfone.

— Sim?

— Hannah, é a Fiona. Posso subir, por favor?

Fico olhando para o fone como se estivesse sendo vítima de uma pegadinha.

— Fiona Knowles? — pergunto.

— Quantas Fionas você conhece?

Não posso deixar de sorrir com a resposta espirituosa. Abro a porta para ela subir e jogo rapidamente um conjunto de copos de medição e colheres dentro da pia da cozinha. O que terá vindo fazer aqui? Mais um evento de promoção do livro? E como conseguiu meu endereço?

— Você não deveria estar em turnê? — digo, quando ela sai do elevador. A pergunta parece uma acusação, e eu a amenizo. — Fiquei surpresa por te ver aqui, só isso.

— A noite passada foi em Nashville. Esta noite, era para eu estar em uma livraria em Memphis. Mas cancelei e voei de volta para cá. — Ela passa pela porta. Seus olhos parecem agitados enquanto observa ao redor. Está nervosa, como eu. — Porque você tem razão, Hannah. Às vezes, um pedido de desculpas não é suficiente.

Ela voltou até aqui por minha causa? Seu editor deve estar pagando a conta. Dou de ombros e a conduzo na direção da cozinha.

— Olha, esqueça isso. Eu estava em um momento ruim naquela noite.

— Não. Você estava certa. Eu lhe devo um pedido de desculpas sincero, cara a cara. E preciso saber o que fiz para destruir sua família.

Olho para minha cafeteira. Está cheia pela metade. Dane-se, vai ser jogado fora de qualquer modo.

— Café?

— Ah, claro. Se não for dar muito trabalho. E se você tiver tempo.

— Tempo é o que mais tenho. — Tiro duas xícaras do armário. — Como eu disse na mensagem, estou desempregada.

Encho as xícaras e passamos para a sala de estar. Sentamos em extremidades opostas do sofá, e ela vai direto ao assunto, sem perder tempo. Talvez esteja querendo voltar logo a Memphis para o evento desta noite.

— Primeiro, eu sei que não é suficiente, mas preciso lhe dizer o quanto sinto por tudo que aconteceu a você.

Ponho a mão sobre a xícara fumegante.

— Foi o que tinha de ser. Ninguém pôs uma arma na minha cabeça. Eu fiz a confissão de livre e espontânea vontade.

— Achei que o que fez foi corajoso.

— É. Você e talvez mais uma ou duas pessoas. O resto desta cidade acha que sou uma hipócrita.

— Gostaria de poder fazer alguma coisa. Eu me sinto péssima.

— Por que você me odiava? — As palavras me escapam da boca antes que possa segurá-las. Depois de todos os anos que se passaram, a adolescente insegura ainda quer respostas.

— Eu não odiava você, Hannah.

— Todo dia você se divertia à minha custa. Por causa do meu jeito de falar, do jeito como eu me vestia, da minha família sem muitos recursos. Todo santo dia. — Aperto os lábios. Ela não vai me ver chorar. — Até uma manhã em que decidiu que eu não valia mais seu tempo. E então eu me tornei invisível. Não só para você, mas para todas as suas amigas também. Isso foi ainda pior: comer sozinha, ir para a aula sozinha... Eu fingia que estava doente para não ter de ir à escola. Eu me lembro de estar sentada naquela salinha apertada da coordenação, enquanto minha mãe contava para a sra. Christian como eu tinha dor de estômago todas as manhãs. Ela não entendia por que eu odiava a escola. Eu não podia contar sobre você. Você teria me crucificado.

Fiona esconde o rosto nas mãos e balança a cabeça.

— Eu sinto tanto...

Eu deveria parar, mas não consigo.

— Depois da reunião, ela e a sra. Christian ficaram conversando um pouco, tentando fingir que haviam acabado de ter uma reunião produtiva. Minha mãe mencionou que queria reformar nossa cozinha.

Faço uma pausa, lembrando a cena no corredor, as duas falando enquanto eu brincava à toa com o cadeado de senha do armário de alguém, desejando que minha mãe se apressasse.

— A sra. Christian recomendou um marceneiro. Bob Wallace, o professor de marcenaria da escola pública.

Fiona assume uma expressão de surpresa.

— Não me diga. É o homem com quem ela se casou?

— O próprio. Se não fosse por você, minha mãe nunca teria conhecido Bob.

Enquanto despejo as palavras, uma imagem tênue toma forma em minha mente. É a de minha mãe, sorrindo para Bob, os olhos cheios de amor enquanto o alimenta com uma garfada de espaguete. Afasto a imagem. Porque, neste momento, preciso estar brava com Fiona, não agradecida a ela.

— Eu poderia tentar me explicar — Fiona diz. — Poderia até tecer uma história bastante emotiva sobre uma menina cheia de ansiedade que nunca conseguiu corresponder às expectativas da mãe. — O rosto dela está vermelho e inchado, e tenho de me controlar para não tocar seu braço e lhe dizer que está tudo bem. — Mas vou poupar você disso. O resumo de tudo é este: eu estava brava com o mundo. Estava sofrendo. E pessoas que sofrem fazem sofrer.

Engulo em seco.

— Quem poderia saber que você estava tão infeliz quanto eu?

— Causamos muito mal quando tentamos esconder nossa dor. Porque, de uma forma ou de outra, ela sempre vaza.

Eu lhe dirijo um sorriso triste.

— A sua era mais como um jato de spray, na verdade.

Os cantos dos lábios de Fiona se movem para cima.

— Não. Era um gêiser dos grandes.

— Por aí.

Ela levanta as mãos.

— Mesmo agora, depois que criei esse fenômeno bizarro do perdão, me sinto uma fraude. Metade do tempo, nem sei do que estou falando.

Dou risada.

— Claro que sabe. Você é a guru do perdão. Escreveu um livro.

— Sim, escrevi. E estou levando em frente por mero instinto. A verdade é que sou apenas uma menina diante de uma plateia, esperando perdão. Uma pessoa comum, como todo mundo, que só quer ser amada.

Sinto meus olhos formigarem e balanço a cabeça.

— Essa não é a fala da Julia Roberts para o Hugh Grant, no final de *Um lugar chamado Notting Hill*?

Ela sorri.

— Eu não falei que era uma fraude?

• •

Passaram-se dois dias do desfile de Memorial Day, e pequenas bandeirinhas americanas ainda estão alinhadas na calçada do Garden Home. Entro na casa e me surpreendo ao encontrar Dorothy sentada junto a uma mesa vazia, na sala de refeições. Ainda falta meia hora para servirem o almoço. Alguém prendeu uma toalhinha de pratos, transformada em babador, no pescoço dela. Quero arrancá-lo e lembrar essas pessoas de que esta mulher tem dignidade, mas percebo que não há mal nenhum em deixá-lo ali. Os cuidadores a estão protegendo de se sujar de alguma maneira. Eu gostaria de ter tido um pouco de proteção quando me sujei.

Tiro um pão da bolsa enquanto me aproximo da mesa.

— Sinto cheiro do pão de Hannah — diz ela. Sua voz está mais animada hoje. Talvez o tempo esteja fazendo sua mágica. Ou, melhor ainda, talvez ela tenha tido notícias de Marilyn.

— Bom dia, Dorothy. — Eu me inclino para abraçá-la. O aroma do perfume Chanel e a sensação de seus braços finos em volta do meu pescoço me deixam emotiva hoje. Ou talvez seja apenas porque estou partindo na semana que vem. Qualquer que seja a razão, eu a abraço com mais força esta manhã. Ela dá tapinhas em minhas costas, como se sentisse minha fragilidade emocional.

— Está tudo bem, Hannah Marie. Agora venha, sente-se e me conte sua história.

Eu puxo uma cadeira da mesa vizinha e conto a ela sobre a visita de Fiona.

— Fiquei muito surpresa por ela ter voltado até aqui só para pedir desculpas mais uma vez.

— Linda atitude. E você se sente melhor?

— Sim, eu me sinto. Mas acho que ainda não tenho certeza se o fato de ela expor sua culpa é uma coisa boa ou idiota. Olhe para nós, por exemplo. Será que um dia nossa vida vai voltar ao normal?

— Querida, você não vê? Confessar nos libertou. Mas, na próxima vez, precisamos tomar mais cuidado quando expusermos essas partes frágeis de nosso coração. Delicadezas só devem ser compartilhadas com quem pode nos proporcionar uma aterrissagem suave.

Ela tem razão. Claudia Campbell não era uma confidente digna. Minha mente viaja para Michael. Não, ele também não me proporcionou uma aterrissagem suave.

— Fico feliz por você ser tão otimista.

— Eu sou. Nós temos tudo agora. — Pousa a mão em meu braço. — Finalmente temos a nós mesmas.

Reflito sobre isso por um momento.

— Será? Bem, esperemos que isso seja suficiente. E então, como está a vida? Como está o Patrick?

— Excelente. — Ela puxa uma carta do bolso e a entrega a mim.

Eu sorrio.

— Ele lhe escreveu uma carta de amor?

— Não é de Paddy. É a resposta para uma das minhas pedras.

Então Marilyn a perdoou! Que maravilha! Mas nesse intante vejo o remetente.

— De Nova York?

— Vá em frente, leia. Em voz alta, por favor. Eu gostaria de ouvir outra vez.

Desdobro a carta.

Cara sra. Rousseau,

Fiquei muito surpreso ao receber sua carta com o pedido de desculpas. Como pode ver, estou lhe devolvendo a pedra, mas saiba, por favor, que suas desculpas nunca foram necessárias. Eu lamento sinceramente que a senhora tenha carregado essa culpa por perder contato comigo depois daquele dia na escola.

É verdade, eu nunca voltei ao colégio Walter Cohen. É claro que a senhora pensou que tivesse me perdido. Mas queria que soubesse que, todos esses anos, a senhora foi exatamente a pessoa que me salvou. Pode parecer clichê, mas entrei em sua classe naquele dia de junho como um menino perturbado e saí um homem. E, mais que isso, um homem de quem eu realmente gostava.

Eu me lembro tão claramente daquela manhã. A senhora me chamou a sua mesa para ver meu boletim. Só havia "Is", de incompleto. Eu não tinha entregado nem um único projeto naquele semestre. A senhora disse que sentia muito, mas não tinha escolha a não ser me reprovar. Eu não iria me formar.

Não foi bem uma surpresa. Durante todo o semestre, a senhora tinha ficado atrás de mim. Nem lembro quantas vezes ligou para a minha casa, e uma vez até foi me visitar pessoalmente. A senhora me implorou para voltar para a escola, insistiu com minha mãe. Faltavam seis créditos para eu me formar, o que significava que tinha que passar em todas as disciplinas naquele semestre. E a senhora estava decidida a me ajudar nisso. E não só em sua aula de inglês. Conversou com meus outros professores também. Mas eu não facilitava as coisas. Tinha um milhão de desculpas e, sim, algumas até válidas. Mas o fato era que a senhora não podia aprovar um garoto que só aparecia na aula uma vez por semana, quando muito.

Então, sim, nós dois nos lembramos daquele dia. Mas não tenho certeza se a senhora se lembra do resto daquela aula.

Antes de começar, a senhora pediu para Roger Farris desligar o walkman. Ele resmungou e o colocou sob a carteira. No meio da aula, Roger anunciou que o aparelho tinha sumido. Ficou possesso, certo de que tinha sido roubado.

As crianças começaram a apontar culpados. Alguns sugeriram que a senhora nos revistasse. A senhora não aceitou. Muito calmamente, disse à classe que alguém havia cometido um erro. Afirmou que um de nós naquela sala estava seriamente arrependido e queria muito fazer a coisa certa. Então a senhora foi até a sua pequena sala anexa à sala de aula e apagou a luz. Determinou que cada aluno passaria vinte segundos sozinho na sala escura. Deveríamos levar nossas mochilas e bolsas. A senhora tinha certeza de que a pessoa que estivesse com o aparelho o deixaria em sua sala.

Todos nós reclamamos e resmungamos. Que ridículo, fazer todos nos sentirmos ladrões. Todos sabiam que tinha sido Steven Willis. Ele era o menino pobre que fumava maconha. Era até surpreendente que estivesse na escola aquele dia. Faltava quase sempre.

Por que não ir simplesmente até ele, revistar sua mochila e poupar os outros? Steven nunca devolveria o walkman de Roger agora que o tinha pegado. Nós tentamos convencê-la de que as pessoas não funcionam deste jeito, que a senhora era ingênua.

Mas a senhora insistiu. Disse que todos nós éramos bons por natureza. Que a pessoa que havia pegado "acidentalmente" o objeto estava arrependida agora e desejava ter uma segunda chance.

Então, relutantes, concordamos. Um por um, entramos no escuro de seu cubículo. Gina Bluemlein marcava o tempo e batia na porta, para avisar quando os vinte segundos tivessem passado. No fim da aula, todos nós tínhamos passado algum tempo sozinhos na sala escura.

E então chegou o momento da verdade. Nós nos aglomeramos à porta enquanto a senhora entrava na sala. Estávamos tão ansiosos quanto a senhora para saber o resultado de sua experiência. A senhora acendeu a luz. Demorou um minuto para o avistarmos. Mas lá estava ele, no chão ao lado de seu móvel de arquivo. O walkman de Roger Farris.

Todos ficaram boquiabertos. Explodimos em vivas e cumprimentos. Aquele dia, toda a classe saiu se sentindo mais otimista em relação à humanidade.

E eu? Aquele único acontecimento mudou minha vida. Sabe, como todos desconfiavam, eu tinha pegado o Walkman. Os outros estavam certos, não tinha intenção de devolver. Queria muito um, mas meu pai estava desempregado. E Roger era um imbecil mesmo. Que me importava?

Mas sua profunda crença de que eu era bom mudou toda a minha atitude. Quando deixei aquele aparelho ao lado do armário e saí daquela sala, foi como se tivesse trocado de pele. Aquela camada de indiferença, a sensação de que eu tinha sido uma vítima minha vida toda e que o mundo estava em dívida comigo foram embora. Pela primeira vez que me lembre, eu senti que valia alguma coisa.

Então, como vê, sra. Rousseau, seu pedido de desculpas não tem razão de ser. Eu saí de sua aula e fui direto para a sala de ensino de jovens e adultos. Seis semanas depois, completei meus exames do ensino médio. A ideia de que poderia realmente ser bom, de que a senhora acreditava em mim, mudou completamente meu modo de pensar. A criança que levava surras dos pais, que culpava o mundo por sua porcaria de destino, começou a assumir o controle de sua vida. Eu queria provar que a senhora estava certa. Sua aula, naquele último dia do colégio, serviu como um catalisador para tudo o que fiz depois.

Por favor, saiba que conta com minha gratidão para sempre, porque a senhora viu o bem em mim e permitiu que eu agisse do modo certo.

Atenciosamente,
Steven Willis
Advogado
Advocacia Willis and Bailey
Lombardy Avenue, 149
Nova York, NY

Enxugo os olhos na manga da blusa e me volto para Dorothy.

— Você deve estar muito orgulhosa.

— Mais uma vela foi acesa — diz ela, enxugando os olhos no babador. — Meu quarto está ficando mais brilhante.

Para cada vela que apagamos, acendemos outra. Que viagem de tentativas e erros é esta experiência humana... A vergonha e a culpa que carregamos são temperadas por momentos de generosidade e humildade. No fim, só podemos esperar que a luz que lançamos seja mais forte que a escuridão que criamos.

Eu aperto a mão de Dorothy.

— Você é uma mulher incrível.

— Sim, ela é.

Eu me viro e vejo Marilyn, em pé atrás de mim. Não sei há quanto tempo ela está ali.

Os olhos de Dorothy se alargam.

— É você, Mari?

Marilyn assente com a cabeça.

— Sou eu. — Ela se inclina e beija a testa da amiga. — E, se quer saber, Dottie, seu quarto não está ficando mais brilhante. Ele sempre esteve repleto de luz.

• •

É uma da tarde quando chego de volta ao apartamento, me sentindo mais leve por ter presenciado o reencontro de minhas duas amigas. E por ter encontrado uma carta de RJ em minha caixa de correspondência. Minhas mãos tremem quando passo o dedo sob a aba do envelope.

Querida Hannah,

Obrigado por sua explicação. Eu não tinha certeza se voltaria a receber notícias suas. Não precisava ter se desculpado. Faz todo o sentido que uma mulher tão incrível como você esteja em um relacionamento sério. Respeito sua honestidade e integridade.

Ando pela cozinha, olhando para as palavras "relacionamento sério". Mas eu não estou mais em um relacionamento sério. Posso ver você agora, sem culpas!

Passe por aqui na próxima vez em que vier à "Luva", com ou sem sua mãe – ou seu namorado. Eu prometo que vou me comportar como um cavalheiro dessa vez. E, como sempre, quando você se cansar de sua situação atual, quero ser o primeiro nome de sua agenda.

Um abraço,
RJ

Eu me apoio na geladeira e releio a carta. Obviamente ele está impressionado com a mulher que acha que sou. Nunca lhe contei a verdade sobre meu passado e, depois das terríveis consequências aqui, por que contaria? Como todos os demais, ele ficaria horrorizado ao saber da menina que fui.

Eu adoraria vê-lo de novo, mas será que vou conseguir voltar a fingir? Posso voltar ao mesmo tipo de relacionamento superficial que tive com Michael, ou com Jack, e tentar, mais uma vez, prender os velhos demônios dentro do alçapão? Lembro-me da fala de despedida de Jack: "Não me surpreendo que seja tão fácil me deixar ir, Hannah. Na verdade, você nunca me deixou entrar".

Não, não posso.

Praticamente corro em direção à mesa. Pego uma caneta e uma folha de papel.

Caro RJ,

Minha agenda está vazia.

Com carinho,

Hannah

39

Meu carro está com o tanque cheio, e eu troquei o óleo na semana passada, depois de levar Marilyn e Dorothy para almoçar fora. Há duas malas diante da porta e uma bolsa cheia de barrinhas de cereal, nozes, água e frutas. Tudo pronto para eu partir para Michigan, amanhã logo cedo.

Estou profundamente adormecida quando recebo o telefonema, às duas da madrugada.

— Ele se foi, Hannah!

Meu Deus, Bob morreu. Sento-me imediatamente na beirada da cama.

— Puxa, mamãe. O que aconteceu?

— Eu me levantei para ir ao banheiro. Ele não estava na cama. Não está na casa. Ele sumiu, Hannah. Estive lá fora procurando, mas não o encontro em lugar nenhum!

Solto um suspiro. Ele não está morto. Que bom, digo a mim mesma. Mas, bem no fundo, não posso deixar de pensar que a morte de Bob daria a minha mãe uma vida nova, mesmo sabendo que ela não veria dessa maneira.

Fala tão depressa que mal posso entendê-la.

— Não consigo encontrar o Bob. Já olhei em toda parte.

— Calma, mamãe. Ele está bem. — Mas não acredito nisso. Bob não tem habilidades de sobrevivência. E, com o bosque tão perto da casa, e o lago, e as temperaturas frias da noite... — Eu estou indo. Chame a polícia. Nós vamos encontrá-lo, prometo.

Ela solta o ar.

— Graças a Deus você está vindo.

Finalmente, sua filha estará presente em um momento de necessidade. E sua necessidade é seu marido.

• •

Ligo para casa a cada meia hora, mas só ouço a secretária eletrônica. Estou a quase vinte quilômetros de Memphis quando ela atende.

— A polícia encontrou. Ele estava encolhido no fundo do barco.

O barco. O velho barco de pesca a que eu o reapresentei no mês passado. Devo ter desencadeado alguma lembrança no dia em que o levei para um passeio no lago. Meu Deus, até minhas boas intenções dão errado.

— Ah, mamãe, sinto muito. Como ele está?

— Com hipotermia. Estava deitado dentro de sete centímetros de água fria. Os paramédicos queriam que ele fosse para o hospital. Mas chega, não quero mais que passe por isso. Preparei cereal para ele comer e depois o pus na cama.

— Devo estar aí lá pelas sete horas da noite.

— O jantar vai estar pronto quando você chegar.

— Não, não se preocupe. Eu como qualquer coisa no caminho.

— Eu insisto. E Hannah?

— Sim?

— Obrigada. Não imagina que conforto você é para mim.

• •

Penso nisso durante todo o caminho para Michigan. Talvez eu seja tonta por não ter aprendido a lição, depois de tudo que perdi. O pensamento me aterroriza, mas eu preciso. Não há dúvida. Tenho mais dois pedidos de desculpas para fazer, desta vez para o filho e a filha de Bob, antes que seja tarde demais.

Não cheguei a conhecer Anne e Bob Junior. Eles eram adultos quando seu pai se envolveu com minha mãe. Como eles descobriram sobre minha acusação, eu não sei. Mas eles sabem. Mamãe me disse que ela e Bob têm muito pouco contato com Anne e Junior. Só posso imaginar que sou a responsável pelo distanciamento deles. Nossa antiga vizinha, a sra. Jacobs, contou a história nos arredores da escola e com certeza as pessoas comentaram. A ex-esposa de Bob deve ter ficado sabendo. Mas será que ela seria cruel a ponto de contar para os filhos? Aparentemente, sim.

Olho à frente, para a fila interminável de carros na I-57. Anne, a mais velha dos dois, deve estar perto dos cinquenta anos, não muito mais nova que minha mãe. Ela já era casada e morava em Wisconsin no verão de 1993. Junior estava na faculdade, acho.

Será que virão sozinhos, ou trarão a família? Não sei o que seria pior: enfrentar a ira de um grupo grande ou pequeno.

Meu estômago dá um nó. Aumento o volume do iPod. Lifehouse canta "I'm halfway gone and I'm on my way..."* A música parece falar de minha viagem. Estou a meio caminho. Só mais algumas desculpas para pedir. Já percorri uma longa distância, mas ainda não é o suficiente. Removi o capuz de meu manto de escuridão, mas o colarinho ainda está me sufocando.

Apoio a cabeça no encosto do banco. Como conseguirei encará-los? Se alguém me dissesse que havia acusado falsamente meu pai de abuso sexual, eu desprezaria esta pessoa, talvez mais ainda do que meu pai o faria. E nenhum pedido de desculpas, por mais sincero que seja, poderá compensar o tempo perdido.

Eu poderia amenizar a acusação, arrumar desculpas, tentar explicar que era apenas uma menina agarrada à fantasia boba de que meus pais poderiam se reconciliar. Poderia até lhes dizer a verdade, que até hoje não tenho certeza se o toque foi acidental. Mas isso não parece sincero, é como se eu estivesse me esquivando. Não, se é para ir até o fim, tenho de assumir cem por cento da culpa, não cinquenta, ou mesmo noventa e nove por cento. É tudo ou nada.

• •

O sol desapareceu atrás do lago quando chego ao chalé. Desligo o motor e vejo minha mãe de pé na varanda, como se tivesse estado à minha espera o dia todo. Se eu não soubesse, diria que era ela quem tem Alzheimer.

---

* "Já percorri metade da distância e estou no meu caminho..."

Os cabelos estão presos em um rabo de cavalo malfeito, e ela usa óculos antigos e grandes demais para seu rosto magro. O casaco está desabotoado, revelando por baixo uma camiseta e a calça de moletom desbotada. De longe, parece uma menina de doze anos.

Eles voltam a mim agora, todos os comentários que costumávamos receber das pessoas, achando que éramos irmãs. Um pensamento me vem à mente antes que o possa deter. Será que foi isso que Bob achou atraente, o fato de minha mãe parecer uma criança?

Corro até ela.

— Mamãe!

Ela levanta os olhos, como se estivesse surpresa por me ver.

— Hannah. — Ela vem ao meu encontro na grama molhada e me puxa para um abraço, mais apertado hoje, quase desesperado.

— Como ele está? — pergunto.

— Dormindo, acordando e dormindo de novo o dia todo. — Leva a mão à boca. — Fui tão descuidada... Já tinha pensado em pôr um sininho na porta do quarto. Você devia ter visto como ele estava, Hannah. Todo molhado e tremendo como um cachorrinho.

Seguro o rosto de minha mãe, como se a filha fosse ela.

— Ele está bem agora. E não é sua culpa, mamãe. Você o encontrou e o trouxe de volta.

Penso na metáfora para a vida de minha mãe. Perder alguém que ela ama, ver a pessoa ir embora e a deixar, sem saber onde está, ou se vai sobreviver.

• •

Faz vinte e dois anos desde a última vez em que passei uma noite neste chalé. Não sei se poderia ter me sentido em um lar aqui. Paro à porta do pequeno quarto deles, ouvindo minha mãe cantar para Bob as mesmas canções que cantava para mim.

—"Like a bridge over troubled water I will lay me down."* — A voz dela é rouca e ligeiramente desafinada, e me dá um nó na garganta.

---

* "Como uma ponte sobre águas turbulentas, eu vou me deitar."

Afaga os cabelos de Bob e beija seu rosto. Pouco antes de ela apagar a luz, noto uma foto na mesinha de cabeceira de Bob.

— O que é isso? — pergunto, caminhando até ela.

— É a foto favorita de Bob — ela me responde.

Levanto a moldura de madeira e vejo-me adolescente, em pé na extremidade do ancoradouro, em companhia de Tracy. Estamos olhando para trás, como se ele tivesse acabado de gritar: "Garotos, o que estão aprontando?", e nós tivéssemos virado a cabeça enquanto ele batia a foto. Aperto os olhos examinando o retrato. A perna esquerda de meu maiô subiu um pouco, expondo a pele branca de minha nádega em contraste com a coxa bronzeada.

Ponho a foto de volta. Uma sensação incômoda me percorre. De todas as fotografias, por que ele escolheu justamente aquela para ficar ao lado de sua cama?

Sufoco minhas suspeitas com tanta rapidez quanto surgiram. Eu usava maiô quase todos os dias naquele verão. É claro que era isso que eu estaria usando nas fotos.

Apago a luz, me lembrando do que dissera para Marilyn: "Nem sempre é preciso esquecer para perdoar". Mas, no meu caso, acho que é. Será impossível encontrar o foco daquela imagem embaçada da minha verdade. Para perdoar, preciso esquecer.

• •

Minha mãe e eu nos sentamos na varanda dos fundos, bebendo limonada. O ar da noite é fresco, entremeado do canto de grilos e do coaxo de rãs. Ela acende uma vela de citronela, para afastar os mosquitos, e me conta sobre as casas elegantes em que trabalha.

Ela sai por um momento para ver Bob. Quando volta a seu lugar, na cadeira de balanço, sorri para mim.

— Onde estávamos?

Onde estávamos? Como se ela tivesse saltado por sobre todos aqueles anos ruins, os anos em que a magoei e me recusei a vê-la. Seu amor por mim parece forte como sempre, como se ela tivesse perdoado completamente minha crueldade. Este é o doce perdão a que Fiona se refere.

— Quero pedir desculpas.

— Ah, meu bem, pare com isso. Nós perdoamos você anos atrás.

— Não. Minhas desculpas para Bob chegaram tarde demais. — Respiro fundo. — Quero pedir desculpas para os filhos dele.

Por vários segundos, minha mãe apenas olha para mim.

— Hannah, não.

— Por favor, mamãe. Tenho pensado nisso, em como eles se afastaram do pai. É culpa minha.

— Você não sabe se foi isso, meu bem.

— Pode me arranjar um encontro com Anne e Junior? Por favor?

A chama da vela ilumina as rugas em seu rosto.

— Faz anos que não vemos os meninos. É como mexer em um vespeiro. Tem certeza de que quer mesmo fazer isso?

Não, não tenho a mínima certeza. A verdade é que gostaria de evitar os filhos de Bob pelo resto da vida. Mas não posso. Devo isso a eles e ao homem cuja reputação eu arruinei.

— Tenho. Por favor. Preciso fazer isso, mamãe.

Ela volta o rosto para a escuridão.

— E se eles não quiserem vir?

— Diga que é urgente. Diga o que for preciso. Eles têm que ouvir isso de mim. Qualquer outra opção seria covardia.

— Quando?

— Será que podemos marcar para sábado? Por favor?

Ela assente com a cabeça e sei que imagina que estou esperando ser absolvida. Mas não estou. O que espero é que eles absolvam Bob.

40

Sento-me em um banquinho, me forçando a engolir um sanduíche de atum enquanto mamãe lava cerejas para fazer uma torta. Olho para o relógio pela enésima vez. Eles estarão aqui em três horas. Sinto o estômago enjoado e largo o sanduíche no prato.

Minha mãe está de perfil, passando água pelas cerejas depositadas na peneira de metal. Veste calça curta branca e uma regata.

— Você está bonita, mamãe.

Ela se vira e sorri.

— Achei que você ia gostar disso.

— Gosto, sim. — Noto o fundo de torta perfeito aberto no balcão. — Você sempre gostou de assar, não é?

Ela olha para o fundo de torta.

— Nada tão elaborado como vocês têm em New Orleans. Só as boas e velhas tortas, biscoitos e bolos. As coisas que minha mãe costumava fazer. — Ela usa o ombro para afastar uma mecha de cabelo do rosto. — Espero que eles gostem de torta de cerejas. Uma vez, anos atrás, eles vieram no Natal. Staci, a ex-mulher de Junior, comeu duas fatias. — Ela dá uma olhada para o relógio sobre o fogão. — Anne disse que pretendia sair de Wisconsin às oito horas, então deve chegar lá pelas três. Junior prometeu que viria mais ou menos na mesma hora. Tenho espaguete pronto para o jantar. E uma salada, claro. — Ela fala depressa, sem pausas que permitam um diálogo. Reparo que suas mãos estão trêmulas.

— Mamãe, você está bem?

Ela olha para mim.

— Sinceramente? Estou péssima. — Ela despeja as cerejas em uma vasilha e joga a peneira dentro da pia. O barulho do metal me dá um susto.

Eu me levanto, vou até ela e a seguro pelos braços.

— O que foi?

Ela balança a cabeça.

— Faz muito tempo que eles não veem o Bob. Não sabem como ele está. E Anne? Ela está passando por mais um divórcio. Falou de má vontade comigo quando liguei, deixou bem claro que a estava incomodando quando lhe pedi para vir aqui.

Fecho os olhos.

— Desculpe, mamãe. É culpa minha.

Ela dá uma olhada na direção do quarto onde Bob cochila e baixa a voz, como se ele pudesse ouvir e compreender a conversa.

— Eu disse a ela que talvez fosse a última vez que o veria.

Respiro fundo. Ela pode estar certa. Bob não fala desde quarta-feira, quando o tiraram do barco molhado. E sua tosse está piorando em vez de melhorar. Uma vez mais, me sinto culpada. Será que ele teria ido até o barco se eu não tivesse insistido em levá-lo para um passeio, no mês passado?

— Sinto muito mesmo, mamãe. Você já tem tantos problemas para lidar e eu ainda estou criando outros.

Ela engole em seco e levanta a mão para me interromper, como se não pudesse tocar no assunto neste momento.

— E o Junior, ele é sempre educado, mas deu para perceber que não ficou muito contente.

— Eu causei tantos danos.

Pela primeira vez, o disfarce de minha mãe cai.

— É. Você causou. Não posso negar. Só espero que não seja tarde demais. Espero que o Bob os reconheça.

Sinto uma nuvem descer sobre mim. Isso tudo é um erro. Tanto eu como minha mãe temos expectativas irrealistas.

Ela despeja uma xícara de açúcar sobre as cerejas.

— Talvez, quem sabe, Bob entenda que foi perdoado.

Perdoado? Os pelos em minha nuca se arrepiam. Que estranho minha mãe usar esta palavra. Como ele pode ser perdoado se não fez nada errado?

• •

Ela se posta à janela da sala, olhando para o relógio a cada poucos minutos. Às vinte para o meio-dia, uma van aparece na entrada de carros.

— A Anne chegou — mamãe diz, tirando o batom do bolso e passando-o nos lábios. — Acha que devemos sair para recebê-la?

Meu coração está aos pulos. Da janela, vejo uma mulher de meia-idade sair do carro. Ela é alta, com cabelos grisalhos na altura dos ombros. Do lado do passageiro, sai uma menina que parece ter uns nove anos.

— Ela trouxe a Lydia — minha mãe diz.

Sou inundada por emoções que vão de tristeza a terror e alívio. Vou ser crucificada por esta mulher. E mereço isso.

A van é seguida por outro veículo, uma picape branca. Parece a picape de RJ, e fico aliviada com a lembrança de que, qualquer que seja o resultado aqui hoje, vou vê-lo na segunda-feira. Vou lhe contar tudo sobre meu passado, recomeçar do zero. De alguma maneira, sei que ele vai entender.

A picape estaciona atrás da van. Anne e Lydia esperam. A chegada sincronizada foi claramente planejada.

Meu coração se acelera ainda mais. Preciso de ar. Saio da janela e vou até onde Bob foi acomodado em sua poltrona reclinável. Minha mãe e eu conseguimos tirá-lo da cama esta manhã. Penteei seus cabelos, e mamãe fez sua barba. Ele está acordado agora, mas o jornal que pôs no colo caiu de lado, e está mais interessado nos óculos de leitura. Ele os revira entre as mãos, mexendo em uma das plaquetas de plástico do apoio no nariz.

Tiro o jornal de seu colo e aliso os fios finos e grisalhos da sua cabeça. Ele tosse, e eu pego um lenço de papel.

— Que bom que vocês vieram — ouço minha mãe dizer, abrindo a porta.

Estão entrando na casa agora. A pequena sala está se fechando ao meu redor. Tenho vontade de fugir.

— Obrigado, Suzanne — diz uma voz masculina.

Eu me viro. E é então que o vejo.

RJ.

41

Por um momento, minha mente não registra sua presença. O que RJ estaria fazendo aqui? Como ele teria me encontrado? Sorrio e dou um passo em sua direção, mas sua expressão me faz parar, congelada. Ele já juntou as peças. E, agora, eu também.

Ah, meu Deus. RJ é Robert Junior, filho de Bob.

— Você é Hannah — diz ele. Não é uma pergunta. É mais uma súplica. Seus olhos parecem pesados e ele os baixa para os pés. — Nossa. Eu sinto tanto.

— RJ — digo, mas não sei como continuar. Ele acha que sou a menina que seu pai molestou. Em um momento, saberá a verdade. Mas, neste instante, não consigo falar.

Ele põe um braço sobre o peito e uma das mãos na boca. Fica olhando para mim e balança a cabeça.

— Não, você não. — A dor nos olhos dele despedaça meu coração.

— Você conhece o Junior? — minha mãe pergunta.

Minha garganta está tão apertada que mal consigo respirar. Tenho de confirmar com um gesto de cabeça, porque ela não repete a pergunta. O tempo gira ao redor de si mesmo. Claro. Como não percebi isso? Ele cresceu perto de Detroit. Seus pais se divorciaram quando estava na faculdade. Nunca perdoou o pai; pelo quê, não me contara. Pareceu muito pessoal perguntar naquela hora, mas agora eu sei. Durante todos esses anos, RJ achou que o pai era um monstro.

Minha mãe me apresenta a Anne, e RJ passa por trás de mim, em direção ao pai, sentado.

Procuro algum vestígio de simpatia nos olhos azul-acinzentados da filha de Bob, mas não encontro nada além de gelo. Minha mão treme quando a estendo para ela. Anne a toma com indiferença. Ela não se preocupa em me apresentar para a filha, então eu mesma o faço.

— Eu sou a Hannah — digo para a menina magra de shorts de brim e regata.

Ela tosse, a mesma tosse profunda que ouço em Bob.

— Eu sou a Lydia — murmura, e fica me olhando. Se é verdade que as crianças veem as pessoas pelo que elas realmente são, eu diria que Lydia é a exceção. Ela está de olhos arregalados como se eu fosse uma estrela, quando, na verdade, sou um míssil extraviado que dizimou a família dela.

Anne olha para o pai na cadeira, mas não faz nenhuma menção de se aproximar dele. Eu me forço a tocar o braço dela. Falo alto, para que RJ escute também.

— Fui eu que pedi à minha mãe para chamar vocês aqui. — Paro e respiro fundo, abrindo e fechando os punhos. *Eu consigo fazer isso. Eu tenho de fazer isso.* — Há algo que preciso lhes contar.

— Alguém quer beber alguma coisa? — minha mãe pergunta. Ela sorri, como se fosse a anfitriã de uma festa, mas percebo o tremor em sua voz. Está aterrorizada. — Tenho chá, limonada. Ou, Lydia, você prefere um refrigerante?

Lydia começa a responder, mas Anne a interrompe.

— Vamos acabar logo com isso — diz, como se já soubesse por que está aqui e o que vou dizer. — Precisamos voltar. — Ela pousa a mão no ombro da filha. — Vá brincar lá fora.

Elas vão voltar esta noite? São sete horas de viagem até Madison. Não. Devem estar em um hotel na cidade, ou talvez fiquem com RJ. Penso na refeição que minha mãe preparou e em seu pedido delicado para que eu dormisse no sofá esta noite, de modo que Anne possa ficar no pequeno quarto de hóspedes. Eu a ajudei a trocar os lençóis e a vi colher peônias no jardim para colocar em um vaso na cômoda. Mais uma decepção para a mulher que quer ser aceita. Talvez meu pai estivesse certo quando dizia que o segredo para a felicidade era ter poucas expectativas.

Depois que Lydia sai, Anne se acomoda no sofá, e minha mãe, no braço da poltrona de Bob. RJ fica com a cadeira de madeira da mesa da cozinha que ela trouxe mais cedo.

Pego as duas bolsinhas de pedras que havia colocado sobre a mesinha de centro.

—Tenho um pedido de desculpas para fazer — digo, em pé diante deles. — Vim aqui um mês atrás, na esperança de fazer as pazes com seu pai. Vocês sabem, quando eu tinha treze anos, não muito mais velha do que a Lydia, achei que um toque acidental tinha sido de propósito. Eu menti.

É a primeira vez que chamo aquilo de mentira. Teria sido um deslize, ou estou finalmente disposta a admitir isso? Juro por tudo que ainda não sei. Mas, por hoje, ficou sendo uma mentira. Sem provas, este é o único nome que posso dar.

— Talvez vocês tenham ouvido falar destas Pedras do Perdão. Eu dei uma para minha mãe e uma para o seu pai. Agora, quero oferecer uma a cada um de vocês.

RJ apoia os cotovelos nos joelhos, e o queixo nas mãos entrelaçadas. Olha para o chão. Anne não diz nada. Dou uma olhada em direção a Bob. Ele está dormindo agora, com a cabeça caída na almofada, os óculos de leitura tortos no nariz. Meu peito se aperta.

— Achei que, se desse uma pedra para o seu pai, isso aliviaria minha culpa, ou pelo menos parte dela. Mas a verdade é que ainda não fiz toda a minha reparação. Ainda faltou pedir desculpas para vocês dois.

Pego uma pedrinha de cada bolsa.

— Anne — digo, me aproximando dela. — Por favor, me perdoe pelo que eu fiz a você e sua família. Sei que nunca poderei lhe dar de volta o tempo perdido. Sinto muito por isso.

Ela fica olhando para a pedra em minha mão estendida, e eu espero, tentando manter a mão firme. Ela não vai aceitar. E não a culpo. Quando estou quase desistindo, ela estica a mão. Pelo mais breve dos instantes, seus olhos encontram os meus. Ela retira a pedra da minha palma e a enfia no bolso.

— Obrigada — digo, e finalmente respiro. Mas sei que este é apenas um passo. Ela aceitou a pedra, o que não significa que irá devolvê-la para mim com um laço de fita e uma carta, dizendo que me perdoou. Mas é um começo, e é isso que posso esperar para hoje.

Uma já foi. Falta mais uma. Vou até RJ.

Ele continua encarando o chão. Olho para ele, desejando poder tocar aqueles cabelos castanhos despenteados. Ele está com as mãos juntas, como em oração. De repente, ele me parece tão puro... RJ é o homem perfeito, enquanto eu sou a pecadora. Como um par tão desigual poderia dar certo?

Por favor, Deus, me ajude a fazer isso, me ajude a chegar até ele. Minha intenção hoje era suavizar o coração deles, pavimentar o caminho para que pudessem dar um último adeus amoroso ao pai. Mas, agora, tudo mudou. Eu amo este homem. E preciso do perdão dele.

— RJ — digo, com a voz trêmula. — Eu sinto muito, muito mesmo. Quer você encontre ou não em seu coração a possibilidade de me perdoar, espero que não seja tarde demais para melhorar seus sentimentos por seu pai. — Estendo a pedra na palma da mão aberta. — Por favor, aceite isto como um símbolo do meu remorso. Se eu pudesse voltar...

Ele levanta a cabeça e olha para mim. Seus olhos estão muito vermelhos. A mão dele se ergue em direção à minha, como em câmera lenta. Sou tomada por uma onda de alívio.

Ouço o barulho antes de sentir o golpe. A pedra voa da minha mão e bate na vidraça da sala.

Lágrimas me vêm aos olhos. Seguro a mão dolorida e vejo RJ se levantar da cadeira e se dirigir para a porta.

— Junior — minha mãe diz, se levantando depressa.

A porta de tela bate e se fecha atrás dele. Pela janela, eu o vejo se aproximar da picape. Não posso deixar isso acontecer. Tenho que fazê-lo entender.

— RJ! — digo, correndo para a porta e descendo os degraus da varanda. — Espera!

Ele abre a porta do carro. Antes que o alcance, ele entra, dá ré e vai embora. Fico olhando até que a nuvem rodopiante de pó se assente na estrada de terra, uma cena que me faz lembrar do dia em que mamãe foi deixada ali, na frente da casa, em meio aos pedregulhos que voavam dos pneus do carro do meu pai.

• •

São somente cinco horas da tarde quando nós quatro nos sentamos para comer. Bob ainda estava no quarto, cochilando, quando o espaguete assado saiu do forno e Anne insistiu para que não o acordássemos. Percebi o alívio no rosto da minha mãe. A tarde parece ter sido desgastante para todos, inclusive para Bob. A hora da refeição não seria fácil hoje, com estranhos à mesa. Ela provavelmente queria preservar a dignidade do companheiro.

Estamos sentadas à mesa, terminando a torta de cereja. Finjo comer, mas só movo as cerejas pelo prato. Engolir é impossível. Minha garganta dói toda vez que penso em RJ, na mágoa e no desgosto que vi em seus olhos.

Anne está tão quieta quanto eu. Minha mãe tenta compensar passando o pote de sorvete e oferecendo mais um pedaço de torta.

Será que realmente esperávamos que nós seis jantássemos juntos hoje, talvez com uma garrafa de vinho, risadas e conversa? Parece impossível, pensando agora. Como eu fui burra. RJ e Anne não são meus irmãos. Eles não têm motivo nenhum para me perdoar. O fato de Anne ainda estar aqui é um espanto. Talvez alguma parte dela se sinta constrangida por causa da reação do irmão. Ou talvez tenha ficado com pena de minha mãe quando soube que havia preparado uma refeição.

Felizmente, Lydia rompe o silêncio incômodo. Fala de sua crise de bronquite, de um cavalo chamado Sammy e de sua melhor amiga, Sara.

— A Sara sabe dar salto para trás. Ela fez ginástica artística. Só sei fazer salto para frente. Quer que eu mostre pra você, Hannah?

Sorrio, aliviada pela inocência infantil de Lydia. Mal sabe ela toda a dor que causei a sua mãe. Empurro minha cadeira para trás e deponho o guardanapo sobre a mesa.

— Claro. Quero ver, sim.

— Cinco minutos — Anne diz a Lydia. — Precisamos ir.

— Mas eu tenho que dizer tchau para o vovô.

— Seja rápida.

Saio da cozinha com Lydia. Atrás de mim, ouço minha mãe.

— Mais um pedaço de torta, Anne? Uma xícara de café?

— Você é boazinha com seu avô — digo, enquanto Lydia e eu saímos para o quintal dos fundos.

— É. Eu só vi ele umas duas vezes. — Lydia retira as sandálias de dedo. — Mas eu sempre quis ter um avô.

Roubei Bob dela também. E o pobre Bob nunca pôde conhecer sua neta. Lydia corre pelo pátio e gira no ar, com uma aterrissagem perfeita. Bato palmas e dou vivas, embora meu coração esteja longe. Só consigo pensar em tudo que estraguei em tantas vidas.

— Muito bem! Já pode ir pensando nas Olimpíadas de 2020.

Ela tosse e enfia os pés nas sandálias.

— Obrigada. Na verdade, só quero entrar para a equipe de dança. Daqui a dois anos, vou estar no fundamental II. Minha mãe quer que eu faça futebol, mas eu detesto.

Olho para aquele espírito inocente, com suas pernas longas e as primeiras insinuações de seios. Uma beleza sem disfarces. Quando exatamente começamos a cobrir nossa glória?

— Seja você mesma — eu digo — e não vai errar. — Tomo o braço dela. — Venha, vamos dizer tchau para seu avô.

• •

Bob está deitado na cama, sob uma colcha alaranjada e amarela. Sua pele cor-de-rosa brilha, e tufos de cabelos parecem sair em todas as direções, fazendo-o parecer um menininho. Meu peito se aperta. Os olhos dele se abrem quando ouve a tosse rouca de Lydia.

— Desculpe, vovô. — Ela sobe na cama, afasta a colcha e se aconchega ao lado dele.

Como que por instinto, ele levanta o braço em volta dela. Ela acomoda o pequeno corpinho junto ao dele.

Entrego a Lydia o jogo de encaixe de madeira favorito de Bob e beijo o rosto doente dele. Ele levanta os olhos para mim e, por um segundo, posso jurar que me reconhece. Mas seus olhos se embaçam, e ele os fixa inexpressivamente na peça do jogo.

— Olha bem — Lydia lhe diz, apontando para o avião de madeira. — Está vendo como essa peça tem um canto aqui?

Estou para me retirar quando Anne aparece à porta. Ela espia para dentro do quarto. Vejo seu olhar aterrissar na cama, onde a filha e o pai estão deitados juntos.

Ela fecha a cara. Em dois passos rápidos, atravessa o quarto.

— Saia de perto dele! — Segura o braço de Lydia e a puxa. — Quantas vezes tenho de lhe dizer...

— Anne — interrompo e me aproximo dela. — Está tudo bem. Eu contei que...

Eu congelo quando vejo o rosto dela, sua expressão de tristeza e dor. Ela se vira para mim, e nossos olhos se encontram. *Ele a machucou? Você foi molestada?* Não faço as perguntas em voz alta. Não preciso. Ela as lê em meu rosto.

Já saindo do quarto, ela confirma com a cabeça, em um gesto quase imperceptível.

42

Permaneço deitada no quarto de hóspedes de minha mãe, olhando para o teto. Tudo começa a fazer sentido. A dificuldade de Anne em seus relacionamentos com os homens, o distanciamento do pai, mesmo antes de eu entrar em cena. Ela manteve isso escondido durante toda a vida. De repente lá estava eu tornando público. Ela não queria que ninguém soubesse seu segredo. E aquele pedido de desculpas que eu fiz? Ela enxergou através dele.

Sinto o pulso acelerar. Uma mistura estranha de repugnância e desejo de vingança me invade. Eu estava certa, durante todos aqueles anos passados. Não fiz uma acusação falsa. Fui absolvida. Posso voltar a New Orleans e reivindicar de volta minha reputação! Posso dizer à minha mãe que, depois de tudo pelo que passamos, eu afinal estava certa! Vou enviar uma carta a RJ... não, eu vou até a vinícola. Primeira coisa a fazer amanhã cedo! Vou contar a ele que eu estava certa, dizer-lhe que não era uma criança diabólica tentando arruinar a vida de seu pai.

Mas Anne já foi embora. E se ninguém acreditar em mim? Não tenho provas. E se confundi um movimento inocente de cabeça com a confirmação de um ato abominável?

Mas aquela expressão no rosto dela, o horror e a dor. Sei o que ela estava me dizendo com aquele mínimo movimento de cabeça.

Jogo um braço sobre o travesseiro. Não posso passar o resto da vida com dúvidas. Se ao menos eu tivesse algum indício para provar para RJ, e para mim mesma, que eu estava certa.

Eu me sento na cama de um pulo. Mas eu tenho a prova. E sei exatamente onde encontrá-la.

• •

A lua crescente cria uma trilha prateada na superfície do lago. Corro em direção a ele, com os pés descalços deslizando na grama molhada e o facho de luz da lanterna pulando como um coelho. Meu corpo treme quando chego ao barco. Apoio a lanterna em um colete salva-vidas e pego a caixa de equipamentos.

Faço esforço para encaixar a pequenina chave no cadeado. A fechadura está corroída de ferrugem e se recusa a deixá-la entrar. Tento outra vez, cutucando e enfiando a chave no cadeado enferrujado.

— Droga! — digo, com os dentes cerrados. Forço o fecho com as mãos até elas doerem. Mas é inútil.

Afasto os cabelos dos olhos e abaixo a cabeça. Ali, no fundo do barco, avisto uma velha chave de fenda. Apoio um joelho sobre a caixa e faço deslizar a chave de fenda por sob o fecho de metal. Puxo com toda a força.

— Abre, maldito. — Meus dedos doem enquanto faço o que posso para abrir o fecho. Não adianta. Ele não se mexe.

Olho furiosamente para a caixa como se ela fosse humana.

— O que você está escondendo, hein? — Dou-lhe um chute. — Revistas de meninas? Pornografia infantil? — Solto um grunhido de impaciência e tento de novo. E, desta vez, a pequenina chave desliza para dentro da fechadura como se fosse nova.

Cheiros mofados de bolor e tabaco me chegam às narinas quando levanto a tampa de metal. Ergo a lanterna, ao mesmo tempo temerosa e ansiosa diante do que vou encontrar lá dentro. Mas as bandejas estão vazias. Nada de boias ou iscas de pesca. Apenas um baralho e meio maço de cigarros Marlboro Reds. Levanto a embalagem úmida. E ali, no fundo da caixa, vejo um saco plástico para sanduíches, estufado de papéis.

Faço incidir a luz da lanterna sobre o plástico, com o coração aos pulos. Ele tem fecho hermético e está cheio do que parecem ser fotos... fotos brilhantes de revistas. Meu estômago revira e acho que vou vomitar. Pornografia, tenho certeza. Talvez até uma confissão escrita. Lanço-me à embalagem como se fosse minha salvação.

Assim que meus dedos encontram o plástico, congelo. Ouço as palavras de Dorothy tão claramente, como se ela estivesse sentada junto ao leme, gritando-as para mim: "Aprenda a viver com a ambiguidade. A certeza é o consolo dos tolos".

Levanto os olhos para o céu.

— Não! — choramingo. — Estou tão cansada de ambiguidade.

Olho para o lago cinzento e plácido e penso em RJ. O conteúdo desse saco poderia limpar minha reputação. RJ saberia a verdade de uma vez por todas. Com certeza ele me perdoaria agora.

Mas nunca perdoaria seu pai. Esta cicatriz nunca esmaeceria.

Enfio a cabeça entre as mãos. Fiona está certa. Nós mentimos e encobrimos por duas razões: para proteger a nós mesmos ou para proteger outras pessoas. O Alzheimer deixou Bob inofensivo agora. Não preciso mais ser protegida dele. Mas aqueles que o amam precisam. Tenho que proteger a *verdade deles*.

Fecho a tampa da caixa. Ninguém precisa saber a verdade. Nem RJ. Nem minha mãe. Nem meus antigos fãs e ex-patrões. Nem mesmo eu. Aprenderei a viver com a ambiguidade.

Minhas mãos tremem enquanto prendo de novo o cadeado e o fecho. Antes de eu ter tempo de mudar de ideia, removo a pequena chave da corrente. Com toda a força, eu a jogo no lago. Ela flutua na superfície da água iluminada pelo luar por um momento, depois afunda.

43

Nos quatro dias seguintes, eu sofro. Sofro pela perda da amizade de RJ e todas as possibilidades que havia imaginado. Sofro pela vida que se escoa no homem no quarto vizinho, para quem cada respiração é uma luta, enquanto a mulher a seu lado canta para confortá-lo. Sofro pela perda de duas décadas com minha mãe e pelo super-herói que achei que meu pai fosse.

Com o tempo, acabarei aceitando que não somos tão diferentes um do outro. Somos, ambos, seres humanos com defeitos, cheios de medos e desesperados por amor, pessoas tolas que escolheram o conforto da certeza. Mas, por enquanto, eu sofro.

Minha mãe me acorda às quatro e meia da manhã.

— Ele se foi.

Desta vez, não há como confundir a mensagem dela. Bob morreu.

• •

É surpreendente o quanto se aprende sobre uma pessoa em seu funeral, e quantas perguntas não respondidas serão enterradas juntamente com ela. Na cerimônia fúnebre de meu pai, dois anos atrás, descobri que ele sonhava em ser piloto, algo que nunca realizou, embora eu não saiba exatamente por quê. Hoje, em pé ao lado do túmulo de Bob, enquanto escuto seus colegas do AA contarem sua luta, fico sabendo que ele passou a infância em um lar de adoção. Descubro que fugiu aos quinze anos e passou um ano na rua até que um dono de restaurante o tomou sob sua proteção e lhe ofereceu um emprego na cozinha e um quarto no andar de cima. Ele demorou seis anos, mas conseguiu concluir a faculdade.

O que aconteceu naquele lar de adoção que o levou para as ruas? E contra que demônio estava lutando naquele programa de doze passos? Alcoolismo, como ele afirmava, ou algo ainda mais destrutivo?

Seguro a mão de minha mãe e baixo a cabeça, enquanto o pastor diz uma oração final, pedindo o perdão de Deus. Pelo canto do olho, vejo o perfil estoico de RJ, em pé do outro lado de minha mãe. Fecho os olhos e rezo também. *Por favor, perdoe Bob, e me perdoe. E por favor, por favor, suavize o coração de RJ.*

O pastor faz o sinal da cruz, e o caixão de Bob é baixado no chão. Uma a uma, as pessoas vão indo embora. Um homem se aproxima de minha mãe.

— Seu marido era um homem bom — diz ele.

— O melhor — ela responde. — E será recompensado. — Se Dorothy estivesse aqui, ficaria satisfeita. Esperança é desejar que ele seja recompensado. Fé é saber que ele será.

Aperto levemente o braço dela e me viro para voltar ao carro, dando-lhe alguns minutos finais, para se despedir sozinha do amor de sua vida. Quando faço isso, dou de cara com RJ.

Ele está usando um terno escuro e uma camisa branca. Por um breve momento, nossos olhares se encontram. Não sei ao certo o que vejo ali. Não é mais o desdém que vi uma semana atrás. É mais decepção, ou tristeza. Imagino que também sofra pela perda do que poderia ter sido.

Levo um susto quando sinto um par de braços em volta de minha cintura. Abaixo os olhos e vejo Lydia. Ela enfia o rosto em meu vestido, e seus ombros balançam.

— Oi, minha querida — digo, beijando o topo de sua cabeça. — Você está bem?

Ela me aperta com mais força.

— Eu matei o vovô.

Dou um passo atrás para olhá-la.

— Do que está falando?

— Eu passei pneumonia para ele. Fiquei perto demais dele.

Lentamente, as palavras de sua mãe voltam à minha lembrança. *Saia de perto dele!*

Eu me agacho e a seguro pelos braços.

— Ah, meu bem, você não fez nada para prejudicar o seu avô.

Ela funga.

— Como você sabe?

— Porque fui eu que fiz. — Engulo em seco. — Seu avô saiu de casa sem ninguém ver e entrou no barco, tudo porque eu o levei para um passeio de barco um mês antes. Na manhã seguinte, quando ele foi encontrado, estava frio e molhado. Foi assim que ficou doente. E não conseguiu mais melhorar.

Remexo a terra com o sapato até encontrar duas pedras. Ofereço uma a ela, depois seguro sua outra mão na minha. Juntas, caminhamos até o túmulo.

— Mas, se você acha que fez algo errado, sussurre o que foi para a Pedra do Perdão, assim. — Eu seguro a pedra junto de minha boca e digo: — Desculpe, Bob.

A expressão dela é cética quando olha para a pedra em sua mão, mas a leva para perto da boca, mesmo assim.

— Desculpe se eu passei bronquite para você, vovô. Mas pode ter sido a Hannah mesmo, porque foi ela quem levou você no passeio de barco e tudo.

Eu sorrio.

— Certo. Agora, quando eu contar três, nós jogamos nossas pedras no túmulo e o vovô vai saber que pedimos desculpas. Um. Dois. Três.

A pedra dela aterrissa sobre o caixão. A minha cai ao lado.

— Espero que isso funcione — ela diz.

— Esperança é para os fracos — falo, e seguro sua mão. — Você precisa ter fé.

• •

Ainda há dois carros na alameda estreita do cemitério: o Chevrolet de minha mãe e a picape de RJ. Eles estão estacionados a uns trinta metros um do outro. Uma névoa leve começa a cair. Embaixo de um guarda-chuva xadrez, eu ando de braço dado com minha mãe. À nossa direita, Lydia gira com os braços estendidos, indiferente à garoa, ou se divertindo com ela. Olho para trás. RJ caminha com Anne. A cabeça dela está próxima da dele, como se estivessem em uma conversa séria. Preciso dizer algo a ele. Esta pode ser a última vez que o vejo.

Estamos perto do carro quando minha mãe para.

— Entre, querida. Está aberto. Vou convidar os meninos para virem em casa.

Eu passo o guarda-chuva para ela e observo enquanto caminha pesadamente até os enteados, dois adultos que não conhece de fato. Não irão aceitar o convite, já sei disso. E não é por causa dela; é por minha causa.

Um momento depois, ela retorna em minha direção, e seu rosto entristecido me diz que eu tinha razão.

Fico parada na garoa, vendo RJ se afastar cada vez mais de mim. Meu coração dói. Esta é a última oportunidade. Preciso dizer alguma coisa. Mas o quê? *Desculpe*? *Eu ainda não sei o que aconteceu naquela noite*? *Estou aprendendo a viver com a ambiguidade, será que você também poderia?*

Eles chegaram à picape agora. Lydia corre e pula para o banco traseiro. Anne entra no lado do passageiro. RJ segura a maçaneta da porta. Em vez de a abrir, ele se vira. Através da névoa, seu olhar encontra o meu, como se tivesse sentido que eu o estava observando.

Meu coração dá um pulo. Ele move a cabeça, um gesto simples e neutro de cumprimento. Mas não é simples para mim. O pequeno gesto acende uma fagulha de otimismo. Solto o braço de minha mãe e levanto a mão.

Devagar, vou em direção a ele, com medo de que fuja se me aproximar depressa demais. Meus saltos se prendem à grama e eu quase caio. Lá se vão os últimos vestígios de elegância. Recupero o equilíbrio e continuo mais depressa agora, desesperada para chegar até ele logo.

Permaneço à sua frente, com os pingos da chuva caindo pelos cabelos e cílios.

— Eu sinto muito — digo, com a respiração pesada. — Por favor, acredite em mim.

Ele estende a mão e toca meu braço.

— Eu acredito. — Ele vira para a picape. — Se cuida.

Uma vez mais, vejo RJ entrar no carro e ir embora.

• •

Minha mãe e eu passamos os dez dias seguintes limpando os armários e gavetas de Bob. Ela guarda o roupão dele, uma camisa de flanela e três blusões. Também não quer se desfazer de seu aparelho de barba e da escova de cabelos.

— Meu marido morreu há duas semanas — ela me diz, enquanto sela uma caixa de papelão com fita adesiva. — Mas Bob se foi há cinco anos.

Separa duas pequenas pilhas de lembranças para Anne e RJ.

— Vou enviar o pacote de Anne, mas talvez Junior queira vir aqui para...

— Não, mamãe. Ele não vai vir aqui até eu ir embora.

— Então vamos nós duas à vinícola, levar o pacote dele. Eu nunca estive lá. Bob já não estava bem quando Junior se mudou para perto de nós.

— Ele não vai querer me ver. — De repente, me ocorre que o homem que se recusa a me ver talvez seja o único que já me viu de verdade. Viu o rosto sem maquiagem, a garota desastrada de cabelos escorridos e vestido rasgado. Soube da adolescente mal-humorada que achava que sabia tudo. RJ conhece cada lado feio de mim que tentei manter escondido. E, ao contrário da versão conto de fadas do perdão contada por Fiona, ele não é capaz de amar o feio.

• •

Na terceira semana, já está claro para mim que mamãe é forte o bastante para ficar sozinha outra vez. Também está claro que não vou ter notícias de RJ. Conto meus planos para ela antes de ter alguma chance de mudar de ideia.

Na primeira segunda-feira de julho, ponho a bagagem no porta-malas do carro e penso novamente em como minha presença no mundo é quase inexistente, nos últimos tempos. Ainda falo com Dorothy e Jade todos os dias, mas não tenho emprego, nem namorado, nem marido ou filho com quem me preocupar, ou em quem possa dar um beijo de despedida. É ao mesmo tempo libertador e aterrorizante saber a facilidade com que posso desaparecer. Ponho a chave na ignição e prendo o cinto de segurança, na esperança de que a viagem leve embora a dor em meu coração.

— Tenha cuidado — minha mãe diz, inclinando-se para beijar meu rosto mais uma vez. — Ligue quando chegar.

— Tem certeza de que não quer vir comigo?

Ela meneia a cabeça.

— Gosto daqui. Você sabe disso.

Tiro o colar de diamantes e safiras da bolsa e entrego a ela.

— Isto é seu — digo, pondo a corrente de platina em sua mão.

Ela fica olhando para as pedras reluzentes, e percebo quando as reconhece.

— Eu... não posso ficar com isto.

— Claro que pode. Eu mandei avaliar. Vale só uma fração do que seria seu por direito.

Vou embora e a imagino voltando para a casa vazia, com o coração pesado. Ela vai pensar que eu esqueci algo quando encontrar os papéis sobre o balcão da cozinha. Imagino-a olhando para a avaliação oficial e levando a mão à boca ao ver os algarismos. E, então, abrirá minha carta e saberá do dinheiro que transferi para sua conta. Finalmente, receberá a parte de meu pai que deveria ter sido dela duas décadas atrás.

• •

Entro na I-94 e ligo o rádio. John Legend soa pelos alto-falantes, cantando uma balada triste totalmente incongruente com o glorioso dia de julho. Abro uma fresta na janela e tento me concentrar no céu azul sem nuvens, não na canção sofrida que me faz lembrar de RJ. Achava mesmo que ele me procuraria depois de tudo que causei à sua família?

Resisto às lágrimas e mudo a estação do rádio. Terry Gross está entrevistando uma nova romancista. Aciono o piloto automático e vou seguindo com o tráfego, enquanto escuto a voz tranquila de Terry e sinto o zumbido monótono da estrada sob os pneus. Há quanto tempo não faço uma longa viagem de carro?

Sorrio, lembrando-me de quando Julia e eu fomos, com meu velho Honda, de Los Angeles a New Orleans, uma viagem de três dias e três mil quilômetros. Franzo a testa, tentando recordar por que meu pai não pôde ir junto. "Julia vai com você", disse . "Ela não tem nada melhor para fazer." Seria mesmo verdade? Porque agora me parece extremamente desrespeitoso.

Penso em Julia, cantando junto com Bon Jovi, com o rabo de cavalo loiro balançando ao ritmo. Será que meu pai a valorizava? Será que sabia quanto foi leal a ele, como continuou sendo leal, mesmo depois de sua morte?

Faço uma anotação mental para enviar uma Pedra do Perdão para ela. Conheço Julia, e aquelas cartas escondidas devem estar pesando muito na consciência dela. Ela precisa saber que comigo não foi diferente, que também protegi meu pai a qualquer custo, colocando à prova minha própria integridade.

• •

As ruas de Chicago fervilham de energia e do calor do verão. São quatro da tarde quando encontro o velho prédio de tijolos, na Madison Street. Pego o elevador para o terceiro andar e sigo pelo corredor estreito, à procura da suíte 319. O cartaz feito à mão na porta me avisa que cheguei.

Sede da reunião das Pedras do Perdão

Espio pela porta de vidro. A grande sala parece uma colmeia de abelhas alvoroçadas. E lá está ela, a abelha-rainha, sentada atrás de uma mesa, com o nariz na tela do computador e um telefone no ouvido. Abro a porta.

Ela não me vê até estar parada à sua frente. Quando levanta os olhos, uma lâmpada incandescente de medo se acende em mim, e percebo que ainda está lá aquele peso que ainda não desvinculei de sua presença.

Coloco uma pedra sobre a mesa.

— Esta é para você.

Fiona se levanta e vem para o meu lado da mesa. Ficamos uma de frente para a outra, como duas adolescentes desajeitadas.

— Você está absoluta e totalmente perdoada. E desta vez é sério.

— Mas eu arruinei sua vida. — A resposta dela é meio uma afirmação, meio uma pergunta.

— Minha antiga vida — digo. — E talvez isso tenha sido bom. — Dou um passo para trás e olho em volta. — Precisa de ajuda?

44

Pago uma fortuna por um mês de aluguel de um apartamento em Streeterville, embora raramente esteja lá. Durante as quatro semanas seguintes, passo a maior parte de meus dias na sede, com Fiona e duas dezenas de outros voluntários, ou na prefeitura de Chicago obtendo licenças, ou me reunindo com vendedores ou autoridades do Millennium Park. À noite, nós nos reunimos no apartamento de Fiona para uma pizza e uma cerveja, ou no Purple Pig para um happy hour.

Estamos na Sweetwater Tavern quando Fiona me pede seu novo drinque favorito, um Grant Park Fizz.

— É uma mistura deliciosa de gim, xarope de gengibre, limão, refrigerante e pepino. Eu te desafio a beber devagar.

— Meu Deus — digo entre os goles. — É a melhor coisa que estes lábios já experimentaram nos últimos meses.

Ela sorri e passa um braço sobre meus ombros.

— Você percebe, não é? Estamos nos tornando realmente amigas.

— É, e vê se não estraga desta vez — respondo e toco o copo dela com o meu.

— Alguma novidade? — pergunta.

Ela está falando de RJ e das duas últimas pedras que estou esperando receber.

— Nada dele — digo. — Mas eu recebi uma pedra de volta da irmã dele, Anne.

— Aquela que você desconfia...

— Isso. A mensagem dela foi curta e enigmática. Algo como "estou enviando sua pedra. Seu pedido de desculpas foi aceito. Aconteceu apenas uma vez, há muito tempo. Espero que possamos deixar para trás agora".

— Então ele a molestou mesmo! Só uma vez, mas mesmo assim.

— Talvez. Ou ela pode estar se referindo àquela única vez em que aconteceu comigo.

Fiona suspira.

— Ah, não acredito! Quer dizer que, na verdade, ela não lhe contou nada. Você precisa perguntar...

Levanto a mão, interrompendo-a.

— Ela me disse o suficiente. Ela me perdoa. E ela está certa. É hora de deixarmos isso para trás.

• •

Chuva de verão passa logo. E todos estamos contando com isso hoje. São seis horas da manhã e estamos na sede, carregando caixas de camisetas e outros artigos debaixo de um pé d'água!

— Passe aquela caixa — minha mãe diz a Brandon, um adorável voluntário de vinte e poucos anos. — Há espaço naquela van para mais uma.

— É pra já, mãe.

Desde a chegada dela, na quinta-feira, Fiona e os voluntários começaram a também chamar minha mãe de mamãe. Ela sorri toda vez que fazem isso. Imagino que aquela única palavra seja para ela como uma sinfonia, para alguém que passou anos surdo.

As nuvens se afastam pouco depois das nove, uma hora antes da abertura oficial do evento. As pessoas já estão se juntando, com camisetas que trazem os dizeres APEDREJE-ME, A OBSESSÃO DA CONFISSÃO, ou APEDREJADO E PERDOADO. Mas a minha diz apenas APEDREJADA. Não posso fingir que fui perdoada, ou mesmo que minha culpa foi adequadamente expiada. Nem sei se isso é possível. Como Fiona diz, o perdão, como o amor e a vida, é complicado.

Volto minha atenção para o evento do dia, a comemoração que estive aguardando com ansiedade há semanas. Em um cantinho escondido de minha mente, fantasio que RJ vai aparecer hoje. Mas mantenho este pensamento em segundo plano. Meu pai me ensinou, muito tempo atrás, a evitar expectativas.

Fiona e eu nos deslocamos de mesa em mesa, de vendedor em vendedor, garantindo que tudo esteja em ordem. Mas é só energia nervosa. Tudo está no piloto automático agora. Minha mãe se ocupa em checar as comidas oferecidas pelos fornecedores locais.

— Seis dólares por uma fatia de torta — ela me diz. — Dá para imaginar? Estou no negócio errado.

São onze horas quando avisto Dorothy e sua comitiva. Ela está entre Marilyn e Patrick, segurando o braço de ambos. Tomo a mão de mamãe, e vamos ao encontro deles.

— Oi, pessoal! Quero que conheçam minha mãe. Mamãe, apresento minhas queridas amigas Dorothy e Marilyn, e o sr. Sullivan.

— Paddy — ele me corrige.

Dorothy estende a mão para ela.

— Você tem uma filha linda.

— Não é mesmo? — minha mãe responde. — Mas, se me dão licença, preciso continuar vendendo as camisetas.

Nós lhe acenamos em despedida, e Marilyn se volta para mim.

— Hannah, muito obrigada por tornar isto possível.

— Não. Agradeça a *Dorothy* por tornar isto possível. Eu teria tomado um atalho com estas pedras, mas ela não deixou.

Vindo atrás dela, vejo Jackson com o braço em torno de uma morena bonita, cuja barriga está muito grávida.

— Hannah, esta é minha esposa, Holly.

Sinto uma breve pontada de inveja. O que eu não daria para estar casada e grávida? Será que eu poderia ter realmente perdoado Jack? Gosto de pensar que estou menos rígida agora, que o meu novo eu poderia superar sua traição. Mas, na verdade, acho que ele tinha razão. Não era a pessoa certa.

Aperto a mão de Holly.

— É um prazer conhecer você, Holly. Parabéns pelo casamento e pelo bebê.

Ela olha para o marido com pura adoração.

— Sou uma garota de sorte. — Ela se volta outra vez para mim. — Fiquei sabendo que você é a responsável por toda esta onda Rousseau de pedidos de desculpas.

Sorrio, pensando na corrente do perdão, de mim para Dorothy, para Marilyn, para Jackson.

— Bem, na verdade a responsável foi sua sogra, Dorothy.

Jackson sacode a cabeça.

— Não é o que ela diz. — Ele segura o ombro de um senhor baixo, de cabelos brancos. — Você se lembra do meu pai, Stephen Rousseau?

— Claro. — Aperto a mão do ex-marido de Dorothy, o homem que a deixou depois da mastectomia. Penso em como Dorothy deve estar se sentindo, com a presença dele aqui hoje.

— Fico feliz em dizer que meu pai devolveu minha pedra — conta Jack. — Eu, antes, era um garoto egoísta que achava que minha felicidade era mais importante que a dele. Difícil de acreditar, eu sei. — Ele sorri, e é aquele mesmo sorriso inclinado e feliz que eu achei que tivesse roubado.

— E eu mandei minha pedra para Dot — o sr. Rousseau diz, e olha para a ex-esposa. — Sei que não fui o mais sensível dos maridos.

Eu observo Dorothy. Ela mantém a cabeça alta e não sorri. Mas há uma paz em seu rosto que não estava ali antes.

— Bobagem — diz ela, e se volta rapidamente para mim. — Steven Willis vai estar aqui hoje. Aquele meu antigo aluno que está morando em Nova York. Lembra quem é, Hannah?

— Claro que lembro. Como eu poderia esquecer a sua ideia brilhante de lidar com o walkman roubado? — Dou uma palmadinha na mão de Dorothy. — Divirtam-se. Vejo vocês mais tarde. Preciso ir encontrar Jade na Crown Fountain.

Sigo pela trilha de cimento. Depois de uns trinta passos, ouço alguém chamar meu nome.

— Hannah!

Eu me viro e vejo Jack, correndo para me alcançar.

— Oi, minha mãe me contou sobre o que aconteceu em Michigan e que o dono da vinícola não perdoou você. Disse que você amava mesmo o cara.

Meu coração se despedaça e quero desaparecer. Tento aparentar indiferença, mas sinto o rosto esquentar.

— Amar? Sem essa... Eu mal o conhecia.

Vejo ternura no rosto dele.

— Está tudo bem, Hannah. Não precisa ser durona.

Lágrimas enchem meus olhos e eu pisco para afastá-las.

— Isso é ridículo. — Minha risada falha e escondo o rosto. — Desculpe.

— Não é da minha conta — diz ele. — Mas não estrague tudo, Hannah. Se você ama mesmo esse cara, lute por ele.

Ele aperta meu braço e se afasta.

Pensamentos sobre RJ invadem minha mente, como se o guarda que contratei para mantê-los longe tivesse simplesmente abandonado o emprego. Como será que ele está? Será que pensa em mim? *Não se desiste de quem se ama.* Será que eu desisti de RJ? Não. Eu tentei. Ele desistiu de mim.

• •

Jade está de pé ao lado da cadeira de rodas do pai, ambos claramente entretidos com a fonte. Ela aponta para um adolescente cujo rosto se encontra em uma projeção digital, em uma tela de água gigantesca. Na projeção, uma cascata jorra da boca do garoto. O pai de Jade ri.

— Hannabelle! — ela grita quando me vê. Eu a envolvo em meus braços, depois me inclino para abraçar seu pai.

— Como vai o senhor?

Ele está magro, com meias-luas escuras sob os olhos. Mas sorri, e seu abraço é enérgico.

— Melhor que nos últimos meses.

— Papai e seus irmãos estão arrasando neste fim de semana, não é mesmo, papai?

Enquanto o sr. Giddensse se diverte com a fonte, eu puxo Jade de lado.

— Como ele está? E como está você?

Ela sorri, mas seus olhos estão tristes.

— Exausto, mas feliz. Estamos falando de semanas agora, não mais meses. Não quero deixar que ele se vá, mas, se não tem mais jeito, pelo menos sei que tem orgulho de mim.

— E de todos os seus erros bem-intencionados. — Aperto o braço dela. — E como estão as coisas em casa?

— O Marcus me levou rosas na semana passada. Pediu perdão pela enésima vez. Jurou que seria o marido perfeito, se eu ao menos lhe desse mais uma chance.

Toda a minha rigidez retorna. Respiro fundo e lembro a mim mesma de não julgar.

— Hum. Isso foi meigo. E o que você disse?

Ela bate em meu braço com as costas da mão.

— Não fique toda doce agora, Hannabelle. O que acha que eu disse? Para cair fora. De jeito nenhum vou deixar ele voltar. No meu livro é uma falta, e você está expulso!

Eu rio alto e a giro em círculo.

— Que bom para você! Às vezes, "desculpa" não adianta.

Consulto o relógio. É quase meio-dia. Vindo da direção do Pritzker Pavilion, ouço uma banda tocando "Happy", de Pharrell Williams.

— Ele está aqui? — Jade pergunta.

Ela está falando de RJ. Como eu, ela achou que talvez, só talvez, ele viesse.

— Não — respondo. — Ele não vem. — E, neste instante, tenho certeza disso. O velho manto de escuridão ameaça me cobrir de novo. E de repente, em um piscar de olhos, tomo uma decisão.

— Ele não vem aqui... e é por isso que eu vou para lá, para Michigan, para a vinícola.

Jade dá um gritinho.

— Vai logo! Dê o fora daqui!

Enquanto me afasto correndo, ouço-a gritando em minha direção:

— Fique esperta!

• •

Minha mãe leva a mão à boca quando digo que estou indo embora.

— Ah, meu amor, tem certeza de que é uma boa ideia? Ele sabe que você está aqui. Contei a ele sobre este encontro quando lhe levei as coisas de Bob, na semana passada.

Meu entusiasmo esmorece. Mamãe está com medo que eu seja humilhada outra vez. Sabe que RJ nunca vai me perdoar. Olho nos olhos dela e vejo uma mulher cuja vida foi determinada pelas circunstâncias, e não criada por elas. A única vez em que correu atrás do que queria foi quando se recusou a deixar Michigan e Bob. Se essa foi uma decisão boa ou ruim, sinceramente, eu não saberia dizer.

— Quer vir comigo?

Ela olha em volta, para a multidão, e quase posso ler sua mente. Fazia anos que não saía de Harbour Cove, que não era livre para andar à vontade, explorar e ser responsável apenas por si mesma.

— Se você quiser...

— Ou você pode ficar no apartamento e pegar o trem de volta na quarta-feira, como tinha planejado.

Ela se ilumina.

— Você se incomodaria?

— Claro que não. Ligo para você à noite. Se as coisas não correrem bem, volto para cá amanhã.

Ela me dá um abraço antes de eu ir.

— Boa sorte, meu amor — diz, e afaga meus cabelos. — Estou aqui para o que der e vier. Sabe disso, não é?

Confirmo com um gesto de cabeça. Percorremos um bom caminho desde aquele par mãe e filha em Chicago, tantos anos atrás. Foram-se a raiva, os julgamentos e a necessidade de certezas. Mas nosso relacionamento também não é perfeito. É evidente que o vínculo mãe e filha de meus sonhos é apenas isto: um sonho. Não teremos longas discussões sobre política, filosofia, livros e arte. Não compartilharemos o gosto por vinhos, restaurantes e filmes. Minha mãe não é a mulher sábia e culta que dará conselhos que mudarão minha vida, ou grandes palavras de sabedoria.

Em vez disso, oferece algo melhor. Ela dá a meu coração e a toda fragilidade que eu possa ter um lugar macio para aterrissar.

45

Exceto pelos piados distantes dos pardais no pomar, tudo está quieto quando estaciono na vinícola, pouco depois das quatro da tarde. Olho em volta à procura da picape de RJ, mas ela não está à vista. Atravesso apressada o estacionamento e gemo quando vejo o aviso na porta: FECHADO.

Droga! Bato assim mesmo e olho para a janela do apartamento no andar superior. Mas as cortinas estão fechadas. Tão deserto quanto o resto do lugar.

Desabo em um banco no pátio. É tarde demais. Eu não devia ter vindo. A voz da dúvida se insinua dentro de mim, dizendo que não mereço, que sou louca de pensar que alguém como RJ poderia me amar. *Vá embora. Saia logo daqui antes que faça papel de boba de novo.*

Não. Desta vez eu não vou desistir. Vou lutar por RJ. Talvez eu perca, mas pelo menos não deixarei por conta do acaso.

Para passar o tempo, caminho para além do prédio principal, olhando o relógio a cada cinco minutos. *Chegue logo, RJ! Eu preciso ver você.*

Passo por um trator estacionado na colina, na frente de um barracão de madeira. Sob o beiral do telhado do barracão, deslizo a mão por uma bancada de trabalho com muitas ferramentas. Pego um martelo, um alicate, uma chave de fenda. Cada uma delas tem as iniciais RW gravadas no cabo. Robert Wallace. As ferramentas de marcenaria de Bob. O presente de minha mãe para RJ.

Meu pé bate em algo duro. Dou um passo para trás e aperto os olhos. Há uma caixa de metal enfiada sob a bancada. Os pelos de meus braços se arrepiam. Não. Não pode ser.

Lentamente, agacho e olho embaixo da bancada. Levo um susto, mas me mantenho firme. É a caixa de equipamentos de pesca vermelha de Bob.

Olho em volta. Não há ninguém. Movo-me devagar, como se estivesse entrando em águas turbulentas que ameaçassem me afogar, uma vez mais, na busca pela certeza.

Meu coração está aos pulos. Será que o reaparecimento desta caixa é um sinal? Será que tenho mesmo que ver seu conteúdo?

Com ambas as mãos, arrasto a velha caixa enferrujada de seu esconderijo. Ela não pesa quase nada. Em um instante, tomo a decisão. Vou colocá-la no porta-malas de meu carro. Mais tarde, eu a jogarei em uma lata de lixo, poupando RJ de descobrir o saco plástico com as fotos dentro.

No minuto em que a caixa de metal desliza para a luz do dia, eu vejo. E quase sufoco de tanta surpresa. A tampa está aberta, como a grande boca de um crocodilo. Meu olhar se fixa nela.

A única coisa ali dentro é um cadeado enferrujado, com o fecho serrado. Alguém — RJ, sem dúvida — finalmente desvendou o mistério.

• •

O pomar desaparece nas sombras da noite, que leva consigo a quentura do dia. Pego um blusão no carro e me enrolo nele, depois vou até uma mesa de piquenique. Faço uma tenda com os braços e apoio a cabeça na mesa. Olhando para o exército de cerejeiras, mal visível no escuro, foco uma série de luzes piscando em algum lugar ao longe, no vinhedo, até que minhas pálpebras ficam pesadas.

• •

Levo um susto quando sinto uma batidinha em meu ombro. Está muito escuro. Pisco e, por fim, meus olhos se ajustam. Consigo distinguir seu rosto.

— RJ.

Eu me sento, subitamente constrangida. Ele deve achar que sou louca, dormindo, em sua propriedade. Ou, pior ainda, uma maníaca psicótica.

Todos os meus instintos me dizem para ir embora. Esse homem não quer me ver. Ele não vai me perdoar. O que eu estava pensando? Mas não posso. Não vou. Já cheguei muito longe e perdi demais.

Ele se senta a meu lado, com as pernas do lado oposto das minhas, de modo que estamos ombro a ombro, e nosso rosto, a centímetros de distância.

Levo a mão ao peito, tentando acalmar o coração acelerado, e me forço a olhá-lo nos olhos.

— Por favor — digo. — Sinta isto. — Minha mão treme quando pego a mão dele e a coloco sobre meu coração descompassado. — Esta sou eu, morrendo de medo de você. — Ele tenta afastar a mão, mas eu a seguro ali, sobre o coração. — Estou pedindo, suplicando, RJ, por favor, me perdoe. — Fecho os olhos. — E estou apavorada porque neste momento você tem o poder de esmagar este coração partido, ou ajudá-lo a se curar.

Solto a mão dele, e ela pende ao lado de seu corpo. Ele fica olhando para mim, os lábios comprimidos. Desvio o olhar, desejando poder desaparecer. É isso. Acabou. Eu expus meu coração, e ele permanece em silêncio. Lágrimas me brotam dos olhos, e me levanto. Preciso sair daqui antes que ele me veja chorar.

Minha respiração para na garganta quando sinto sua mão segurar meu pulso, puxando-me de volta. Eu me volto para ele. Seu olhar é terno. Sorri e estende o braço para acariciar meu rosto com os nós dos dedos.

— Eu fui e voltei de Chicago e isso é o melhor que você pode fazer?

Levo a mão à boca.

— Você foi para Chicago? Hoje? Para me encontrar?

Ele assente com a cabeça.

— Uma garota uma vez me disse que, quando se ama alguém, nunca se desiste.

— Foi exatamente por isso que vim aqui — digo.

Ele prende meu rosto entre as mãos e se aproxima. Seus lábios são macios quando encontram os meus e eu fecho os olhos. Aquele momento é tudo o que esperava... Não, tudo o que eu *acreditava* que seria.

Tiro a pedra do bolso. Ela é lisa e polida e, depois de tantos meses, quase a confundo com algo familiar. Mas não é. É um peso.

— Tentei lhe dar isto uma vez, na casa da minha mãe. Estou pedindo de novo, RJ. Você me perdoa?

Ele toma a pedra de minha mão.

— Sim, perdoo. — Seu olhar penetra o meu, e ele acaricia meus cabelos. — Você é uma boa pessoa, Hannah. Uma pessoa verdadeiramente boa.

Sinto um aperto na garganta e torno a fechar os olhos. Aquela confirmação simples é o que vim desejando ouvir toda a vida. É o que todos desejam ouvir.

— Obrigada.

— Desculpe por ter demorado tanto tempo. — Ele vira a pedra na mão. — Quando a gente não consegue perdoar a si mesmo, é difícil perdoar outra pessoa.

Eu prendo a respiração, esperando que me diga o que encontrou naquela caixa de metal.

— Eu nunca lhe contei a verdadeira razão de ter assumido a responsabilidade por Zach e Izzy.

Eu pisco.

— Eles são seus filhos — digo, sem refletir.

— Não. — Ele morde o lábio inferior. — O pai deles trabalhava para mim. Depois de aparecer bêbado muitas vezes e de receber pelo menos uma dúzia de advertências, eu o demiti. Ele implorou por mais uma chance, mas eu não quis ouvir.

— Você fez o que tinha que fazer — digo.

Ele faz girar a pedra na palma da mão.

— É. Ou não. Na verdade, eu não tinha que fazer aquilo. Russ comprou uma garrafa de uísque no caminho para casa. Dormiu no chão da cozinha e nunca mais acordou.

Eu fecho os olhos.

— Ah, RJ.

— O homem precisava de ajuda, e lhe dei as costas.

Pego a mão dele e a aperto.

— Deixe isso para trás. Perdoe a si mesmo. Eu entendo que esta é a única opção que temos.

Ficamos sentados em silêncio por um minuto, de mãos entrelaçadas, e, então, ele se levanta.

— Venha — diz, ajudando-me a levantar da mesa. — Tenho algo para te mostrar.

Ele pega uma lanterna e me conduz pelo estacionamento até uma trilha de cascalhos. Fico aliviada quando passamos pelo barracão e ele não menciona a caixa de metal.

Segura minha mão enquanto atravessamos o pomar escuro e me conta que encontrou minha mãe na reunião.

— Eu nem pude acreditar quando ela me contou que você tinha ido embora. Eu disse a ela que ia voltar para casa e a fiz prometer que não ia avisar você. Queria que fosse uma surpresa. Dirigi muito rápido por todo o caminho. Estava com muito medo de não te encontrar mais quando chegasse aqui.

— Eu não ia embora — digo. — Teria esperado para sempre.

Ele toma minha mão e a beija.

— Ainda não acredito que você fechou a vinícola em um sábado — digo. — Sei como os fins de semana de verão são preciosos aqui.

— Acredite ou não, este parece que vai ser o melhor ano que já tivemos. Não que isso seja grande coisa. — Sorri para mim. — Agora, se conseguíssemos encontrar uma boa padeira, aí seria uma maravilha. Conhece alguém?

— Na verdade, conheço. Mas ela vem em um pacote: é uma dupla mãe e filha.

— Sério? — Aperta minha mão. — Está contratada. As duas estão.

Caminhamos mais cem metros, e ele para na base de um bordo gigante.

— É toda sua — diz, batendo a mão no tronco da árvore e olhando para cima. — Estávamos a sua espera.

A casa de madeira está uns três metros acima de nós, cercada de folhas e galhos com luzinhas piscantes. Olho para RJ através de uma névoa de lágrimas.

— Você... Isto é para mim?

Ele assente com a cabeça.

Eu me penduro no pescoço dele e beijo sua boca, seu rosto, sua testa. Ele ri e me faz girar no ar. Quando me põe de volta no chão, eu seguro a escada.

— Ah, nada disso — diz, bloqueando minha passagem. — Você não pode entrar se não disser a senha secreta.

Eu inclino a cabeça.

— Está bem. E qual é a senha secreta?

— Você sabe. Foi você quem me disse. Pense bem.

Eu sorrio e me lembro da noite do jantar, a noite em que lhe contei sobre meu sonho de uma casa na árvore. Quando ele me perguntou a senha secreta, deixei escapar: "Eu tenho namorado, RJ".

— Vamos lá — diz, com um olhar travesso. — Você se lembra.

Hesito.

— Eu... tenho... namorado?

Ele sorri.

— Certo. E a frase seguinte?

Demoro um segundo.

— RJ?

Ele assente.

— São duas frases, não uma.

Minha voz falha quando repito a senha.

— Eu tenho namorado. RJ.

— O que acha desta senha? — murmura.

— Perfeita.

• •

Há névoa na manhã seguinte quando andamos pela baía. Meus cabelos estão presos em um rabo de cavalo, e o rosto, rosado do sabonete áspero de RJ. Uso uma das camisetas velhas dele e a legging com que estava ontem. Ele põe o braço sobre meus ombros enquanto caminhamos sob um silêncio prazeroso.

Ontem à noite, não lhe perguntei sobre a caixa de metal. E nunca vou perguntar. Acho que uma de duas coisas aconteceu desde aquela minha confissão, nove semanas atrás, na casa de minha mãe. Ou RJ descobriu que minha acusação era válida, ou aprendeu a me perdoar. Não preciso saber qual delas.

Paramos à margem e ele retira as pedras do bolso. Segura uma na mão esquerda e coloca a outra na palma da minha mão, a que me diz que estou perdoada. Olha para mim e, juntos, jogamos nossas pedras, e o peso que simbolizam, dentro do lago. Ficamos de mãos dadas, observando as ondas que se multiplicam e propagam. Lentamente, elas se fundem outra vez e, por fim, desaparecem por completo. À exceção de nós dois, nunca ninguém saberá da existência delas ou das ondulações que um dia causaram.

Agradecimentos

Thomas Goodwin se expressou belamente quando disse: "As bênçãos são mais doces quando recebidas com oração e usadas com gratidão". Agradeço todos os dias e, mesmo assim, o sentimento ainda está longe de ser adequado. Ter um romance publicado foi um sonho; ter um segundo publicado parece pura fantasia. E, se não fosse o entusiasmo, a convicção e os leves cutucões de minha agente fabulosa, Jenny Bent, talvez eu ainda estivesse batucando as teclas do computador para redigir este.

É fantástico ter, além de Jenny, uma equipe editorial liderada por Clare Ferraro e minha extraordinária editora, Denise Roy. Denise, nem sei como agradecer a você pelo olhar atento e pela perspicácia, pela notável acessibilidade e por sua capacidade misteriosa de passar urgência e calma ao mesmo tempo. Meus agradecimentos e admiração sinceros a Ashley McClay, Courtney Nobile, Rachel Bressler, John Fagan, Matthew Daddona e a toda a equipe de vendas da Penguin/Plume. E não posso me esquecer desta joia de mulher nos bastidores, Victoria Lowes. Você usa belamente cada um de seus muitos chapéus.

Meu amor e gratidão mais profundos a meu incrível marido, Bill. Uma escritora melhor encontraria palavras para traduzir o que você significa para mim. Obrigada a meus pais amorosos, que são meus maiores fãs, e a minhas maravilhosas tias, primos, enteados e irmãos, em especial minha irmã, Natalie Kiefer, que continua reunindo amigos para praticamente todos os eventos referentes a meus livros.

Um agradecimento especial a David Spielman, meu talentoso cunhado e consultor para New Orleans. Os telefonemas, e-mails e mapas personalizados foram inestimáveis. Obrigada às adoráveis jornalistas televisivas que ofereceram, generosamente, sua experiência: Sheri Jones, Rebecca Regnier e Kelsey Kiefer.

Muitos elogios para minha querida amiga e colega professora, Gina Bluemlein, por sua brilhante solução para lidar com o episódio do walkman roubado (na realidade, foi um telefone roubado) e por me permitir usá-la em meu livro. Agradecimentos extras a Sarah Williams Crowell, por me convidar para meu primeiro clube do livro e por contar a história do tapete branco. Eu soube logo que queria incluí-la em meu romance, como uma homenagem a seu belo espírito e ao de seus pais, Don e Nancy Williams.

Meu amor e apreço por meus amigos maravilhosos, pelas palavras carinhosas e pelas demonstrações de apoio. Agradecimentos enormes e sinceros à minha generosa autoproclamada assistente, Judy Graves. Sorte do escritor que tem uma amiga como você.

Aos meus primeiros leitores, Amy Bailey Olle e Staci Carl, cujas observações e sugestões foram inestimáveis. E, Amy, você é a melhor parceira de escrita que uma garota poderia ter.

A todos os livreiros, bloggers e clubes do livro que gentilmente me receberam ou promoveram meu livro, foi uma emoção e uma honra. Agradecimentos especiais a Kathy O'Neil, do R Club, e à Fairview Adult Foster Care Home, em especial à adorável e decidida Marilyn Turner. E à minha querida amiga Dorothy Silk, cujo espírito ainda brilha.

Para mim, a maior vantagem de escrever foram os novos amigos leitores e autores que fiz, entre eles, Julie Lawson Timmer e Amy Sue Nathan. Poder compartilhar inseguranças e comemorar em sua companhia, além da de Kelly O'Connor McNees e Amy Olle, me fez economizar uma fortuna em terapia.

E a você, meu querido leitor, por investir seu tempo precioso e confiar em mim para lhe contar uma história. É uma honra e um privilégio, e eu agradeço do fundo do coração.

E, por fim, tendo escrito um livro sobre perdão, estaria sendo relapsa se não dissesse que peço desculpas, pois peço. Sinceramente.